目 录

序　言　龙究竟为何物？　　　　　1

01　引　子　　　5
02　父　亲　　　11
03　地　图　　　23
04　上善若水　　35
05　无人区　　　53
06　暗　河　　　65
07　天下之水　　71
08　荧　光　　　83
09　巡逻队　　　89
10　潜龙在渊　　99
11　盗猎者　　　111
12　鲲鹏行动　　123

13	三江源	133
14	天地苍生	143
15	一生之敌	153
16	困龙失水	167
17	吞噬者	179
18	飞龙在天	189
19	异常事件局	195
20	幽灵航母	205
21	天基切割机	219
22	亢龙无悔	235
23	龙战于野	249
	尾　声	291

后记一	寻龙路上，我们终将相遇	295
后记二	寻找心中之龙	299

序 言

龙究竟为何物？

潘海天

龙，这个在我们文化中如此普遍又如此神秘的存在，究竟为何物？

这个问题像一粒种子，被作者小心翼翼地植入读者心中，然后慢慢生长，直至盛放。

龙是中华民族的图腾，是文化符号，是吉祥之物，在日常生活的方方面面，从日常用语到艺术表现，我们总能触及这个意象。可是我们对它的了解，或许仅停留在表象之上。

过去西方常用一句拉丁文"此处有龙"（Hic sunt dracones）来填补地图上的空白之处，以此代表未知和危险。正是怀着对这些未知的好奇，一代代冒险家前赴后继，以探索空白之处为莫大的荣耀。

不论是凡尔纳笔下环游世界的非凡旅程，还是亨利·赖德·哈格德描绘的所罗门王的宝藏，或是埃德加·赖斯·巴勒斯构想的非洲丛林世界，这些作品都捕捉到了人类探索未知的内在冲动。这种对未知领域的执着追寻，对神秘世界的想象与憧憬，孕育了科幻文学这一独特的文学类型，为人类提供了思考自身与宇宙关系的新维度。

东方的龙与西方的龙虽然并非同一物种，但同样具有神秘、幽明与危险的特质。中国也从不缺少冒险家，张骞、甘英、郦道元、徐霞客、郑和都可以视为某种寻龙者，而在《龙之变》中，我们可以清晰地看见这种精神的继承。它以一艘中国渔船在北太平洋发现神秘生物组织为开端，随后展开了一场横跨千年、穿越地理与文化界限的科幻旅程。

表面上，它讲述了年轻人郦逍寻找身份认同的故事，但在这个框架下，作者编织了一个复杂的多维度叙事，将中国古代文化、现代地质学、青藏高原生态与宇宙科幻元素熔于一炉。

本书前半部分保持着一种老派科幻小说的韵味，节奏从容，似乎专注于一场史料学上的考古冒险，同时担负着各类百科知识的传播责任，试图将轻灵万变、能幽能明、嘘气成云的"龙"拆解成现代生物学体系下的研究对象。

而无论是郦逍与其酗酒父亲的隔阂，还是古代时间线里郦范对儿子的爱与忧虑，都透露出中国家庭关系中那种难以言表却又深入骨髓的情感纽带，这些都秉承了中国文学的现实主义传统。

以现实主义方式切入超自然现象，理性与浪漫交织的笔法，正是海漄和分形橙子的特殊风格，他们擅长在古代神话、历史故事与现代科幻之间的陡崖上开辟新路，比如海漄的《龙骸》《走蛟》，以及分形橙子的《地球众神：亡者归来》，都是将古老意象置于科幻框架之下重新审视。

对于习惯了西方科幻叙事模式的读者来说，或许需要一些耐心去适应《龙之变》的节奏和思维方式，三重叙事，时空变幻，现代和历史交织，但这种文化视角的转换正是这部作品最珍贵的地方，作者的选择始终是自觉和清晰的。舒缓的文学化意向很快走向了宇宙级别的激烈对抗，小说后半部分的宏大转折令人惊叹，远古沉睡的龙被迫苏醒，人类与龙族这两个曾经互不理解的文明终于走到了一起，这一情节急速扩展了故事的宇宙观，也超越了对龙的刻奇式追寻。

值得注意的是，作品中对航母编队、战斗机和现代作战方式的详尽描写，是建立在中国这些年来的迅猛发展之上的。正是有了物质基础，才为这样宏大的故事提供了令人信服的现实框架，也为作者探索非西方科幻叙事提供了可能。

在这样的叙事空间中，作者提出了一个发人深省的问题：当我们面对宇宙中更强大的存在时，人类的傲慢与分裂是否还有意义？

联系到当下的国际形势和方兴未艾的贸易战，我们不禁思考：中美合作的可能性是否仍然存在？世界大同的理想，是否还能真正实现？

明明领着读者摆脱现实的束缚，翱翔于九天之外，可是精神又落回实处，重新思索文明的含义和现实的定位，这就是科幻的魅力所在。

龙，作为守护者，在这一刻有了前所未有的意义。

海漄和分形橙子都是年轻又优秀的作者，分形橙子几乎获得了国内科幻所有重要奖项，而海漄则摘得世界科幻最高荣誉雨果奖。他们拥有着把握新时代的敏锐触觉，又不约而同地选择写实的文字风格。我的感觉是，他们既秉承二十世纪中国科幻作家现实主义的传统，又不惧构建所谓"通俗"的故事，勇于编织激烈的情节对抗，这使得他们成为承前启后的关键一代，长路漫漫，天际无垠。

中国科幻文学在国际舞台上的接连获奖，也预示着某种变化正在发生。

崛起的东方想象力将引领科幻文学走向何方，尚未见得如何分明——那么现在，恰如书中神秘莫测的龙，两位作者正引领着我们这些充满好奇心的读者，踏上一段通往无限可能的奇幻之旅，探索那永续的神奇领域。

01
引子

　　昨夜的狂风暴雨已经停歇，但清晨的天空仍布满铅色的阴云。风小了很多，汹涌的海浪已平息，海面泛着灰黑的波涛，仿佛一头怪兽身上的褶皱。

　　放线作业结束之后，老周在船舱内脱掉又湿又热的背心，换上一件干爽的T恤，走上甲板。

　　他站在右舷，静静地望着远处的波涛起伏。当他还是个毛头小子的时候，老船员就给了他一个忠告：没事儿千万不要一直盯着大海看，那些波浪会把人催眠，盯得太久，就会产生一种投身其中的冲动。

　　三个月前，"荣成号"捕捞船从烟台港出发，穿过对马海峡进入日本海，接着北上穿过津轻海峡，到达北太平洋。原本在夏秋两季，"荣成号"应该南下至西沙群岛附近，在金枪鱼的传统捕捞区域作业。但随着近海渔业资源的枯竭，捕获量锐减，他们不得不北上远航。可如今这片因洋流交汇而泛起无数营养物质的丰饶水域也让大伙儿失望了，收成依然远不及预期。现在，"荣成号"上的三个超低温冷库连一个都未装满。这令漂泊多年、对挫折早有足够免疫力的老周开始感到不安。鱼群去哪儿了？虽然世界各地的渔场都在减产，但近来它们似乎突然消失，这太不正常。

"唉……"老周闷闷地叹了口气。

即便如此，每日机械性的维护工作也颇为繁重。双重压力下，船员们的心情也如船头激起的浪花般沉入了冰冷的海里。作为船长，老周感同身受，却不能表现出来。"荣成号"上的船员大半是他从山东老家带来的同乡亲友，这是一份信任，也是一副重担。

身后的电机嗡嗡地响起来，这是船员们正准备在船头下网。一般来说，作为一艘捕捞金枪鱼的远洋渔船，"荣成号"主要采用延绳钓法[1]。每天早上，船员们要在船尾进行放线作业，到了晚上再进行收线作业。可因为收获太差，在大副老李的建议下，船员们开始用渔网捕鱼。要在以前，老周肯定不会同意这种事儿的，但看着空荡荡的冰库和船员们焦躁的目光，他最终还是默许了。

掐指头算算，老周已经在船上干了三十年，他对大海比对陆地更熟悉。老周本打算再干个十年八年，等彻底干不动了就上岸，如果还能找个海边的小房子，每天听着波涛声入睡就更好了，但现在计划可能要改变。他的老伴去得早，这些年，老周一直在海上漂着，和儿子相处的时间很少，一眨眼孩子就长大了。记得高考填志愿的时候，自己正在南太平洋某个角落漂着，是儿子的班主任帮着参谋的。儿子很懂事，也很独立，对此老周一直怀有愧疚，觉得没能尽到做父亲的责任。但话说回来，这也是没办法的事，爷儿俩的生活还得靠漂泊的渔船来维系，而除此之外，老周实在不知道自己还会干什么。

---

1. 延绳钓是一种古老而高效的捕鱼方式，利用长线挂钩，钓线可长达数十公里，钩子数量众多，适用于深海作业。

直到昨晚,在卫星电话里,极少跟自己提要求的儿子吞吞吐吐地告诉老周,希望他能下船,到上海帮忙照顾出生不久的小孙子。老周心绪烦乱,只说考虑考虑,又随便聊了几句,就挂了电话,之后整晚都没睡好。

儿子大学毕业后就留在了上海,在一家上市公司工作,成了村里人人羡慕的对象。几年后,儿子结了婚,娶了个温柔乖巧的南方姑娘。老周喜上眉梢,拿出了一辈子的积蓄补上了小两口的缺,交齐了房子首付,总算了结了一桩心事。他在海上漂泊了大半辈子,儿子却能在大城市扎下根来,老周很欣慰。但他明显感觉到,这两年,儿子从一个意气风发的小伙子慢慢变得如自己一般沉默寡言,就像一颗漂亮的雨花石,在生活的磨蚀下变得粗糙黯淡。儿媳的产假没剩几天了,儿子也说他不想被"优化",只能夜以继日地扑在工作上。陆地上的生活很繁华,也很复杂。老周不太理解"优化"的意思,但他明白,如果请保姆带孩子的话,且不说父母不在家能不能放心,那又是一笔不小的开支,小两口还有房贷、车贷,儿子应该是实在没办法了才来找自己的。唉!老周叹了口气,暗暗下定决心,这是最后一次出海了,跑完这趟,他就上岸去儿子那儿。

正在这时,船头突然传来一声惊呼。大伙儿纷纷涌向那里,紧接着便喧哗了起来。难道是渔网出了什么问题?老周心头一紧,急忙冲上去,将几个挤在前面咋咋呼呼的毛头小子扒拉开。但他的动作到一半就停住了,吊机已经吊起了巨大的渔网,渔网沉甸甸的,绞索紧紧地绷着,但那渔网中的东西不是鱼虾,而是一种奇怪的半透明组织。

这几年空难、海难多发,渔船不时便会打捞起一些奇怪的物品。但眼前的东西显然不能归于此类,像是某种生物组织碎片。老周马上联想到了1977年日本渔船"瑞洋丸"在新西兰海域捞起疑似蛇颈龙尸体的旧闻。这件事在当时轰动一时,虽然不明生物组织最后被证实不过是一大块腐烂的鲸脂，但当事船员早已靠着参加各类访谈节目赚得盆满钵满。一念及此，老周的心跳猛地加速，脚下这片深不见底的幽蓝陪伴了他数十年，但自己对它仍难言了解。它的神秘莫测令人恐惧，也让人着迷。倘若"荣成号"这次打捞上来的真是什么珍奇生物，那这一趟可就没白跑了。

操作员操纵着吊臂将渔网转移到了前甲板上方，一股浓烈的腥臭味袭来，顿时惹得惯常与海产打交道的船员们纷纷掩住口鼻。强忍着作呕的冲动，老周终于看清了它的全貌。和难闻的味道形成鲜明对比的是，怪物的外表甚至可以用美丽来形容。不同于"瑞洋丸"发现的腐烂变形的残骸，它还很新鲜，组织结构也保存得相当完好。简单来说，它类似于某种胶状物，就像是一块巨大的果冻。而胶质果冻中往往包裹着小块果肉。与之相仿的，在这半透明的外层组织内，竟也有一颗呈蓝黑色、看似核心的球体。在微弱的晨曦中，它隐约闪烁着，催动微弱的蓝光沿着如纤维般的管道向肌体的各个角落传递。所有人都看愣了神，只有老周觉得这场面似曾相识。他还年轻时，在某次潜水中遇见了狮鬃水母。透过那巨大的透明伞盖，清晰可见其中缓缓蠕动的内脏器官，它们传递着能量和信号，操纵长逾三十米的触手摇曳摆动，空灵地漂荡于无垠的大海中。当时，那样的庞然大物已经足以让老周惊叹了，而现在，眼前残片的大小几乎颠覆了他对一切海洋生物的认知。

在活着且完整时，它会有多大？老周无法想象。他心中莫名升起一种不祥的预感。消失的鱼群、失事的客轮和飞机……一系列不同寻常的灾难，会不会和自己打捞上来的这个怪物有关？

或许因为眼前的景象太过离奇，老周和船员们竟无一例外地对由远及近的轰鸣声浑然未觉。直到头顶上卷起阵阵旋风，接着又投下数道光柱时，他们才发现三架直升机已呈"品"字形将"荣成号"团团围住。但它们的目标显然不是"荣成号"，匆匆巡扫一圈后，三盏探照灯便将光柱聚焦到了一处——渔网中的不明生物体。

"船长,这几架直升机好像不是海警的。"大副凑到老周耳边说。

"废话!多亏了海警咱们渔民的腰杆子才硬了起来。但再怎么着,他们也不可能到北太平洋来执勤啊,这是部队的飞机!"

"咱们……咱们是摊上啥大事了吗?"大副哪儿见过这阵仗,磕磕巴巴地问道。

恰好这时太阳从云层中钻了出来。疾风猎猎,海面上弥漫的雾气一扫而光,目之所及变得格外敞亮。老周眯着眼,只见远方的海天交界处,缓缓冒出了一截钢铁"塔尖",紧接着,是高耸的舰岛。又过了几分钟,一座海上"浮城"终于露出了全貌。汹涌的波涛瞬间被它驯服,如柔滑的奶油般向两边分开。

虽然曾不止一次在电视里看到过它,但亲眼所见下,老周还是被它那君临天下、无可阻挡的气势镇住了。

"是青海舰。"他深吸了一口气,缓缓说出了这个名字。

"什么?太平洋舰队的核动力航母!老天爷啊,到底发生了什么了不得的大事儿?"大副满脸难以置信的神情。

"也许,咱们正在见证历史……"学着新闻里的沉缓腔调,老周喃喃自语道。

02
父亲

郦逍是在傍晚时到家的。

老家的冬天，天黑得总是特别早，更衬托出这个资源枯竭的矿业城市的萧条。这条线路上的最后一班公交从汽车站驶出，穿过一条条老旧的街道，每隔一段便泄气似的停下，吱吱呀呀地打开前后车门，却几乎无人上下车。位于城市边缘的煤矿家属安置区是本线路的终点站，当郦逍拖着沉重的行李箱在这儿下车后，它便一溜烟地开走了，仿佛瞬间恢复了活力。郦逍站在破败的单元楼下，一阵寒风吹来，他不禁缩了缩脖子。这里前些日子刚下过雪，墙根处残雪和垃圾混杂在一起，淌出道道散发着异味的水痕，就像风烛残年的老人流下的泪水。

像是不敢面对似的，郦逍低头走进楼梯口后，脚步便越挪越慢了。

太阳已经完全落山，楼道里更显幽暗，楼道灯早坏了，只能借着对面单元楼几盏厨灯洒落的昏黄灯光勉强看清地面。郦逍一步一停地走着，这时他才理解了文学作品中描述的双腿灌铅似的沉重感觉，因为每一步对他来说都是巨大的煎熬。可就在几天前，郦逍还蓬头垢面地躺在出租屋里上着网，在聊天群里和背包客朋友讨论下一次的徒步穿越计划。面对突然崩塌的世界，他有一种不真实感。

父亲是个酒鬼，在郦逍的童年记忆中，他酒醒的时候实在不多。而在浑浑噩噩的间隙，偶尔清醒时，父亲又变得阴沉暴躁，总会找母亲吵架，最后甚至发展到动手。熬到郦逍上小学三年级，母亲终于忍无可忍离开了家，自此再没回来过。在这种环境中长大的郦逍，几乎没感受过家庭的温暖。

母亲走后，郦逍只能跟着父亲一起生活。父亲似乎受到刺激，竟改掉了酗酒的毛病。但他依然对郦逍不管不顾，好像他的职责仅限于让儿子维持吃饱穿暖的生活。学校曾好心提醒，却对父亲起不到半点作用，时间长了也就听之任之了。于是，无人管教的郦逍就像野草一样成长。那时的玩伴倒是很羡慕他，因为不管他在外面混到多晚，回去后都不用担心挨揍，但只有郦逍自己知道，总是待在空荡荡的房间里是多么难受。等到必须回去时，郦逍只能用怨恨填充自己的心。他还是个孩子，却无比清楚地知道，是父亲亲手毁了这个家。

日子总要过下去，郦逍并没有其他选择。而性情大变的父亲则成天把自己关在书房，不知道在里面忙些什么。久而久之，郦逍也有些好奇。他曾趁父亲不在家时溜进去过一次，发现不大的书房里，只有一张旧书桌和紧挨着两面墙摆放的两个近乎与天花板齐平的角钢书架。书桌下嵌着几个上锁的抽屉，不知里头放了什么。书架则塞得满满当当，上面的书有些很新，有些连纸张都泛黄了，应该是父亲多年积攒下来的。

郦逍记起从前，一次次被父亲殴打后的母亲只能以泪洗面。她是那样无助，紧紧地抱着郦逍，嘴里却念叨着父亲年轻时的好。在她不甘的回忆中，父亲本不该成为一个靠出卖体力维生的煤矿工人。

母亲出走后，唯有这些书仍虚弱地证明着那些仿佛不存在的往事。他还没有放弃吗？郦逍隐约察觉到父亲冷漠的背后还有不为人知的另一面，而真相很可能就隐藏在那几个抽屉中。自此之后，他经常趁父亲下矿不在家，溜进去翻看书架上的书，临了又原样放回去。渐渐地，郦逍熟悉了书房的每一个角落，却始终没能找到抽屉钥匙，仿佛它们从未被开启过。好奇心旺盛的少年把这当作一场冒险，紧张中带着些许期待，甚至隐隐希望父亲突然回家，拆穿自己的小把戏。有好几次，父亲进出书房时向他投来了异样的目光，好像发现了什么。但最终，他还是默默地关上了房门，既隔绝了家中的空间，也隔绝了父子俩的交流。现在回想起来，在潜意识里，郦逍又何尝不是想通过这样的方式，唤起父亲对自己的关注呢？

除了少部分笔记小说、野史子集外，父亲的藏书主要还是一些地理学和地质学专著，大都十分枯燥。就在郦逍丧失兴趣快要放弃时，他在书架底部发现了一本《水经注》。这本书在历史课本中虽有提及，但只是一笔带过。郦逍打开后发现全是繁体竖版的文言文，好在父亲居然细致地在每一页上写下了大量点评和批注，和原文两相对照，郦逍勉强读来倒也趣味盎然。这种情形在其他书中是没有的，父亲为什么会对《水经注》格外关注呢？这让郦逍困惑不已，连同那些上锁的抽屉，一起化作了他成长过程中一个小小的谜团。

或许是因为长期阅读那些深奥难懂的书在潜移默化中培养了悟性和专注度，尽管无人辅导，郦逍的成绩却一直不错。高考成绩公布后，他的分数超过了一本线不少，虽与全国排名前列的那几所知名学府无缘，但要在211院校中挑一个好专业还是不成问题的。和所有出身农村或小城市的孩子一样，他们志存高远，渴望到外面那缤纷多彩的世界去挥洒青春。郦逍也早已厌烦了家乡一成不变的单调生活。然而，一切美好的憧憬很快便被父亲蛮横地打碎了。

那天郦逍回到家，破天荒地看到父亲正拿着本《高考志愿填报手册》在研究。

"爸！"郦逍小声喊了句，手指不自觉地绞着校服的衣角。父亲点点头算是应答，接着，父子俩便陷入了习以为常的沉默。

"考得不错，儿子。"突然，父亲冒出一句话，像憋了很久才说出来的。可对于许久不曾得到关注和肯定的郦逍来说，这已经足够让他心头一暖了。但父亲接下来的话让他如坠冰窟："看看我给你选的学校和专业吧，回头去把志愿填了。"他将那本册子递过来，上面已经画了几个圈，无一例外的，都是地质类大学和相关专业。

"为什么？"郦逍声音发颤，语气却是麻木的，好像在问一件和自己无关的事。

"我干了大半辈子也没弄出点儿名堂，只有把希望寄托在你身上了。"父亲叹了口气。

"你是你，我是我！你以前从没管过我，凭什么这会儿来替我选！如果是妈妈，她一定会尊重我的……"郦逍彻底爆发，声嘶力竭地吼道。

有那么一瞬间，父亲似乎被触动了，他狠狠吸了口烟，但随即又恢复了冷硬的模样："凭我是你老子！你妈早和别人一起过了，但你永远是我儿子，跑不了！要么听我的，要么这书就别念了！"半燃的香烟被扔在地上，带出一溜儿火星，父亲甩手走进书房，砰的一声关上了门。

这是多年来郦逍第一次也是最后一次听到母亲的消息。此刻，所有人都抛弃了他，郦逍的喉咙像被扼住一般，什么也说不出口，只能手足无措地站在那里，任由泪水涌出。

最终，郦逍还是没能拗过父亲。其实，因为看书的关系，郦逍原本对地质学就已经产生了不小的兴趣。他真正反感的是父亲对自己毫无理由地干涉。家庭温暖的长期缺失让郦逍习惯了独立，假如父亲愿意好好解释，他未必听不进去。但叛逆心一旦被激起，就再也收不住了，什么未来，什么梦想，郦逍对这些突然失去了期待，消极的种子在心中生出藤蔓，将他紧紧包裹。

高考后的那个暑假，郦逍几乎完全泡在了网吧里，录取通知书被他随手扔到一旁，父亲也回到了对他不管不问的状态。也就是在那时，郦逍在网上认识了大黑。

"大黑"是个网名，他也许跟郦逍提到过自己的名字，但这对郦逍来说一点也不重要，他只是需要有人陪自己消磨掉无聊的时间。和郦逍一样，大黑也是在单亲家庭中长大，但不同的是，大黑家境很好，只要是钱能解决的问题，大黑父亲一概予以满足。而在玩腻大多数正常娱乐项目后，大黑还真找到了一个可以让他维持刺激阈值的活动——徒步穿越。

见郦逍闷闷不乐，大黑便提议出去走走，既可以散心，又能过过徒步的瘾，一举两得。对此，郦逍虽提不起什么兴致，但盛情难却，便随口应了下来。没想到，大黑行动力惊人，又在网上联系了几个相熟的背包客，很快便拉起了一支小队伍。于是，在那个烦闷的暑假即将结束之际，郦逍踏上了一条从未预想过的道路。

考虑到队伍里有郦逍这样的"菜鸟"，大黑选择了著名的徽杭古道，这是一条非常成熟的徒步路线。一路上，他们谈天说地，在漫漫山野间看着月亮升起，又在暗夜群星后迎接初升的朝阳。在众人的感染下，郦逍从最初的疲于应付变得兴奋和活跃起来。天亮了，霞光万丈，氤氲的雾气在群山间飘荡，凝结于那一片苍翠中，而心中的烦恼仿佛也随之烟消云散了。就是从那时候起，郦逍迷上了徒步穿越，那份行走于天地之间、自我放逐的感觉令他不能自拔。

虽然自小便缺乏管教，但中学时的郦逍至少还身处在一个大部分人都埋头苦读、彼此竞争的环境中，并且那时他心底还抱有唤起父亲关注的些许期待，所以那时他还没有放飞自我。但填报志愿的事伤透了郦逍的心，进入大学之后，之前那种紧张的氛围也一下子消失了。时间突然变多了,他很快发现唯一能让自己不那么迷茫的事便是徒步了。于是,除了和大黑结伴,郦逍还开始在网上联络起更多同好。最初,他还只是利用周末或节假日在城市远郊的景区进行徒步穿越,不到一年,这已经无法满足他了,郦逍开始尝试去更远更偏的地方进行难度更大的穿越。当然,越是这样的地方,穿越所花费的时间和金钱也越多。就算如此,即使在学校的时候,郦逍也无心学业,而是整日泡在网上和天南海北的背包客们一起研究各种穿越路线,琢磨着怎么从生活费中挤出一些钱来添置装备。

总之,郦逍的胃口越来越大,几乎把所有精力都放在了徒步穿越上。大一时仗着高中学习的惯性,基础课大多还能勉强过关。但到了大二,经常旷课的郦逍就完全跟不上新开设的大量专业课了,挂科成了常事。当初选择这所学校和这个专业,郦逍本就不情愿,这下正好有了自暴自弃的借口。他变本加厉地逃课,甚至连补考也因为在外徒步而错过了。辅导员三番五次找他谈话,要么碰不到人,偶尔遇上了也说不了几句。郦逍对这类说教很是抵触,明明辅导员大不了自己几岁,竟也来管东管西,凭什么?郦逍没想到,正是这一举动让他彻底失去了挽回的机会。大三上学期还未结束,他就收到了学校勒令退学的通知。

就这样,在与大多数同学产生交集之前,郦逍就从他们的世界里退出了。于这所学校而言,他如同一个影子,什么也没留下。不过,他与寝室的三个舍友关系都还不错。搬出寝室后,郦逍在学校附近的城中村租了一个便宜的单间,并嘱咐室友为自己退学的事保密。几人面面相觑,欲言又止,最后还是勉强答应了。这似乎多此一举,郦逍不打算告诉父亲,心中甚至隐隐有一丝报复的快感。事实上,自从上了大学,他就很少和父亲联系。最近一次,还是被退学之后的那个"寒假",他借口要跟导师去野外实习考察,没有回家,父亲也没有多问,只是按时将下学期的学费和生活费打给了他。

对于这个结果，忐忑过后，郦逍感到更多的反而是一种放松和解脱。既然没人关心自己，那为什么不能无拘无束地生活呢？摆脱了学业和心理上的负担，他终于可以全身心地去挑战更高难度的穿越。不久之后，郦逍在背包客圈里已经算是小有名气了。随着一条条线路被成功穿越，他也有了更高的目标——徒步穿越可可西里无人区。

在国内的徒步圈里，羌塘、阿尔金山、罗布泊以及可可西里四大无人区毫无疑问位于鄙视链的顶端。它们是徒步穿越者的至高圣地，如果谁能征服其中哪怕一个，就已经是非常了不起的成就了。从小到大，除了高考成绩公布时父亲那片刻的赞许，郦逍从未在其他地方获得过肯定。是他做得不够好吗？并不是。或许只是没人在意罢了。但现在，一个能让自己获得认同、吸引崇拜目光的机会就在不远处诱惑着他，他怎能不心动呢？

没有太多的犹豫，郦逍将目标定在了可可西里。不少人都有寻根溯源的冲动，郦逍也不例外。事实上，可可西里所在的青海省才是他真正的故乡，他出生在那里，只是很小的时候就随父母迁走了。因为太小，幼时的记忆几乎都模糊了。他只记得父亲会抱他骑在自己脖子上，去户外眺望远方的雪山。那时候，在明媚的蓝天下，父母的脸上总是带着笑的。后来，不知因为什么变故，父亲带着母亲和他离开了那个有很多和蔼叔叔和阿姨的大院。一家人到如今所在的小城扎下根后，郦逍慢慢长大了，也记事了，但生活变成了灰色。父亲的人生、郦逍的家庭都毁了，但他无意去探究当时发生了什么，只是下意识地想要靠近那个一切开始的地方。为了完成这个计划，前些日子，郦逍一直窝在出租屋里，大门不出二门不迈，在网上搜集了大量关于可可西里的资料。又据此列出装备清单，拟定好穿越路线后，他发现，万事俱备，只欠东风了。

但就是最后的"东风"把他给难住了。没错，这"东风"自然是钱。郦逍算来算去，把各项支出都压缩到了极致，可即便如此，他手里的钱也还不够一次可可西里的徒步探险。他绞尽脑汁，能不耽误进度快速成行的办法似乎只有再编个理由向父亲要钱这一招了。但犹豫了半天，郦逍始终也没下定决心，他实在不知道如何开口。纠结中，他登录聊天群，准备让那帮同样囊中羞涩的朋友出出主意。可惜啊，带自己入门的大黑不久前结婚了，有了家庭的牵绊，他很快淡出了这个圈子，不然郦逍也不至于在钱的问题上如此苦恼。郦逍说不清对大黑的转变到底是羡慕还是遗憾，但他心里清楚，以后最好不要再打扰这个曾经的朋友。

就在他胡思乱想时，有阵子没动静的室友群突然闪动起来。

他们找自己干吗？郦逍有些疑惑，自打搬出寝室后，他就没再联系过三个室友。毕竟，大家以后多半不会再有什么交集了。想到临走前交代他们的事，郦逍心里不禁咯噔一下，难道是自己退学的事没瞒住？他不情愿地点开了对话框。

"郦逍，在吗？看到信息速回寝室一趟，刘导找你有急事！"

一连三条完全相同的信息，焦急仿佛溢出了屏幕。郦逍皱起眉头，他已经和学校没一点儿关系了，辅导员这时来找自己做什么呢？就算是退学的事被父亲知道了，极好面子的他肯定也会认定完全是郦逍的错，绝不会牵扯上学校。

郦逍又瞥了眼时间，留言都是几小时前的，这会儿室友们的头像全是灰色，没人在线。于是，郦逍掏出手机，准备打个电话回去，却发现手机已经欠费停机了——怪不得没有电话打进来。他并没有告诉室友们自己现在的地址，如果真有急事的话，他们肯定会打电话的。只是他昨晚玩了整宿的游戏，今天醒来后又一直在想徒步穿越可可西里的事，所以直到刚刚才发现不对劲儿。该不会出什么事了吧？郦逍有些坐不住了，他站起身，在屋子里走了几圈，还是决定立刻回学校问问。这会儿正巧是吃完晚饭，还没去图书馆学习的时间，室友们应该都在寝室。

走了十来分钟就进了校门，郦逍其实并没离开多久，心中却有一种恍若隔世的感觉。校园里熙熙攘攘，迎面走来的都是背着书包去图书馆自习或是手拉着手成双成对的学生。郦逍的心里有些不是滋味，他低下头，加快脚步，很快来到了宿舍楼下。

在寝室门口，郦逍犹豫了一下，还是敲了敲门。开门的是老三，果然，室友们都在。

老三看到郦逍，脸上勉强挤出一丝微笑："老二，你回来啦？"说完，便扭头求助似的望向其他人。

放在之前，郦逍会直接一脚踢过去，回骂道："你才是老二！"

可现在大家已经有些生分了，郦逍只是点点头："嗯。"

"你看到我们发的消息了？"老大接过话茬。

"是啊，辅导员找我啥事啊？"郦逍低声问道。

"别光站门口啊。"老大边走边揽着郦逍的肩膀把人拉进寝室。郦逍搬走之后，学校没再安排新人住进来，原本属于郦逍的书桌和床都还是空荡荡的。老大拖过来张凳子让郦逍坐下，转头对老三说道："去给老刘打个电话吧，让他来一趟，就说郦逍回来了。"

"好，寝室里信号不好，我们出去一下。"老三点点头，推了把正在打游戏的老四，老四识趣地退出了还没结束的一局，和老三走了。

郦逍越发一头雾水："等等，到底怎么了？"

老大面露难色："这个……郦逍，等老刘来了再说吧，这事最好还是通过学校，他说得也清楚些。"

老三还在外面走廊打电话，老四折回寝室，从裤兜里掏出皱巴巴的烟盒，抽出一根递给郦逍："来一根？"

室友们莫名其妙的举动让郦逍越发焦躁了。以往，他的烟瘾不大，迷上徒步穿越之后就抽得更少了，此时却不由自主地接过了烟。

老四帮他点着火，郦逍猛吸一口，顿时被烟呛住，猛咳了几声。

就在这时，门开了，老三领着辅导员走了进来。郦逍坐在椅子上没动，但他明显感觉到室友们都松了口气。

"郦逍同学……"辅导员走过来，手搭在想要站起来的郦逍肩膀上，语气反常地温和，"昨天，学校联系了你很久，现在你回来了就好……你家里出了点事儿，你要做好心理准备。"

"什么事？"郦逍的心被狠狠地揪了下，他口舌发干，嘶声道，"您直说吧，我受得住。"

"郦逍，你爸爸去世了。"辅导员轻声说道。

郦逍抬头看着辅导员，一脸迷茫："你说什么?!"

几人对视一眼，辅导员犹豫片刻，接着说道："你家那边的社区居委会也没联系上你，所以昨天把电话打到学校来了。说是矿上正逐户协调工资和退休金延迟发放的事，唯独你爸没露面。几个邻居敲门也没反应，他们担心出事就撬了门，结果发现他倒在地上，当时人就已经不行了。

"是心肌梗死，很突然。"见郦逍还是没反应，辅导员又强调了一次。

"你们肯定弄错了。"郦逍慌忙站起来，"我最近一直没跟我爸联系，也没有告诉他我被退学的事。他肯定是因为找不到我，着急了，所以才会用这种法子……"他说不下去了，只感觉脑袋一阵眩晕。

老大把手搭在郦逍的肩上："老二，快回家看看吧。"

郦逍颓然坐倒，双手捂着脸。不，这不可能，父亲之前虽然酗酒，但身体一直没什么大毛病。他今年刚满五十，正是许多中年人稍稍卸下肩头重担，开始自在过活的年纪。

后面还发生了什么，郦逍就记不太清了。好像其他寝室的同学们听到了动静，纷纷围在寝室门口。有的人默不作声，也有的人试着安慰他。郦逍木然地看向他们，他们的面孔模糊不清，但那交织着同情和鄙夷的目光异常清晰。

"看看他是怎么对自己爸爸的。"

"他爸是被他气得发病的吧?"

"他还有脸回家?"

各种纷杂的声音一瞬间全从郦逍的脑中冒了出来,他逃也似的冲出了寝室,行尸走肉般地返回了出租屋。

他开始机械地收拾行李,其实也没什么好收拾的,大部分东西都可有可无。最后,郦逍只在行李箱里胡乱塞了几件衣服。但看着这个行李箱,他不禁想起大一报到前的那个暑假。直到快开学的时候,自己才不情不愿地从大黑家回去。没想到,见到满脸无所谓的儿子,父亲并没有多说什么,只是带郦逍去商场买下了这个足足花掉他一个半月工资的名牌行李箱。接着,他亲自把儿子送到了学校。父子俩一路无话,这让散漫惯了的郦逍感觉浑身不自在。但父亲回去时,郦逍分明看到他只给自己买了一张最便宜的站票。

"爸……"郦逍手一抖,箱子翻倒,衣服散落一地。情绪也再无法压抑了,他不禁失声痛哭起来。

03
地 图

"虎子！是虎子吗？"狭窄楼道内突然传来的喊声将郦逍拉回了现实。是谁在叫自己的小名？他回头定睛看去，只见一个矮胖的身影正从下一层楼的房门里探出身来，眯着眼向这边张望。尽管那人苍老了不少，郦逍还是一眼认出了她。

"李婶！"郦逍心虚地应了一声。早些年矿上效益还好的时候，李婶在工会工作，家属院里的大小事都少不了她来热心张罗。母亲走后，郦逍差不多是吃百家饭长大的，而其中最关照他的就数李婶了。郦逍还记得，那时饥肠辘辘的自己在李婶家狼吞虎咽时，李婶总是念叨："造孽啊，可怜的娃儿，你爸也太不像话了。"

"唉，不过也不能怪他。"李婶每次总补上这么一句。但那时郦逍还不懂大人的烦恼，他只觉得饭菜好香，等自己长大后一定要好好报答她。但如今，面对这个胜似亲人的长辈，郦逍除了愧疚却一无所有，脸上好像在发烧，他把头埋得更低了。

"你这孩子！可算是回来了！"李婶忍不住埋怨，但见郦逍衣着单薄，顿时便消了气，不由分说地走上楼来抢过行李箱，掏出一串钥匙，用其中一把打开了郦逍家的门。"你爸出事的时候大伙把锁弄坏了，给重新配了一把，钥匙放我这儿保管。别愣着了，外头冷，快进屋。"

"李婶，我自己来。"郦逍忙不迭地拎起箱子，跟着李婶回到了自己既熟悉又陌生的家。

客厅正中靠墙的餐桌上立着一幅父亲的黑白遗照，略有些失真。李婶垂下眼睑，不无歉疚地说道："你爸走得突然，在家里没找到照片，一时又联系不上你，就只好拿他工作证上的放大先用了。"

"我爸他……好像从没给自己拍过照片。"郦逍不禁哽咽，他不明白父亲为何要这样刻意地抹去能证明自己存在过的一切。

"唉！他应该只有你一个亲人了吧？你爸以前老跟我们左邻右舍说你出息了，考上了好大学。现在你也是成年人了，很多事还得你点头才行。"李婶叹道。

李婶猜得不错，父亲只有自己一个亲人了。郦逍只是没想到原来在漠不关心的表象下，父亲竟一直以自己为荣。郦逍的祖父母是上山下乡时期支援青海建设的知识分子。父亲在青海长大，等到他拖家带口返回故乡时，上一辈的亲朋早已在剧烈的社会变动中流散失联，他们一家成了无根的人。后来，母亲走了。而现在，连父亲也不在了。从今往后，就只有他一个人了。

接下来几天，郦逍在李婶和居委会的帮助下，魂不守舍地处理完了父亲的后事。李婶和其他邻居，还有居委会、矿上的人这段时间里来来往往，郦逍暗自叹息，家里已经很久没有这么热闹过了。

人们纷纷出言安慰，李婶还掏出一个信封——是全体邻居的一点儿心意。在这个濒临倒闭的矿业集团家属院里，人们的生活大多拮据，不少人已经下岗，仅靠微薄的政府补助勉强维持。但他们仍没有丢掉往日的情谊，这或许是源于工人，尤其是矿业工人特有的质朴吧。可郦逍又怎么能收下呢？他并不是父亲口中的骄傲啊，他不仅欺骗了父亲，也欺骗了所有人。李婶显然没察觉出郦逍的忐忑，还以为他是因为要强而拉不下脸，二话不说便将信封硬塞到他手里。完成了这件大事后，李婶松了口气，回家照顾自己的老伴去了。在郦逍上高二那年，她的老伴因为一场矿难伤到了脊椎，从此瘫痪在床。李婶一走，其他人也陆陆续续离开了。很快，家里又变得空荡荡的。郦逍的大脑也是一片空白，他抱着亲手给父亲挑选的骨灰盒，一根接一根地抽烟，就这样几乎呆坐了一夜。直到晨光熹微，连轴转的他才趴在桌上浅浅睡去。

"咚，咚咚！"敲门声惊醒了郦逍。他迷迷糊糊地看了下时间，不过才睡了两个多小时。这么早，会是谁来登门拜访呢？

郦逍打开门，是一个年纪与父亲相仿的男人，同样有着一张黑红的脸颊，郦逍突然觉得他有些面熟。

"您找谁？"郦逍怯怯地问道。

男人上下打量了郦逍一阵，猛地将他一把搂住，用力拍着他的后背："好小子，都长这么高了！"

"张叔叔！真的是你！"郦逍也认出了他。是张强，父亲在青海时最要好的同事和朋友，自己小时候还被他抱过呢。

"你爸这些年啊，好像故意躲着院里的老同事。尤其是最近两年，我们几乎断了联系。我还是从一位老领导那儿听说了他的事儿。这不，赶上了最后一趟航班，刚刚落地。无论如何，我总得来看看。"

张强接过郦逍递来的三柱香，点燃后插在遗照前的香炉里，拜了两拜，算是和老友作了最后的道别。

张强的话勾起了郦逍一直以来的疑问。回想起家庭变故的源头，他忍不住问道："张叔叔，你知道我爸当初为什么要离开地质大院，离开青海吗？"

"唉，事情都过去那么久了，也没什么好藏着掖着的了。"张强神色黯然，抽了口烟，开始诉说那段往事。

时间拨回到二十世纪七十年代。解放军基建工程兵水文地质部队某部组建于青海，负责当地的地质及矿产勘查，这便是地质大院的前身。郦道的祖父郦卫国随部队而来，两年后与另一名知青组建了家庭，从此便将一生奉献给了这片广袤的高原。

又过了一年，他们的孩子，也就是郦道的父亲郦刚出生了。在那个年代，郦刚本该与许多部队子弟一样，继承父辈的事业，扎根青海，度过艰苦但踏实的一生，可后来发生的一场意外，改变了一切。

那年夏天，经过艰苦卓绝的努力，郦卫国所在勘探队终于在可可西里无人区建起了一座前出基地。别看基地规模不大，设备简陋，但意义非凡。作为一个永久性的常驻站点，它将彻底终结无人区内"无人"的历史。以其为核心，大规模的地质勘查和矿产勘探很快就将如火如荼地展开。不过，这群先行者没被胜利冲昏头脑，他们很快发现了一个致命的问题——基地严重缺水。其实在定址之初，院里的专家不是没考虑过这一风险。当时的勘探结果显示此处潜水层浅，只需挖上几口井便可获得稳定充足的水源。但在这片生命的禁区，什么意外都有可能发生。队员们在数个点位掘地三尺，却仅有一处渗出了少许清水。以这点水量，维持小队的基本所需都有些勉强，更不用提后续开进的大部队了。

有队员联想到了几个月前附近刚发生过一场地震，因为震级较低，且地处荒芜，没有造成损失，自然也就无人在意。现在想来，极有可能就是那次不起眼的地震破坏了基地附近的潜水含水层，导致水量骤减。

虽已至此，但那个年代的工程技术人员身上普遍具有一种迎难而上的精神。作为队长的郦卫国立即想到，潜水含水层虽然遭到了破坏，但其中的淡水不会消失，肯定会通过其他通道排走。要知道，可可西里的气候固然寒冷干旱，本身蓄积的水量却很可观，只是它们多以雪山冰川和地下潜水的形式存在，而遍布地表低洼处的湖泊主要是盐碱水，无法直接取用。时值春末夏初，气温大幅回升，正是冰川消融、冻土翻浆的时候，或许"失之东隅，收之桑榆"也说不定。

于是郦卫国决定带领大家扩大搜索范围，寻找新的水源。据队员们事后回忆，这一决定当时是得到了多数人认可的，并不算莽撞行事。但离奇的是，向来视集体和纪律至上的郦卫国却在这次搜索的过程中私自离队，自此不知所终，再也没回来。

应该说院里对郦卫国失踪一事高度重视，很快就组织了大规模的搜救行动。但经历了数次"活不见人死不见尸"的挫败后，最终只能以"意外失踪"的结果草草收场了。

在那躁动不安的年月里，社会上到处流传着各种真真假假、耸人听闻的小道消息，即使偏远如雪域高原也无从幸免。含糊不清的搜救结果和郦卫国的反常行为又给了恶意与揣测肆意滋长的空间。一时间，大院内流言四起，有说他坠落悬崖，尸骨无存的，有说他被山中精怪掳走的，更有人言之凿凿地宣称他已经金蝉脱壳，逃往国外……

忍受着背后的指指点点，郦卫国的妻子将郦刚拉扯成人后便抑郁成疾，撒手人寰。好在日子虽艰辛，郦刚却很争气，成绩总是名列前茅，大学毕业后也顺利考回了大院。了解他的人都知道，他一直憋着口气想证明些什么。循着父辈的足迹，郦刚继续着未竟的事业。几年后，他已经成为独当一面的业务骨干。也许他曾天真地以为自己走出了父亲失踪的阴霾，命运却跟他开了个玩笑。在一场关系到科研资源分配的职称评级中，他出人意料地被挤出了名单，取代他的则是某位领导的亲戚……从小到大，郦刚遭受的不公数不胜数，他已经习惯比常人付出加倍的努力了，那个不学无术的混子却挑衅似的在他面前重提当年郦卫国叛逃国外的传言。郦刚爆发了，他操起拳头雨点般砸在那浑蛋脸上。谁也没想到平日里老实温和的郦刚会突然动手,等其他人反应过来拉架时,成天缩在办公室、一身虚胖的公子哥已经被揍得头破血流。尽管有不少人为郦刚鸣不平,但这事的性质毕竟太过恶劣,不久后他便被调离了大院,就此失去了成为一名地质学家的机会。

"据我所知,老郦不是没做过为父亲恢复名誉的尝试。但只要一天没找到你祖父,那些荒谬的流言就无法被彻底终结。这些年来,老郦过得很消沉,他不是个合格的丈夫和父亲,但小逍,请一定要谅解他的苦衷,这一辈子,他都没能摆脱命运的捉弄。我想,人既然已经不在了,再介怀过去也没意义了,我们只能向前看。所以你一定要坚强,好好生活下去。"把老同事坎坷的一生娓娓道来后已是中午,张强用力拍了拍郦逍的肩膀,准备告辞。毕竟青海的工作也不能耽搁,他的时间很紧。但看到郦逍埋着头茫然无措的样子,他又留了大半天,最后才急匆匆地赶了趟红眼航班返回西宁。临走前,他留下了自己的联系方式,嘱咐郦逍,今后有任何困难都可以找自己。

张强走后,郦逍没有休息,反而强打精神整理起了父亲的遗物。自打回到家里,他的昼夜就颠倒了,因为只有昏沉麻木的大脑才不至于被接踵而来的变故压垮。

父亲在生活中是个极其简朴的人,除了一屋子书外就没留下其他什么私人物品了。郦逍默默走进书房,打开昏黄的台灯,任那股熟悉的陈旧书香在自己的鼻腔中流淌。书架简陋,光秃秃的不带玻璃门防尘,却神奇地历久弥新。书整齐地摆放着,连位置也保持着原来的样子。他的目光在一本本翻看得烂熟的书中逡巡,最后落到了书桌抽屉上,那是他少年时唯一不曾探寻的地方。现在,郦逍手握着一串钥匙,是父亲倒下时挂在皮带上的。他抖了抖钥匙圈,其中有两把是开家里内外门的,有一把应该是楼下那个只会投递水电缴费单的信箱。只有一把郦逍没认出来,它小小的,透着明亮的银色光泽,在一堆粗粝的铅铜色钥匙中显得尤为特别。他想了想,试着将它插进抽屉锁眼里，轻轻一扭。

钥匙丝滑地打开了锁，看来直到去世前不久，父亲仍经常使用它。木质面板与滑轨间的轻微响动，仿佛是它为了守护老主人的秘密而发出的有气无力的抗议。

一张又一张，几格抽屉里，层层叠叠地堆满了图纸。搬出一部分看了看，除了少数像是从各种报刊、资料上裁剪下来的印刷品，大部分都是手绘图。尽管被学校扫地出门的郦逍在学业上一塌糊涂，但作为一名资深背包客，他的专业知识可不马虎，很快就认出这些是全国各地的地图。特别的是，它们不是那种简略宽泛的区域地图，而是针对一个个特定地区的。山川、湖泊、河流、谷地，它们被细致标注了坐标，无一例外的精准异常。柴达木盆地、湟水谷地、可可西里……郦逍逐一翻看，难以想象这些地图竟是手绘而成，而要达到如此专业的水平，又需要付出多少远超常人的心血呢？郦逍开始明白父亲老把自己关在书房的原因了。

父亲在所有地图的右下角都留下了签名并写明了绘制时间。郦逍按照时间由近到远一张张翻看着，发现它们基本绘于父亲被调离青海后。显然，从那时起父亲就再没有了实现理想的条件，但他心中的火焰仍孤独地燃烧了许多年，那一张张地图，带着他的思想挣脱了被现实束缚的身体，走遍了祖国的每一寸山河。

当天色蒙蒙亮时，郦逍看完了最下一层抽屉中的最后一张地图。在它下面，还垫着个黑色封皮的笔记本。

郦逍翻开来，笔记本的扉页上是几行苍劲的字迹：

赠儿郦刚：

　　读万卷书，行万里路。

父　郦卫国

这是祖父送给少年时父亲的笔记本！郦逍心头一震，这是他第一次见到有关祖父的实物。自记事起，郦逍身边的亲人就只有父母。但从张强的叙述中可知，父亲一生的坎坷正始于这位名噪一时的地质学家。他如同父亲身后一个时而淡薄时而浓稠的影子，父亲有意不去提起，却又无时无刻不被祖父影响着。接下来便是父亲写的日记了，郦逍怀着复杂的心情看了起来。这本日记很厚，时间跨度极长，最初的一年里，父亲几乎每天都记，字里行间不脱稚气，满是对世界的憧憬和好奇。但在某天，日记戛然而止。父亲只简短又力透纸背地写下了一句话："他们说爸爸不会回来了。"这明显就是说祖父失踪的事儿，而从时间上看，这个笔记本说不定便是祖父送给父亲的最后一件礼物。

日记再次续上已经是几年后了，时间间隔也越来越长，记录的多是升学、保送之类的大事。看得出来，父亲迅速成熟了起来，家庭的不幸非但没有击垮他，反而令他更坚定了自己的信念——成为一名和祖父一样出色的地质学家。此后，父亲参加工作后的考察见闻、研究心得开始占据大量篇幅。而为了实现理想奔走在荆棘路上时，父亲也未曾错失路边的风景。他和一名支教教师相知相恋，又在婚后不久迎来了自己的孩子。或许，直到那个时候，这个来自残缺家庭的男人的内心才终于得到了治愈。郦逍找到了自己出生那天，父亲用激动的笔触记录下的文字，喜悦之情溢于言表。再往后翻，他看到父亲记下了自己第一次蹒跚学步，第一次叫妈妈和爸爸……这些场景和郦逍久远的童年记忆重合了，他不禁痛苦地想：原来父亲一直是爱着自己的。而这段早已逝去的岁月，竟是父亲人生中最后一抹亮色。

关于那场堪称命运转折的斗殴，日记里仅仅一笔带过，看不出任何情绪。父亲后悔了吗？抑或是释然了？郦逍不知道。

再往后，日记的内容就乏善可陈了，一如父亲坠落的人生。他的事业受到重创，家庭分崩离析，而日记则像一个置身事外的观察者，疏离地记录着一切。郦道注意到，随着父亲将主要精力转移至手绘地图上，日记渐渐写得少了，取而代之的是摘抄的各类文献。经过比对，郦道发现，这些都是父亲绘制地图时查询的资料。它们不仅有历史人文、自然风土，还不乏奇闻逸事、乡野传说。其中一条极简略，也没有标明出处，却引起了郦道的注意："天宝七载，青海湖，白龙见。"

梦回大唐，天宝盛世，青海湖，白龙见。多么浪漫的想象！那是自己出生的地方，是所有故事的起点。仿佛冥冥中注定一般，郦道的思绪再次被引向那片绝美的雪域高原。

愣神间，郦道不自觉地将笔记本卷起，再松开。纸张一页页唰唰地翻动着，字迹如皮影般跳跃闪动，几十年的光阴便在此间匆匆而过。突然，郦道瞥见银光一闪，里面好像夹带了什么东西。他一激灵，连忙翻找将其抽出。迎着灯光，郦道小心地捏住它的一角细细端详。也难怪一开始没能发现，这张形似丝帛的"图纸"完全称得上薄如蝉翼。可即便被映成了白蒙蒙的一片，它的背面也不见一丝光线透过，质地显然是极细、极密。他又慢慢调整灯光的角度，其上竟反射出金属般的光泽，好似一卷锡纸，但轻轻拉扯它时，又能感到某种类似皮革的弹性。不过，如果暂且忽略奇异的材质，上面的内容倒是一目了然。在它的上半部分，是用一个个圆圈套嵌而成的环状图。大小环形之间，又有许多密如根系的墨线，它们蜿蜒而下，会聚成一条粗线，在"图纸"下半部分扭转膨大为一个漏斗状的图形。不用多说，这就是一幅山中河谷的地图嘛！那些圆环就是山峰，密集的墨线就是水系，粗线则是山中河流，河流末端的漏斗则是在盆地或断层中形成的湖泊。

特殊的材质，粗犷却极磅礴的画风，这地图明显不是父亲的手笔。再看看图上标注的蝇头小楷，古意盎然，墨色已渗入"纸"内，看起来已经有些年头了，难道是件文物？等等，郦逍突然反应过来，虽然早在战国及汉代古墓中就发现过使用闭合曲线绘制山峰的方法，元代郭守敬也曾提出早期的"海拔"概念，但严格意义上的第一张等高线地图直到1791年才出现在法国。考虑到彼时的中国正在清朝统治下闭关锁国，如果那些圆圈真是等高线，那这幅地图的绘制时间最早也不过是清末了。郦逍心中疑窦丛生，很快就发现了图上另一怪异之处，那便是无论以哪种单位，只要将圆圈视为等高线，那其中山峰、河流、湖泊的落差都太过夸张，莫说全国了，就郦逍所知，全世界都不存在这样一处河谷！又见图的左下角，河流起源处标注着"幻真境"三个字，而在图末湖泊处，则标注着"神识境"三个字。也许，这地图绘制的地方并不存在于现实之中，而那圆圈也另有含义，只是恰好和等高线有些相似？

身心俱疲的郦逍已无心探究这些。他将地图夹回笔记本揣入大衣的内兜里，揉了揉酸胀的眼睛，走出了书房。他拉开窗帘，清晨的阳光泼洒进来，微风拂过面庞，带来温暖又凉爽的触觉。在书房的一夜，郦逍看尽了父亲的一生，突然感觉自己的生命也变得不一样了。郦逍不想步父亲的后尘，在生命终点徒留下无尽的遗憾。趁年轻，他要去大胆追寻和挥洒。而在潜意识深处，或许郦逍也期望解开困扰家族两代人的谜题吧。青海啊青海，那是他注定要回去的地方。

冲锋衣、压缩饼干、帐篷、睡袋、卫星电话、移动电源、手持式GPS、地图、指南针……几天后，郦逍处理好跟父亲相关的一应事务，用剩下的钱购置了徒步穿越所需的物资和装备，将它们用大小背包分类装好，一切就收拾妥当了。因为时间和经费所限，这点准备远谈不上充分，但郦逍散漫惯了，从来都是说走就走。

更何况，他现在急切地想逃离这里。

于是郦逍打开电脑，登录社交软件上的背包客聊天群。不出所料，其他人还在就穿越可可西里计划的可行性争执不休，他淡淡一笑，敲下了一行字——

我出发了。

04
上善若水

太和八年[1]，青州。

范阳涿鹿[2]人士郦范携家眷及随从二十余口人自平城[3]远道而来。那日他们于清晨抵达城外，却不知为何在城外盘桓良久。直到接到一骑快马传书后，这群人方才缓缓入城，期间无一人发出声响，好似一支送葬的队伍。至晌午时分，一行人终于在州府衙门内安顿下来。时隔多年再次赴任青州刺史，郦范心境已然大不相同。遥想皇兴元年[4]，他作为左司马在大将军慕容白曜帐下效力，南征宋国[5]。大将军采用他的计策，连战连捷，仅用两年就平定了齐鲁之地。为安抚新近归附的百姓，大将军上表推荐他为青州刺史。又过了两年，当

---

1. 公元484年。
2. 今河北涿州。
3. 北魏当时的都城，今山西大同。
4. 公元467年。
5. 南朝宋（420—479），是中国南北朝时期南朝的第一个朝代，因国君姓刘，为与赵匡胤建立的赵宋相区别，故又称刘宋。

地人心已稳,朝廷便将他召回,升为尚书右丞,晋爵永宁侯。因此,青州一地,确可谓他风光仕途的起点。

时光荏苒,世事变迁,没想到时隔十七年后,郦范又回到了故地。只是此时,站在偌大的府衙后院中,看着下人们进出忙碌,他的心中却郁结不已。自然无人敢提及那伤心之事,于是下人们便只好小心地避开他悲怆的眼神,向其躬身行礼。

"唉……"郦范长叹一声,挥了挥衣袖遣走了众人。随即,在空落落的院子里,于战场上见惯了生死的他也不禁默默垂下泪来。他素以为官清廉自居,不喜铺张,甫一出平城便遣散了大半侍卫,轻车简行。谁知,这一决定竟酿成了大祸。

自平城出发后,郦范携家带口,一路向东而行。行至黄河北岸,只见河岸陡峭,滚滚湍流宛如千军万马,声若雷霆,奔腾不已。此处水情显然不宜摆渡,偏偏对岸便是齐鲁地界,难道还要绕远路,平白耽误许多时日不成?郦范一时也犯了难。正踟蹰间,下游泊来一叶小舟,身着蓑衣、头戴斗笠的艄公高喊道:"前面的客官可是要渡河?"

"正是!"不待郦范同意,管家便已毫无戒心地拱手应答。

"下游二十里处的河道内有一深涧,河水经此流速放缓,河宽水深,其渡口名唤'幽冥渡',可走大船。客官若想过河,便速速前往吧!"

郦范还待细问,却见那艄公将长篙一点,小舟竟原地掉头,拐入一处河湾,倏然不见了。

眼看到任时间已近,郦范无奈,只好命一行人收拾行装,沿河岸疾行,终于赶在太阳下山前抵达了渡口。

郦范骑于高头大马之上,远远便望见渡口河段水色青黑,与此前行经河段水色泥黄截然不同。看来那艄公所言非虚,只是不知其深几许,或许通往地底黄泉也未可知。更奇的是,渡口处竟停了艘不小的客船，好似特地等候他们一般。虽有疑惑，但事急从权，郦范等人还是上了船。郦范久经行伍，阅历绝非寻常旅人可比，自上船起便察觉出种种怪异之处：此船虽有清理，但船体破旧，角落处隐有灼烧痕迹，甲板上多有裂口，不像自然开裂，倒似箭镞所留。郦范心神不安，向随行侍卫使了个眼色，让他下底舱查看，却又被船夫以底舱内皆是马匹牲口、气味污浊为由挡了回来。

两人对视一眼，趁船夫背身间迎风吸了吸鼻子，又不经意地同时摇头。

事有蹊跷！这伙船夫绝非善类，而先前遇到的艄公恐怕也与他们脱不了干系。都怪自己一时心急，失了分寸。如今这贼船难下，该如何是好？郦范心中懊恼，面上却不动声色，暗令不多的几名侍卫盯住船舱出口，其余人等则不着痕迹地悄悄聚拢起来。

不多时，渡船已行至河心。随着最后一缕阳光在青黑的水面上散去，水雾升腾，周遭渐渐变得晦暗难明。在这常人最易放松的时刻，郦范却敏锐地捕捉到了船老大眼中那一闪而逝的狠戾。紧接着，舱内一阵异动。

"堵门！"郦范当机立断，几名侍卫迅速动手，抢先放下舱门木门，将里面欲要冲出的人堵住。一名侍卫落闩稍慢，只一瞬，一支羽箭便从门缝中射出，钉在郦道面前不远的甲板上，兀自颤动不已。

果然，这伙船夫全是歹人所扮！而这大船显然也是他们的战利品。他们在附近河段杀人越货，横行多时，不承想今天却碰上郦范这样的硬茬。原本他们以大船为饵，又在底舱埋伏同伙，最后于前后无路之际骤起发难，寻常商旅遇到此等情形便只能任其宰割了，哪知郦范早有防备，竟先一步封死舱门。此刻，留在甲板上的匪徒人数反不及郦道等人，形势逆转，他们顿时凶相毕露，仗着郦范队伍中妇孺居多，便摸出利刃冲杀过来。而在郦范的号令下，队伍中的青壮亦操起农具等物奋起反击。几番交锋下来，郦范一方有三人受伤,水匪却被打死两人。眼见占不到便宜,水匪头领一声呼哨,翻过船舷一跃而下,在水中浮沉几下便没了踪影。眼见首领已遁,其他水匪更无心恋战,纷纷效仿,不过片刻便撤了个干净。

众人逃过一劫,不禁齐声欢呼。郦范却感觉哪里不对,那群水匪就这么逃走,连被困在底舱的同伙都不管了吗?一念及此,郦范猛地反应过来,底舱实在太安静了。

仿佛回应他一般,耳畔隐隐传来咚咚的闷响,初时听不分明,不知发自何处,但很快就变得清晰,节奏也越发急促。

郦范打了个手势,示意噤声,嘈杂的甲板顿时一静。这时,任谁都能听出,那奇怪的敲击声正源自众人脚下。

郦范脸色一变,示意几名侍卫将舱门上的木闩卸下。果然,用火把往里一照,只见底舱已进了许多水,桌椅瓢盆等物品漂得四处都是。一名机敏的侍卫下水试探,直到水面堪堪没过膝盖才踩到底。更棘手的是,在底舱一角,有两团硕大的水花正在猛烈地翻涌,昭示着船底的破口仍在扩大。

千算万算,郦范还是低估了这群水匪的狡猾和狠毒。须知他们以河为道,以船为寨,水性自然比陆地上的劫匪要好得多。眼见强攻不成,便掉头潜入水下,与困在底舱的同伙一起凿穿了船底,不但让他们自破口中脱身,还使得渡船进水下沉,意图让郦范等人葬身水底。

危急时刻,郦范只得命侍从尝试控制渡船,期望它能撑到对岸浅水处。只是自他以外诸人,多生于北方胡汉混居之地,虽弓马娴熟,却委实不懂操舟驾船。一通忙碌下来,勉强稳住船身后仍无法向对岸稳稳行进,仅可顺流而下。

渡船因进水而侧倾,速度也越来越快。好在他们正逐渐逼近对岸,嶙峋的礁石已从河滩前显露出来。这时再想安稳停靠已不可能,郦范令众人火速拆下栏杆、门板等可作浮木的物件,逐一捆缚在身上。还未及再多交代几句,郦范只感到甲板突然一震,接着甲板便翘了起来。落水前,他看到渡船横撞在一块礁石上,仅一息间便断成了几截。

"快游上岸!"拼着连呛几口水,郦范急切高呼。此刻众人亦无暇他顾,唯有奋力向岸边游去。

万幸落水处离岸不远,身上又绑有浮木,郦范不多时便爬上了河滩。几名侍卫还在他之前,见状跑来搀扶,郦范摆手示意自己无妨,当以救助妇孺为先。待几人去后,他终于强撑不住,扶膝咳嗽起来。喘息片刻,侍卫们已陆续点燃了火把。他眯眼巡视起河岸来,见同伴渐次上岸,心下稍安。片刻后,他也冲到岸边,搀扶起自己惊魂未定的夫人。

"有我在,夫人莫慌。"郦范温言安慰道。却见女人眼神一乱,突然挣开了自己,转身往水深处跑去,口中痛呼道:"善长[1]!善长!"

这下连历来稳重的郦范也慌了神,他眼前一黑,几乎跌坐在地。直到这时,他才发觉上岸的人中竟独少了长子郦道元!

推开拦在身前的侍卫,郦范同夫人一起冲了回去,直到河水没腰才止住了脚步。两人在冰冷的河水中背对而立,声嘶力竭地呼喊着他们的儿子。郦氏一门虽属豪族,但郦范及夫人平日待人宽和,甚得人心,此时突遭大难,众人心有戚戚,除派出一名侍卫寻找附近官府报官外,皆在河边散开,竭力寻找。

"我可怜的孩子啊,你在哪儿啊……"郦夫人已近虚脱,摇摇欲坠地靠在郦范身上。为免再出意外,郦范将夫人抱起,蹚回岸上。夫人口中喃喃自语,双目失神,甫一上岸便因伤心过度昏厥过去。而一直强撑着的郦范心中又怎会不痛呢?善长自小聪敏,本就是夫妇俩最寄予厚望的孩子。如今,他难道已经葬身于这滔滔黄河之中

---

1. 郦范之子郦道元,字善长。

了吗？

接到侍卫传信，当地官府得知竟有朝廷命官在本地治下遇劫，顿时大为紧张，连忙派大批官差前来接应。郦范精神为之一振，将妇孺老幼迅速安置妥当后，便亲率人马沿河搜寻开来。

之后月余时间，郦范率众将上下游数十里的河道几乎摸了个遍，可爱子仍是活不见人死不见尸。他原本抱有一线希望，寻思郦道元或被那伙水匪趁乱绑走，劫匪为索赎金，当暂保他性命无虞。然而，随着搜捕力度的加大，贼人一一落网，却始终未有关于善长下落的线索。待到审问匪首时，其不但否认挟持善长之事，反道黄河中居有河伯，每年须以童男童女祭祀，善长定已被河伯收走。郦范虽不信鬼神之说，但久寻无果，赴任之期一再耽误，再拖下去整个家族都恐将受到牵连，他只得忍痛启程。临行前，郦范罕见地大开杀戒，将那伙水匪悉数斩于幽冥渡口。他不禁阴郁地想：倘若真有河伯，可否用这些水匪的命换回善长？

数日后，受其所托的官府差人赶在他们入城前送来了书信，言明仍未找到郦道元。至此，郦范终于死心，不得不接受了儿子落水身亡、尸骨无存的结果。

阔别已久的青州颇为萧条。城楼上空无一人，守备废弛，城内不见行人却多乞丐，三三两两地聚在一起，四处游荡。郦范招来本地幕僚，一番询问后方才得知，当地近些年来时节有异，水旱交替，由此产生了大批生计无依的灾民。几任刺史不愿多事，皆放任自流。谁知不过几年，沿途盗窃、抢劫频发，官差们疲于奔命，吏治便日趋崩坏。难怪距此处不远的黄河要道竟能汇聚一帮亡命悍匪！郦范仰天长叹，莫不是世道轮回，报应到自己身上了？他不似那些得过且过的前任，心知解决问题的根本在于兴修水利、疏浚河道。就这样，郦范日夜奔忙，丧子之痛被埋在心底，渐渐也就淡了。

然而，冥冥中似有天意，郦范未曾想到，从黄河遇险到兴修水利,以及这之后的种种,他和郦道元这时父子的盛与衰、生与死,都与"水"这一字密不可分。

那日,郦范正在府衙内与幕僚商议招募民夫加固河堤之事,一名侍卫突然附耳来报:有人在城外阳水[1]中发现一无名少年,他前去查看后,发现少年形貌竟与善长相若。郦范闻言大吃一惊,但这侍卫追随自己多年,亦与善长相熟,断无认错的可能。郦范心绪为之一乱,慌忙带人赶往现场。不多时,众人策马来到河岸边的一处农家小院,院内有一茅草屋,屋外还晾晒着渔网等物。

进屋之前,那名侍卫已将事情的经过一一禀明。原来,草屋主人虽以务农为生,但因临近阳水,也时常驾船打鱼以补贴家用。三日前,该农户驾船停在河心,正欲撒网,却瞥见前方河面漂来一物,浮浮沉沉,不似什么大鱼,倒像是人。他一时好奇,划船缓缓抵近,用竹篙在那物体下方轻轻一托。

一张俊秀的脸庞蓦地浮出水面。见此情形,那农户虽有些吃惊却并不太害怕。与以往遇到的许多面目扭曲、肤色青紫的"河漂子"不同,少年神态安详,面色红润,衣物随水摆荡,竟宛如水中谪仙。他不禁生出恻隐之心,准备将少年带回岸上安葬。谁知,打捞时农户便觉有异,少年身体尚有余温,四肢竟如生人般柔软。又耗费了好一阵工夫,农户试出这少年尚有一丝极微弱的鼻息,他大喜过望,当即丢下一日的生计,将少年背回家中。看这少年衣着气度,想必是哪户达官贵人家的公子,农户心中窃喜,想着待其家人寻来时,一笔可观的赏钱定是少不了的。他盘算着,等过几日少年身体恢复后就去附近市镇上打听打听消息。谁知,几天下来少年居然毫无醒转的迹象,始终保持着气若游丝、不生不死的昏睡状态。这下农户慌了神,回想自己救起少年的种种,少年似乎已在水中漂浮了许久,

---

1. 今山东青州南阳河。

而且那时他的口鼻分明是浸在水下的！他是怎样活下来的？得救后迟迟未醒，不饮不食，身体又是如何维持的呢？莫非，这少年真不是人，而是水中精怪所化？想到此处，农户更是惶惶不安，急忙赶到青州城内，到处寻访和尚、道士、算命先生这类人等。最后，终于有一道士愿随他回家看看，而这一幕刚巧又被巡城的侍卫撞见。农户虽说得离奇，但毕竟人命关天，侍卫当即提出要一同前往。那农户本不愿招惹官府，但事已至此，也由不得他了。无奈之下，农户带着他们返回茅舍。推门点灯，只见少年依旧如故，农户倒已见怪不怪了，另两人却是不约而同地大吃一惊。道士倒头便拜，断言少年已修成道家的胎息之术，不日就将羽化成仙。侍卫更是不敢相信自己的眼睛，这少年不就是前些日子在黄河落水失踪的大公子吗？除了消瘦羸弱了些，连衣物都与那时一般无二！此事虽然疑点重重，但眼见为实，那侍卫难抑心中的惊喜，只想尽快把大公子未死的消息传回去，了却郦大人一块心病。如此，交代农户妥善照看后，他便直奔府衙。

听罢侍卫叙说，郦范伸出的双手悬在半空，微微颤抖。一向果决的他竟也患得患失起来，一切都太不真实了，如果这是个梦，那就让它醒得再晚一些吧。

"世则[1]，我们进去吧。"一直默默跟在郦范身后、举止得体的郦夫人突然开口道。生平第一次，这个女人走到了夫君前面。房门被打开了，救起少年的农户恭敬地立在一旁，老道手捏法诀，念念有词。夫妇二人向农户行了一礼后，望向少年——他仍然安静祥和地沉睡在那里。

"善长，我的孩子！你还活着，你还活着啊！"郦夫人再也克制不住，扑倒在床头，失声痛哭起来。

---

1. 郦范，字世则。

郦范接过油灯，定睛一看，果不其然，那少年正是失踪多时的郦道元！作为生身父母的他们绝不会认错自己的儿子！不过，狂喜之余，郦范心中又多有疑惑，须知黄河与阳水水道并不相通，落入黄河的善长如何能在百里之外的阳水现身呢？更何况，儿子被救时除浑身湿透、暂时晕厥外并无其他异常，这数月时间，他又是如何活下来的？郦范百思不得其解，只好先行将儿子接回府中照料。

一路上，郦夫人始终紧紧抱住失而复得的儿子，即使他如木偶般毫无反应。

慈母爱子，非为报也。

回府后，郦范遍请名医为儿子诊断。这些累世行医的大夫皆认为郦道元不过是受惊晕厥，并无大碍，却无人能解释他为何迟迟不见醒转。正当郦范苦思无果之际，那日同在农户家中的道士突然登门拜访。见到郦道元后，老道也大吃一惊，他本以为郦道元能无师自通胎息之术，日后必会有天赐的造化，此番前来正是为了祈福贺喜。不承想郦道元竟还在昏迷之中，照此情形，他绝非练就了以内丹为基的胎息术，而是因某种外力强行闭气，无法消解了！为验证所想，他请郦范命人搬来一个大木桶，注满清水。随后，又请当日撞见农户的侍卫抱起郦道元，搂着他慢慢斜靠在桶中。

"再拉他往下一点。"道士催促道。

"你可看清楚了，水已经到少爷颔下了！"侍卫忠心不二，忍不住出言提醒，手上也不见放松分毫。

"大人，贫道愿以性命担保令郎无碍。"虽还不太确定，但情急之下，道士只得向郦范承诺道。

"姑且让道长一试吧。"郦范怎会不知老道并无把握，但儿子昏迷至今，渐呈油尽灯枯之势，实已由不得他拒绝任何可能的办法了。

于是，在众人的注视下，侍卫放开了郦道元，少年的身子和头脸便一点点地滑入水中。

眼睁睁看着儿子口鼻被水没过，郦范的心提到了嗓子眼，浑身上下也绷得紧紧的，随时准备救援。忽然，郦道元口鼻中逸出一串细碎的气泡，郦范见状立即伸手去拉，却见儿子的呼吸很快便平复了下来，完全没有呛水的样子。与此同时，郦道元的咽喉处竟隐隐透出红光，在这奇异而柔和的光线映照下，他的脸上渐渐浮现一丝笑意。这是郦道元获救以来表情第一次发生变化，在郦范眼中，是那样的安宁祥和、生机勃勃。

这少年果真能在水中呼吸！

而让他获此异能的"外丹"，无疑就附着在他咽喉内！道士当机立断，指挥下人将郦道元从桶中抱出，小心翼翼地让他平躺在事先铺好的褥子上。甫一离开水，那神秘的红光便迅速黯淡了下去。但无妨，道士已经牢牢记住了它所处的位置。

看来，要想让郦道元恢复如初，就必须将他体内的"外丹"拔除，而不管这"外丹"到底是何物，如果能得到它，肯定会对自己的修行大有裨益……求索数十载的老道终于在缥缈的仙途上看到了一丝实实在在的希望。在这样的诱惑下，他顾不上其他，连忙请郦范弄来了一双银箸。"外丹"所在的位置并不太深，虽不可见，但箸尖应可够着，只要小心一点，大概不至于伤到这少年。他心怀忐忑地让下人将郦道元扶起，使其头向后仰，把嘴略微撬开，将银箸向喉咙深处探去。很快箸头就看不到了，他只能凭手上的感觉小心摸索。紧接着，箸尖触碰到了什么柔韧的东西。他慢慢转动，渐次轻点过去，发现这东西已将咽喉完全堵住。要找的就是它了！可正当道士准备动手夹取的一瞬间，他手上陡然一紧，箸头被紧紧卷住，竟无法挪动分毫。

情势至此急转直下，郦道元喉中发出急促的嗬嗬声，脸也涨得通红。眼看他的面色越来越痛苦，郦范和侍卫都焦急地围了过来，老道已无路可退，索性心中一横，握住银箸的手突施全力，猛地回扯。

"哇！"郦道元身子弓如虾背，猛地大吼一声。随着他剧烈地干呕，一团黑影紧裹在箸头上，连同少许淤血被一并带出。几乎同时，郦道元紧闭已久的双眼骤然睁开，在睡意和清醒的罅隙里，抬起灌满倦怠的眼皮望向众人。最后，他的目光停在了郦范身上，嘴角显出一丝浅浅的笑意。

善长还认得我！郦范一喜，又见郦道元的嘴唇微微嚅动，连忙附耳上去。

"父亲……"这微弱的颤音几乎让郦范落下泪来。他的儿子，终于在历经劫难后回来了。

少顷，郦道元已能开口说话，郦范一颗悬着的心总算落了地，便唤来两名下人将郦道元背回房间好生休养，再让管家出门去采买些补气养血的药材。一切安排妥当，郦范把注意力转向了那被拔除的"异物"之上。老道还在那儿摆弄着银箸，看他那不可置信的神情，显然也不知那是何物。郦范凑近一瞧，只见那异物原来不是团状，而是呈长条形，只不过盘了起来。它的样子很像大了数倍的地龙[1]，末端又与鲤鱼嘴旁的肉须有些相似，其上还有许多细细的纤毛。

"大人，公子现已脱离险境，不知您打算如何处置此物？"道士见郦范看得仔细，拱手作揖道。

"此物塞于犬子喉中，虽致其昏迷，却也在水中保得他性命，想来不是什么邪魅之物。此番道长出力不少，既然有心，便将它带走吧。"道士的心思如何瞒得过郦范？但儿子刚被唤醒，其他的也就不重要了，他索性做了个顺水人情。

"既如此，多谢大人！"道士未料到事情竟如此顺利，用包袱将

---

1. 蚯蚓。

那异物包好后又唱了个喏,便急匆匆地离去了。

经过一段时间的悉心调理,郦道元的身体渐渐复原,郦范欣喜之余,心中又不免惴惴。身为人父的直觉告诉他,儿子身上发生了一些说不清道不明的变化。虽然从表面上看,他仍像从前那样孝敬父母、聪颖好学,但言行举止间总是透着股子疏离,仿佛留在这儿的只是一副躯壳,他的魂魄早已飘去了其他地方。

郦范有夜读的习惯,恰逢那晚伴读书童突染风寒,精神萎靡,郦范便索性遣他早去歇息,由郦道元代为服侍。

夜已深,寒露重,一点烛火下,郦范心不在焉地摩挲着书页。郦道元捧来一袭皮裘,为父亲披上。灯影一晃,郦范长吁一声,放下书,闭目凝神,郦道元则退到一旁垂手而立。片刻后,火苗不再跳动,纠缠的影子慢慢分开,定格在了两人一坐一站的画面上。这是父子俩难得的独处时光。

"爹,我知道您有很多事儿想问我。"郦道元率先打破了沉默。

看着沉稳有度、面若平湖的少年,郦范一时间竟有些恍惚。从什么时候起,竟连自己也有些看不透他了?在失踪的那段时间里,他到底遭遇了什么?他还是原来的他吗?

"不急。此番变故太过突然,你年纪尚小,惊惧之余记忆中有些遗忘和空白的地方实属正常,为父又怎会苛责?"到底还是舐犊情深,郦范的语气中充满了慈爱。

"爹……"郦道元嗫嚅着,又叹了口气,似乎才下定了决心。

"那些日子啊……它那么真实,却又太过离奇。自被救醒后,我就一直琢磨,莫非它只是呛水闭气所生的一场大梦?可种种细节不断在心中盘桓闪回,我已经快分不清幻境与现实了。罢了,就算被当作疯子也不要紧,因为我确信早晚有一天,我还会回到那个地方。"郦道元微仰起头,如沉船入水般缓缓陷入回忆,眼神也不自觉地迷离起来。

如其他人一般，郦道元也是在渡船触礁时落水的。但不幸的是，此前在与水匪混战中他和家人被冲散，独自一人逗留在船尾。而撞上礁石时渡船被顶翻翘高的地方正巧是这里。来不及作任何反应，他只觉脚下一空，整个人便被抛了出去。片刻后，郦道元落入水中，水面在巨大的冲击力下变得如泥沙般湿硬，几乎将他拍晕。他胡乱挣扎，连呛了几口水，才稍稍恢复了神志。可这时距离河岸已经太远了，虽然他用尽全力大声呼救，但天色已暗，身影细小得和蚂蚁一般的同伴们根本不可能听见和看到他。随着湍急的水流，他绝望地向下游漂去……

手足并用让郦道元的气力流失得飞快。意识到这点后，他试着减弱划水的力道，谁知小腿却在这时突发筋挛[1]。抽痛阵阵传来，僵直的腿无法伸展，本就水性不佳的他很快失去了平衡，渐渐下沉。郦道元勉力仰着脸，让月光柔和地抚过自己的面颊，仿佛这样就能减轻些死亡的痛苦。当他最后深吸一口气时，水漫了上来，皎白的月光和那个熟悉的世界便支离破碎了。好在憋入胸口的浊气让他又坚持了一阵，最开始，他能感受到被涡流卷起的沙砾，但很快便仿佛进入了一片虚无，周遭什么也看不清，什么也抓不着，唯有冰冷异常的水温让他知晓自己已经沉入了极深之处。他想，说不定，这就是直通地府的黄泉。

幽深的寂静中，唯有剧烈如鼓点般的心跳声。胸口开始闷痛，意识的养分被掐断了，郦道元竭力维持的最后一丝清明也被瓦解，他坠入了无边的黑暗之中。

也不知过了多久，郦道元重新感觉到了身体的重量，有什么东西轻轻托起了他。莫非自己已经死了，只剩下魂魄在天地间随波逐流？仿佛为了回答他一般，手脚也恢复了知觉，只是它们好像被绳

---

1. 古时中医对肌肉抽筋的描述。

索缚住，动弹不得。尚未恢复清醒，他的身子猛地向后一倾，随即又被拽了回来，顿时激流扑面。这一瞬间，他完全清醒了过来，突然有些明白了当下的处境——自己非但没死，而且仍在水中，正被绑在某物上逆流潜行。奇怪的是，在这深不可测的冥界，此前溺水时的痛苦已经一扫而空，水流虽仍冰冷刺骨，身体被绑住的部位却微微发热，连空荡荡的肚腹也温暖了起来，饥饿感渐渐退去。这到底是怎么回事？

一阵如游蚁爬附的酥痒感传来，郦道元惊喜地发现自己的双手又可以活动了。他本能地抓向身下的巨物，触手所及一片滑腻，每隔数掌之距还能摸到一圈弧形缝隙。这些缝隙有宽有窄，不一而足。更神奇的是，它们竟以一种奇妙的节奏翕张着，似为适应水流，又更似操控水流，宛若活物。是鳞片！郦道元灵光一闪。这么说……身下的东西是某种水生生物，所谓鳞虫之属？可这鳞片足有手掌数倍之大！

郦道元战战兢兢地继续向前摸索，其间触碰到了许多粗细不一的"绳索"，刚刚松开手臂时，将自己身体固定住的应该就是它们。此时，不知为何，它们一触即散，仿佛有意让出路来。果然，在手臂伸展到极限时，他摸到了两根直立的粗硬"树枝"。顺着它再摸上去，"树枝"又分出几对细小些的"树杈"。那巨物在幽暗的水底越游越快，郦道元于是顺势抓住那"树枝"。渐渐地，周围好像有了些许光亮，他大着胆子将眼睛眯开一条细缝，惊讶地发现四周陡峭的岩壁上竟透出绿莹莹的光，照出自己正在一道深涧中急速穿行，而那巨物的轮廓，也第一次显出身形来。惊骇莫名间，巨兽颀长的身躯陡然反曲如弓，如箭一般窜入一条地缝产生的隧道中。

那隧道初时狭窄曲折，巨兽扭转腾挪，不时以利爪抓刨岩壁才得以前行。不多时，隧道拉直，巨兽随之上浮，冷风袭来，夹带一股浓烈的腥味,郦道元这才惊觉自己已经露出了水面。他们好像正身处于一条宽阔的地下暗河中,载沉载浮。此时的郦道元已然丧失了方位感,完全无法分辨自己当下是正在重返地面还是潜入更深的地下。不知又过了多久,前方隐隐传来隆隆的水声,许是巨兽游速太快,水声只消片刻便化作了巨大的轰鸣。

突然,巨兽猛地加速,郦道元刹那间又体会到了在船上被抛飞时的悬浮感。冲开翻滚的水花,他睁开眼,前方还是一片幽深的虚空,再回头,赫然可见一处巨大的瀑布,巨兽竟从其顶端一跃而下!腾空扎入万丈深渊前,郦道元最后听到了一声悠远雄浑的长鸣,接着就彻底失去了知觉。

"当真如此?"不经意间,郦范竟用上了审讯犯人时才有的严厉语气。也许在他内心深处,根本无法相信儿子所说的这些。然而郦道元投向他的目光仍是一片坦然,仿佛早就预料到了父亲的反应。郦范顿感愧疚,他对儿子自小便管教甚严,何曾听他讲过半句谎话?

一时间,父子二人陷入了沉默。郦范心中的疑惑非但未能解开,反而更深了。

"无论如何,回家便好。时候不早了,快去歇息吧。"半晌过后,郦范温言道。郦道元依言告退,独留他一人彻夜未眠。

翌日,夫人见郦范心绪烦乱,想来定是父子俩夜谈之事不太顺利,便出言开导。夫人贤良淑德,郦范又怎会对她有所隐瞒?犹豫片刻,便将儿子昨夜所说的奇遇原原本本地转述给了夫人。末了,他忧心忡忡道:"善长平安归来,实属幸事,但他所说之事过于离奇,实在难以令人信服。且不说善长落水处距离青州尚有百里之遥,两地水道并不相通,他断无可能漂流至此;驮起他的又是何物?我本不信鬼神之说,如今却也由不得了。只是,那到底是神,还是魔?往后会不会对善长不利?我委实无法安心。"

谁知郦夫人听后却不惊慌，反而直言道："老爷多虑了。倘若那物要对善长不利，又何须将他救起？老爷可还记得水匪招供说黄河中有河伯一事？"

"哦？"郦范神色凝重，"莫非夫人认为救起善长的正是那河伯？"

"倒也未必。"郦夫人缓缓摇头，接着说道，"幽冥渡之名，自然不会毫无依据。河[1]、阳二水地面上虽不相通，但九幽深渊之下或许另有通道，其中又藏匿了神异之物也未可知。老爷难道不觉得，善长所述之物，更好似传说中的……"郦夫人停顿了一下，才一字一顿讲出心中的猜测，"传说中的龙呢？"

"龙？"郦范不禁低声惊呼，夫人的话一下子点醒了他。此前他只顾质疑儿子失踪的真相，却未曾深思其中的细节。现在想来，善长描述的水中巨物，身附鳞片，状如巨蛇，头生双角，腥不可闻……几乎契合了历代典籍中记载的龙的全部特征，不是龙又是何物？除此之外，民间也素有走蛟之说，传言蛇大成蟒，蟒大成蚺，蚺大成蛟，蛟大成龙。在人迹罕至的山野老林、深潭隐涧之间，多有巨蛇，巨蛇若修炼百年，腹生肉足，即化为蛟，趁水势而下，蹈海飞天方可成龙。走蛟所过之处，洪水肆虐，桥毁人亡，所以许多古桥下都悬挂有斩龙剑。这些传说和民俗与郦道元所见相互印证，由此看来，它们未必是无中生有，龙极有可能是一种真实存在的生物。

子不语怪力乱神。沉默良久后，饱读圣贤书的郦范最终还是接受了这种可能。不过，他还是郑重叮嘱道："奈何人言籍籍，还劳夫人好生教导善长，万不可对外讲起此事。"

郦夫人出身世家大族，自然明白其中的道理。本朝皇族原出自塞北鲜卑一部，虽仰慕汉风，重用士人，但旧族的反扑亦从未停止。龙乃皇权象征，郦范身为朝廷重臣，长子竟为蛟龙所救，岂非有天

---

1. 黄河古称"河水"。

命所归之兆？倘若传言出去，又被有心人利用，只怕即刻便会招来灭族之祸。兹事体大，她忙点头称是，随即转身而去。此时，儿子应该正在书房用功。

看着夫人急匆匆的背影，郦范叹了口气，并未跟上。他是一名略有些古板的父亲，从不善于表达。而曾寄托在儿子身上的厚望，此刻也已被让他一生平安顺遂的恳切希冀所取代。

05
无人区

青海，格尔木，可可西里国家级自然保护区管理局。

一大早，卓玛就从基地里出来，司机索南多杰在大门口接上了她，随后驱车前往不冻泉保护站。车很快就驶出了市区，沿着109国道向前飞驰，进入了可可西里的边缘地带。

尽管还是清晨，但阳光已经颇为刺眼，索南放下遮阳板，戴上了墨镜。109国道穿越了整个可可西里，在苍茫的大地上宛如一条玉带般向前延展。道路两旁，辽阔的高原一览无余，天空飘荡着稀薄的云彩，在大地上形成片片快速移动的阴影。远处雄伟险峻的群山就像是一只只蛰伏在大地尽头的巨兽，恍然间，它们仿佛随时都可能抖落身上的碎石，迈向那永无止境的远方。

卓玛是牧民的女儿。在中部省份读大学期间，她去过许多地方，足迹遍布大半个中国。毕业工作后，她也曾有机会留在当地。那里除了夏天如火炉般炎热的气候，其他条件都比故乡要好得多。但卓玛还是割舍不下生养自己的高原。如果说内地繁华精致、充满了人间烟火味，那么青藏高原则蕴藏着更原始、更雄浑的力量。高原上的蓝天白云纯粹得让人神魂颠倒，它们映照在平静的湖泊中，水面波纹轻荡，远处连绵的雪山在阳光下泛着银光，滋养着这片土地的生灵。在内地的大部分地方，视线总是被阻隔和遮挡，但是在这儿，目之所及皆无垠，群山往往远在数百公里之外。而当风起云涌之时，云彩中央又总会裂开一个天窗，阳光自九天外挥洒而下，犹如一根矗立于天地间的光柱，缓缓移动，扫过芸芸众生。

可可西里位于青藏高原东北部，海拔很高，气候干旱寒冷。而在荒凉的表象下，这里却是藏羚羊、野牦牛、藏野驴、藏原羚等多种珍稀野生动物的家园。

其中，藏羚羊尤为引人关注。于卓玛而言，藏羚羊绝不只是存在于纪录片和书本中的生物。祖祖辈辈，春去秋来，它们已经成为高原牧民的精神图腾。为了适应复杂多变的高原环境，藏羚羊进化出了独一无二的绒毛，其底绒是自然界极好的天然纤维之一，寒冷时可抵御风雪，天热时又能隔热控温，堪称冬暖夏凉的生物空调。然而，这一身绒毛也为它们招来了灭顶之灾。由其制成的披肩被称作"沙图什"，在国际市场上的价格超过两万美元。在巨额利润的驱使下，每年都有约两万只藏羚羊被猎杀。据卓玛所知，直到1990年前后，中印两国相继明令禁止藏羚羊的捕猎及贸易，这种大规模的杀戮才逐步消失。即便如此，零星的偷猎活动仍未禁绝。

这些高原精灵有时会来到很接近道路的地方，卓玛就曾经见过几次。亲眼看着藏羚羊的种群一点点恢复，卓玛兴奋之余也倍感自己责任重大。

路上车很少，偶尔驶过一辆载满游客的大巴。那些游客大多慕名而来，按照规定，他们可以沿着109国道欣赏沿途的可可西里风光，但不允许进入可可西里保护区。这里的生态环境极其脆弱，而且各类危险无处不在，因此生态旅游的开展一直受到严格限制。最近这些年，徒步开始盛行，穿越无人区俨然成为一种潮流，几乎每年都有背包客偷偷进入无人区挑战自我。他们中有不少人缺乏对大自然起码的敬畏，对可能出现的风险往往准备不足，这也造成了不少事故和悲剧。所以，及时发现和阻止背包客进入可可西里也是管理局日常工作的一部分。

卓玛望着窗外，触目所及尽是一片苍凉。在可可西里，风景最好的时间是夏季，在这片贫瘠但纯净的世界里，即使最顽强的植物也只有不足百天的时间来匆匆完成发芽、成熟、开花、结籽和播种的旅程，最后在严寒中迅速凋零，静待下一个轮回。这一切如此短暂，却又无比绚烂，生命的活力在悸动中争相爆发，这时的可可西里，姹紫嫣红，宛如仙境。尽管生于斯长于斯，体验过内地平原舒适生活的卓玛还是情不自禁感叹生命的伟大。她时常遐想，生命的种类与形式如此多样，世界上是不是还潜藏着许多未被人类发现的生物？又或者，它们曾在不同文明的神话传说中广为流传，而今却早已灭绝，湮没于历史的长河之中……

正感慨间，卓玛突然察觉到有什么异样的东西在视野中一闪而过，她警觉起来，立即回头向刚才的方向仔细望去。果然，远处有一个淡黄色的小点，虽然几乎与环境融为一体，但凭她常年的野外工作经验判断，它绝不是自然的产物。

"停车，有情况！"卓玛立即喊道。

索南多杰闻言立刻将车减速靠边，问道："怎么啦？"

"我好像看到了一顶帐篷。"卓玛一边说一边解开安全带，拉开车门，向那个方向跑去。

"我和你一起去。"索南多杰也不废话，立马下车跟上。

两人绕下公路，随着距离的拉近，他们都看清楚了，那果然是一顶野营帐篷。帐篷看起来很新，表面还有尚未拉平的褶皱，显然刚支起不久，还未经高原风霜的考验。

卓玛心里已经差不多有数了，这肯定又是一个不愿意老实乘坐大巴观光的背包客。看这鬼鬼祟祟的行径，此人多半不会止步于此，潜入无人区才是目标。对于这类人，卓玛早已见怪不怪了，他们中的很大一部分会错把无知当成勇气，靠在内地积累的经验和搜集的无人区资料便幻想着征服可可西里。但他们对无人区真正的危险根本就一无所知，几乎每年都有背包客在可可西里失踪，运气好的最后能找到遗骸，运气不好的就尸骨无存了。

"喂！有人吗？"卓玛隔着帐篷喊道。

"稍等一下！"帐篷里很快传来一名年轻男性的声音，一阵窸窸窣窣的响动之后，拉链从里面拉开了。灿烂的阳光下，这个年轻人眯起眼睛，略带疑惑和警惕地看向卓玛和索南。接着，年轻人顶着一头乱糟糟的头发从帐篷里钻了出来，他的双眼有些浮肿，面色黝黑，身穿冲锋衣和运动裤，一副典型的背包客打扮。这加剧了卓玛的怀疑，可那年轻人却好似不经意地往后一退，恰好挡住了她往帐篷开口的缝隙里瞥去的目光。

"你好，我们是保护区管理局的，我是卓玛央措，这位是索南多杰。"卓玛亮明身份，"你在这儿做什么？"

"我……"年轻人迟疑了一下，"我是个天文爱好者，来这边观星的。"

"那你为什么不住在市里呢？这里已经接近无人区边缘了，没准会有狼和熊，野外露营是非常危险的。"卓玛有意试探他的反应。

"那不是城市里的灯光太亮影响观测嘛，所以我才选了这儿。至于大型野兽，来之前我查过了，这一带已经很多年没出现过了。即使有，我也准备了一些燃料，足够赶走它们了。"年轻人并没被吓住，反倒镇定了下来，摇了摇手中的汽油瓶。

难道真的如他所说？年轻人笃定的回答让卓玛心中稍有迟疑。但为了安全起见，她还是沉下脸来，不由分说道："不管怎么说，这里离无人区都太近了，是不能随便露营的。你赶快收拾下东西，离开这里。"

"好吧。"年轻人的语气虽有不甘,但也未多做争辩,只低头避开了卓玛的目光。

"你回格尔木吗?要不要我们带你一程?"卓玛总感觉有些不对劲,却一时找不到原因,只想让年轻人尽快返回。

"不用了,谢谢!"年轻人连连摆手,"本来我是打算在这儿露营观星的,但既然你们不允许,那我就自己走回去好了。至少太阳下山后我可以在路上看看星星,也算没白来一趟。"

话说到这个份儿上,卓玛也就没再深究了,毕竟到现在为止,这个年轻人没有违反保护区的任何规定。自己又无法断定他就是想非法闯入无人区,那么能做的就只有劝返了。卓玛和索南看着年轻人又钻回了帐篷,等他再出来时,帐篷支架已经被拆掉,布面松松垮垮地堆成一团。

"那我们就继续巡逻了,你自己注意安全。"卓玛最后叮嘱一句,随索南驱车离去了。

看着汽车驶远,年轻人手上的动作也渐渐慢了下来。直至完全停顿后,他又观望了好一阵,确认卓玛他们不会去而复返,才一把掀开了软塌下来的帐篷。只见被盖着的除了一个硕大的背包外,还有各类徒步所需的装备。这个年轻人正是长途跋涉而来的郦逍。他有些庆幸,如果这些东西被刚刚的巡查员看到,她一定能猜到自己想要做什么。郦逍当然不可能就这样放弃,事不宜迟,不能在这里逗留。这几天他已经摸清了巡查的规律,要想顺利进入可可西里,接下来必须小心避开他们。

想了想,郦逍还是拨通了卫星电话。

"碰到了一点儿突发状况,我可能没办法等你们会合了。"他告诉早先在网上约好、计划一起徒步穿越可可西里的同伴。

"啥情况啊这是?"对方不解地问。

57

"刚刚我遇到了保护区管理局的两个巡查员。还好没被他们抓到证据,我现编了通瞎话应付过去了。但他们的疑虑没被彻底打消,这几天肯定是要加强巡逻力度的。如果我还在无人区外围晃荡着等你们,迟早会再跟他们撞见,到那时候麻烦就大了!"郦逍解释道。

"可是你一个人……"同伴的话尚未说完,郦逍便已挂断了电话。

第二天,太阳已经升到了天穹正中,阳光普照,裹挟着紫外线洒在沥青路面上。郦逍眯了眯眼,隐约能看到经过一夜冷却又陡然升温的空气在远处蒸腾扭曲着。他拿起望远镜,格尔木市的建筑群高低错落,好似近在咫尺但又遥不可及的海市蜃楼。

他头也不回地选择了相反的方向。

走了几个小时,在绕过最后一个检查站后,路不见了。连同它一起消失的是一切人类文明的痕迹,郦逍知道,自己终于进入了可可西里无人区。暂时不用担心被巡逻队发现了,为了保存体力,郦逍在辨明方位后,决定先搭好帐篷休息一会儿后再上路。

"叮铃铃……"就在这时,卫星电话不合时宜地响了起来。

"喂?"电话那头的声音既熟悉又陌生,郦逍一时没想起是谁。

"你小子,连我都不记得了,我是大黑!"

"啊,大黑!怎么是你?"郦逍完全没想到这位退圈多时的好友还会联系自己,欣喜之余也有些疑惑。

"别提了,好不容易老老实实过了几年安生日子,最近看你们在群里说得热闹,实在忍不住了。但你好像没和大家一起行动?"大黑哈哈笑着,突然话锋一转。

"是的,我等不及了,自己先走了。"郦逍淡淡地应道。

大黑那边明显停顿了下,接着他收起了玩世不恭的语气,沉声问道:"那你现在在哪儿?该不会……"

"没错,我这会儿已经进入无人区了。"郦逍依旧语气平淡,毫无波澜。

"你疯了!"大黑突然激动起来,"兄弟!不是我说,哪有这个季节去无人区玩徒步穿越的?怎么着也该夏天啊,现在可可西里晚上已经能冻死人了你知不知道?"

"真的没事,你别管了。"郦逍明显有些心不在焉。

眼角余光好像看到有什么东西在活动,郦逍扭头望去,灰褐色的沙土地上点缀着一蓬蓬草叶细长的马兰花,微风吹拂下,深绿色的叶子微微摇摆。等等,他真的看到了,一只黄褐色皮毛的小动物从一蓬马兰花的后面跳了出来。

是高原特有的鼠兔。

"……别乱扯……我还不知道你……"

郦逍原以为它们只生活在草原上,没想到在这儿也有。那只鼠兔蹲在地上,半立起身子,好奇而又充满警惕地瞪着一双黄豆般的小眼睛向郦逍张望,脑袋上两只圆形的耳朵竖立着。郦逍站住不动,大黑还在电话里喋喋不休,但他没吭声,生怕惊扰了这个可爱的小生灵。

鼠兔很快就丧失了耐心,转头蹦跳着跑走了。一开始,郦逍的目光还在追踪着它,但很快就失去了目标。远处有一块突兀的石头,石面平整,郦逍眨眨眼,仿佛看到一个人影正坐在石头上。那个人影身穿军装,身上左右分别斜挎着一只军绿色的水壶和一个黄褐色的挎包,头发已经有些灰白,此时正在低头查看铺在双膝上的一张地图。那是郦逍想象中失踪的祖父的身影。

"喂!喂?郦逍,咋没声儿了?"

大黑的嗓门惊醒了郦逍,他下意识地嗯了一声,然后再抬起头,石头上空无一人,唯有寂寥的风声。

"大黑,你还当我是你朋友吗?"郦逍冷不丁地冒出一句。

"这什么话?当然是了!你是我带进门的小兄弟,虽然我自个儿不玩儿了，但也绝不能眼看着你冒险。听我的，赶紧原路返回！"听得出来，大黑是真心关心自己，郦道心底不禁淌过一股暖流。

"谢谢你，好兄弟。但大黑，你已经有了自己的生活，心应该被老婆孩子填满了吧？多好啊，那是你的责任。而我什么都没有了，我是空的。"郦道自顾自地拍了拍胸口，望向无边寂寥的荒漠。

大黑和郦道久未联系，自然不知道他近来遭遇的一系列变故，一时不知如何接话。

"无论理不理解，但作为朋友，我希望你能尊重我的选择。"大黑听到郦道叹了口气，接着就是电话的忙音了。再打过去，已经无法接通。他没料到，这会是郦道和外界的最后一次联络。

"你好，保护区管理局巡逻队，请接受检查。"卓玛和索南驾车拦住了前面的背包客。他们老早就盯上了这人，和普通游客不同，他在周边已经晃荡好几天了，虽然不知为何一直没行动，但仍能看出他的目标就是无人区。

男人有些紧张，但还是配合地打开了背包，里面除了一些干粮和饮水，别无他物。

事情有些不对，卓玛和索南对视一眼。算上最开始的年轻人，这已经是近两周来他们在附近碰到的第四个背包客了。他们的装束都差不多，无一例外地在靠近无人区的边缘地带徘徊。卓玛原本怀疑这是一个偷猎团伙，但看他们携带的装备又明显不像。

"走，先跟我们回局里，有几个问题想和你了解一下。"索南声音不大，却透着股说一不二的威严。那人叹了口气，垂头丧气地坐到了车后座。就在这时，卓玛的电话响了。

"喂……是公安局转来的问询？报警人声称自己的朋友已经失联两周，很可能已经进入无人区了？"因为信号不好，声音断断续续，卓玛索性打开了外音，却不料车上的背包客突然问道："你们要找的人是不是郦逍?"

果然有情况,卓玛心里咯噔了一下。背包客说的人和公安同志通报的失联者是同一个人!

"索南,我们马上回局里……"不待卓玛说完,索南默契地一脚油门踩到底,汽车疾驰而去。

等三人回到管理局大院时,公安同志已经在等着了。卓玛和索南便把人交给他们做笔录。刚刚在路上,他们也把情况了解得差不多了。原来,失联者名叫郦逍,从报警者对他样貌的描述看,基本可以确定就是最早那个"观星爱好者"。而之后的几名背包客则是他的网友,他们此前约好从全国各地赶来会合后结伴徒步穿越可可西里无人区。但因为卓玛和索南的出现打乱了计划,郦逍不等其他人到齐就先一步进入了无人区。刚开始的几天他还和同伴们保持着联系,但在两周前,通信突然中断了。这让这个临时组建的团队彻底乱了阵脚,有人主张按原定路线进入无人区,没准可以找到郦逍;也有人建议报警,但又怕摊上责任。几人意见不一,于是又在犹豫中耽误了好几天。要不是早已不参与活动的大黑偶然看到他们在群里的争论之后果断报警,事情还不知道要拖到什么时候。

至此,卓玛已经完全意识到了问题的严重性。两周了,救援的黄金时间已经过去,况且郦逍失联的同一时期,无人区内天气骤变,很难不让人往最坏的结果联想。

第二天傍晚,报案人大黑也专程赶到了格尔木。从时间上看,他几乎是在报案后的第一时间便马不停蹄地动身了。在他的努力下,徒步小组的几人终于达成了一致意见,他们一起向管理局和公安提出了搜救申请,同时愿意加入队伍,协助搜救。

本着生命第一的原则,搜救队很快组建完毕。考虑到恶劣的天气,先期派遣的人员并不算多,他们分乘几辆越野车,在一片压抑的沉默中驶入了无人区。

61

索南全神贯注地驾驶着越野车当先开路,卓玛和郦逍的一名同伴则坐在后座有一搭没一搭地聊着。比起刚到管理局那会儿,这个小伙子明显放松了许多,至少现在他勇敢地站了出来,不必再背负道义上的重担了。从聊天中,卓玛得知小伙子叫张鸣,和失联的郦逍两人同为徒步爱好者,关系很好。他们保持着联系,时常结伴出行。让张鸣没想到的是,郦逍会沉迷到不能自拔的地步,最后竟连学业也荒废了。

说到这里,张鸣不禁有些自责:"唉,也怪我,一直没好好劝过他。连这次徒步,我心底都是不赞成的,但他很坚持,我再退出就太不讲义气了。"

"照你这么说,郦逍也算是个徒步的老手了?"卓玛继续问道,"他应该是了解在这个季节徒步穿越可可西里有多危险的,更何况他还是单枪匹马。"

"这……"张鸣顿了顿,才答道,"你太高看我们了,穿越无人区本来就不合法,大家东拼西凑走到一起,根本谈不上组织性和专业性,玩的基本是野路子。再说了,大黑那种只是极少数,大部分人现实中都各有各的不如意,不然谁会放着安稳日子不过,往无人区跑?所以啊,我们这个圈子里的人,很多时候安全意识并不强。"

张鸣这番话倒与卓玛参与过的不少救助案例基本相符。在这些案例中,危险往往始于低级失误。以前卓玛还不理解,现在她似乎懂了些什么,但仍有一事不明,便追问道:"那他的家人呢?难道也不担心,都不制止吗?对了,哪怕到了现在,他的家人依然没出现。"

"唉,郦逍家的情况我知道。上学那会儿他爸就不怎么管他,整天忙自己的事。他妈在他小时候就因为受不了,和郦逍爸离了婚,再没回来过。可即便郦逍和他爸关系不好,毕竟相依为命这么多年,不久前他爸去世了,他情绪就不大好。我想他来这儿,可能也是一种逃避吧。"

"原来如此。"卓玛一下不知道该说什么了。

"都是命啊,那孩子太苦了。"负责开车的索南一直没参与谈话,直到这时才发出一声叹息。

三人一时无言,车内只听到发动机的轰鸣声。虽然天色还未黑,但为了更好地找人,索南仍然打开了远光灯。他们沿着郦逍同伴提供的路线展开搜索,如果郦逍没有离开预定路线太远,这灯光应该能够引起他的注意,为其指明方向。

又行驶了几个小时,笔直向前的透亮光柱中渐渐飘过黑点,宛若飞蚊,车前挡风玻璃也开始变得斑驳。卓玛从车窗内探出身体,有冰凉的东西飘到她的脸上、手上。今年可可西里的第一场雪,就这样早早地来了。

06
暗河

与此同时，郦逍正在生与死的边缘挣扎。

两周前他刚进入无人区，那会儿一切还算顺利。虽然手机很快就没信号了，但郦逍事先准备好了卫星电话，还和后面的同伴保持着联络。依靠着地图和指南针，他沿着预定的路线一路前行，其间有意放慢了速度，这样同伴们就能在不久后追上他。旅途终于不再行色匆匆，郦逍感受到了一种绝对的自由。远离了喧闹的城市和人群，天空也变得异常清澈，那缥缈的藏蓝色是郦逍从未在别处见过的。雄浑的山脉在天边隆起，如同巨龙脊背般起伏，连绵的云彩有如实质，格外磅礴。疾风驱赶着云彩，让它们像羊群一般从天空奔过，巨大的阴影将郦逍笼罩，周边的气温似乎都瞬间下降了好几度。这就是高原，这就是可可西里啊，一个变化无常却又无比壮美的地方。

可好运气并没有持续太久。主动与外界断绝联系后，郦逍加快了行进的速度，不由得放松了对安全的警惕。又过了几天，在翻越一个乱石坡时，一大片因常年风化而变得脆硬的裸岩在郦逍脚下突然碎裂,他来不及反应便跌了下去,只得紧紧抱住头部。万幸的是,石坡在郦道滚落的一面虽有些陡,但不太高,在感觉浑身快要被撞散架时,他落到了坡底。几分钟后,郦道呻吟着爬起来,活动了下身体,深呼吸了几次。要知道,一旦骨折或是内脏受损——特别是肺,在高原环境中将是致命的。好在经过一番检查,除了少许皮外伤,他的身体并无大碍。又休息了片刻,郦道沿着山坡返回,收拾散落的行李。很快,他的心就沉到了谷底,因为卫星电话和GPS已经被山石磕坏了,只剩下指南针勉强能用。短短一会儿,他就陷入了进退维谷的境地。

不得不说,郦道来得真不是时候。这个时候的可可西里,只一会儿的工夫天色便暗了下来,气温随之迅速下降,风也大了起来。他一时有些气馁,索性就在坡底支起了帐篷。直到这时,郦道还心存侥幸:先睡一觉再说吧,等明早醒来,太阳会照常升起。

他是被彻骨的寒冷冻醒的。郦道一骨碌爬起来,脑子还有点迷糊,想不明白怎么就突然冷成这样了,他紧了紧衣领,拉开帐篷。甫一伸手,郦道就感觉触感不对,用力扯开拉链,一蓬积雪从帐篷顶上滑落了下来,拉链向下只到一半,也已全部被冰雪覆盖。郦道一惊,勉强从打开的半边帐篷里跨了出去。尽管已经有了心理准备,但他还是瞬间呆住了——外面已是白茫茫一片。

这场突如其来的暴风雪,完全打乱了郦道的计划。哪怕冒着风雪,他也必须尽快离开这儿了。坡顶的积雪遍布裂痕,而这时他的帐篷就像一朵刚在地面冒头的蘑菇,面对随时可能发生的滑坡是没有任何抵抗力的。郦道第一次感到了恐惧,他急忙检查了行李,被迫丢弃了帐篷,只带了些干粮和燃料就上路了,指南针不知为何一直乱转,于是,郦道又在慌不择路中犯下了第二个致命错误。他依照的仅仅是记忆中的方向,却忽视了大雪对地貌的改变与对感官的干扰,就这样,他在不知不觉中偏离了原定的路线。

风雪中，郦逍拄着手杖艰难前行，他已经意识到方向不对，但现在天地间晦暗不明，尽是一片毫无差别的雪白，实在找不到参照物来修正方向。他哆嗦着往嘴里塞了几片奶片，细细咀嚼着，这是他在格尔木采购的。除此之外，他还携带了不少肉干和一些压缩食品，以及一只小型酒精炉。如果一切顺利，这些东西本足以支撑他完成穿越。但现在形势已经坏到了极点，他的眉毛和唇角覆上了冰碴，浑身关节冻得生疼，当务之急，是找个地方生火取暖。

唉，早知今日，何必当初。郦逍心中不禁后悔起穿越无人区的草率决定来，难道自己真的要葬身于此？但他比谁都清楚，人生早已偏离自己理想的航线，很多东西早已注定，即便避开了这次，今后仍会重蹈覆辙。

暴风雪持续未停，郦逍终于在一片石壁后面找到了一个能避风的浅凹处，可一连试了几次，酒精炉仍旧无法点燃。看样子只能等待救援了，临行前他了解过，可可西里自然保护管理局配备有专门的搜救队。对了，郦逍突然想起那个名叫卓玛的藏族女孩，她不就是管理局的工作人员吗？一开始接触时郦逍还有些紧张，生怕她看出自己的真实目的。没想到，那个淳朴的女孩居然被他随口编出的谎话骗了。想到她可能正冒着危险赶来救自己，郦逍心里不禁有些愧疚。

温度越来越低，郦逍浑身都在瑟瑟发抖，牙齿也止不住地打战。有那么一会儿，郦逍陷入了一种半昏迷的状态，他似乎重新回到了小时候，爸爸又喝酒了，醉醺醺地走进家门，郦逍躺在自己的卧室里，竖起耳朵，提心吊胆地听着外面的动静。不大一会儿，他就听到了父母的争吵和打砸东西的声音，每一下响动，都让郦逍的心更缩紧一分。他剧烈地喘息着，终于忍不住大叫起来。那个让他担惊受怕的家消失了，漫天飞雪的荒原重新出现。唉，至少在这儿能睡个安稳觉，他昏昏沉沉地想。

不，不行！自己怎么就睡过去了？郦逍猛然惊醒，他知道，如果这会儿自己真的睡着，恐怕就再也醒不过来了。他挣扎着站起身，想沿着来时的路往回走，但大雪和寒风早就掩埋了来时的足迹。郦逍再次掏出指南针试图辨别方向，但指针完全无法稳定下来。这让郦逍意识到，附近可能存在某种干扰源，比如黄铁矿，分布范围显然还不小。无奈之下，他只得收起指南针，凭感觉跟跄着继续前行。寒风轻易地穿透了他的冲锋衣，刀子般割在他的每一寸皮肤上。四肢已然麻木，只是机械地运动着，他知道，只有不停走下去才有一线生机。

模模糊糊间，前方隐约出现一道山梁，风从身后刮来，拍打在山梁上卷起阵阵雪雾。郦逍定睛一看，只见山梁绵延起伏，远远的没有尽头。他思考了片刻，与其在不确定中绕行，不如一鼓作气翻过山去，起码山梁后面应该可以找到一处避风地，到时候先点着酒精炉，再烧些热水，情况就没那么糟了。

想到这里，郦逍顿时来了精神，灌铅般的双腿也似乎没那么僵硬了。他强撑着爬到山梁最高处，再一步步摸索下到另一面的路，他小心翼翼地挪动着，不想脚下突然一空。坑洼处冻结的雪块被踩碎，引发了连锁反应，雪块崩坠，一道由窄到宽、由浅到深的裂缝出现在了郦逍眼前。他战战兢兢地缩回脚，幸好踩中的是裂缝狭小的起点，如果再往前两步，自己这只脚怕是要崴断了。稍稍凑近，郦逍发现裂缝处有空气流动，裂缝内显然是一处不小的空间，而且比外面要暖和许多。顾不上其他危险了，郦逍蹒跚着往裂缝深处走去。

刚开始，郦逍还需要扶着岩壁小心探路，随着逐渐深入地下，裂缝越来越宽，很快就形同隧道，不必担心磕碰了。走了几十米后，隧道拐了个弯，郦逍无意间踢到一颗石子，只听它叮叮咚咚地滚出好远，看来这个地下洞穴远比他想象中的要大。寒风已经被隔绝在外了，空气也不再干冷，透着些许温凉的湿润，前方隐约传来潺潺的流水声。郦逍松了口气，这个温度适宜又有水源的庇护所正是自己需要的，干粮也还够吃，生存危机暂时解除了。他把双手交叉塞进腋窝里暖和了一会儿，待指关节勉强能打弯，便急急摸出兜里的打火机。好在打火机的质量还算过硬，打了几下，一簇柔和的火苗就出现了。

借着微弱的火光，他又朝洞穴深处走了一段距离，找到些枯草树枝扎了个火把，接着就找到了水声的源头，竟是条平缓流淌着的暗河。暗河河面宽阔，火把光照不及，只能看到对岸影影绰绰的怪石。而顺着水流望去，暗河深远，似乎没有尽头，他正站在一处河湾台地上。

外面的风雪还不知道什么时候才能停，郦逍此刻也不敢循着暗河走远。一夜的跋涉已经让他疲惫不堪，台地上虽铺满碎石，但还算平整，于是他决定先在这里休息一下，等体力恢复些了，再根据外面的天气情况决定走哪条路。

于是，他解下行李，从背包里取出酒精炉点燃，然后又从暗河里取来一些水烧上。干粮就着热水下肚，郦逍感觉自己整个人都暖和了起来，视觉也逐渐适应了昏暗的洞穴。为了防范可能同样被大雪逼进来的野兽，郦逍又额外生了堆火。忙完之后，郦逍终于可以休息一下了，他最后又检查了一遍背包，想看看还有什么能用得上。在整理衣物的时候，一张薄片飘出。将它展开后，郦逍才发现居然是父亲日记本里的那张奇怪的地图，一定是自己收拾行李的时候不小心夹进来的。郦逍翻看了一会儿地图，依然不得要领，有那么一瞬间，他几乎想把这张地图也投入火堆，一了百了。但当他的手拿着地图伸向火堆时，眼前仿佛出现了父亲在荒野中查看地图的景象。他缩回了手，暗自叹息一声，将地图重新叠好后放回背包的外侧夹层中，然后钻进睡袋，沉沉睡去。

07
天下之水

太和十三年[1]，郦范逝于平城。长子郦道元承袭永宁侯爵位，又依例降等，为永宁伯，就此步入仕途。父亲一生辗转多地，而自己刚入仕便被留在朝廷中枢，此等境遇不知是多少人都羡慕不来的。但在内心深处，郦道元向往的却是行至万里、饱览河山的人生。离奇的是，这念头似乎是在他那年意外落水、大难不死之后才有的。此后在青州的几年里，他常缠着父亲带自己外出游历。他还记得，有一日两人行至淄水岑山[2]，见一石刻天梯悬于峭壁之上，云雾笼罩时，如一条白龙匍匐其间。

"此天梯乃仙人鹿皮公所建，"当地长者对父子俩说道，"岑山上有一汪泉水，但山路艰险，人迹罕至。鹿皮工禀告太守后，请来木工石匠三十余名，用了几十天时间终于建成了悬空梯道。梯道完工后，鹿皮公又在山顶搭建了祠堂，自己从此便住在旁侧，以芝草山

---

1. 公元489年。
2. 今山东淄河、潭溪山。

泉为生，转眼便过了近七十年。淄河涨水时，他三次下山，救下同族六十余人。这场大水几乎将一郡之地淹没，遇难者数以万计，唯鹿皮公的族人皆得以保全。此间凡尘事一了，他便飞升而去了。"[1]

"此地颇有仙家气象，"郦范抚须而笑，"不想竟为鹿皮公飞升之所。"

"哼，此等仙人，不要也罢。"一旁的郦道元不屑地说。

"善长，不可无理！"郦范不知儿子为何突然口出狂言，连忙喝止。

那老者面色一时有些尴尬，便转向郦道元轻声问道："公子何出此言？"

不顾父亲有些愠怒的脸色，郦道元直言道："其一，天地不仁，以万物为刍狗，这鹿皮仙为何要救人？其二，既已救了，为何只救本族之人？其他万人就该死吗？"他摇头哼道："若他一人不救，则已了断人间情缘，如若全救，虽动凡心，为的是天下苍生。皆可算得道真仙。但只救族人，私心何其重也！哪有半分仙人气度？"说完之后，郦道元神色淡然，静待父亲训斥。

听罢，那老者思索片刻，向郦道元施了一礼："小公子，老朽受教。"

郦范反应过来，连连摆手道："老人家莫听他胡说。"

谁知老者却摇摇头："小公子明白事理，以后定成大器，此传说乃凡人编造，却是以凡人之心度仙人之腹了。小公子一言即道破，自非常人。然此地确有神异之处……"老者指向天梯脚下的一片深潭："此潭古名登仙潭，传说乃鹿皮公取水之处，现称白龙潭，确有一条白龙居于潭底。"

"竟有此事？"郦范心头一惊，不自觉地瞟了眼儿子，而郦道元

---

[1] 原文出自刘向《列仙传·鹿皮公》。

也正出神地盯着白龙潭。只见那汪潭水不过方圆十丈大小，墨绿幽深，一条溪水从东南汇入，却无通道流出，而潭水周围怪石嶙峋，临水一侧均光洁如镜，全无青苔附着，看似确有不凡之处。

"此潭深不可测，直通海眼。"老者道，"风雨晦暗之时，那白龙偶有现身，飞腾云间，此地有多人曾亲眼所见。"

"老人家，此传说多久了？"郦道元突然问道。

"至少已有百年。"老者回道，"白龙为此地的守护神灵。"

"那近百年来目睹过白龙的人，应该还有尚在人世的吧？"郦范瞬间就明白了儿子的意思，接话道。

"不错。"老者这次出奇地笃定，点头道，"大人，老朽不敢妄言，确有白龙居于潭中，我年轻时就曾亲眼见过。"

"愿闻其详！"郦范不再掩饰自己的好奇，追问道。他回头看了一眼儿子，却见郦道元也正望向自己，父子俩默契地点点头。自从那次夜谈后，整个郦府上下都对郦道元落水得救一事讳莫如深。但郦范知道，儿子心里已经留下了一个结，至于如何解开，就要看上天的造化了。

"那是正平二年[1]。"老者眯起浑浊的双眼，陷入了回忆，"那日，我与同村几人正在田间劳作，突然狂风大作，乌云蔽日，白日竟如黑夜。我们急忙回家避雨，途中从潭边经过，赫然见一白龙伏在潭边巨石之上。那龙牛头蛇身，鳞甲森然，双目如电，两爪深陷沙石之中，腥臊不堪。我等大惊，纷纷退走，不敢回首相顾。忽闻背后龙啸，声如惊雷。众人皆逃，唯我距离太近，瘫软在地。只见云雾大起，白龙盘桓而上，顷刻间便隐入云中了……"

老者说到这里，默然良久，仿佛仍在回味当年的奇景。

"隔日我等壮胆再来，未见白龙，但潭边卧痕及石上爪印尚在。"

---

1. 公元452年。

老者平复了心情，继续说道。

"这么说，白龙已经离去了？"郦道元不由自主地问道。

"不错，"老者点头道，"此后便再无人得见了。实际当年诸人中，也仅我有幸目睹神龙飞升，如今他们均已离世，想来也是我的福分吧！"

说话间，三人已行至潭边，老者指着岸边一块巨石说道："两位请看，那便是白龙爪印。"

郦道元兴奋地跑上前去，只见一块足有八仙桌大的巨石横在潭边，巨石上赫然可见数道深深的抓痕，时隔多年依然清晰可辨，足见当时力道之大。郦范也走到巨石边，抚摸后斟酌道："此物定非自然形成。"

"确然如此，"老者笃定道，"古有大禹驱使应龙治水，黄帝乘黄龙登天，豢龙氏董父为舜豢龙，御龙氏刘累以龙食孔甲。古往今来，坠龙之事常有耳闻，龙骨也非罕见之物。"

"龙到底居于何处？"看着幽深的潭水，郦道元不解道。

"依老朽猜测，龙应为逐水而居。"老者道，"江河湖海甚至井中，都曾听闻过有龙出没。这白龙潭，底通海眼，深不可探，实在是蛟龙绝佳的栖身之所。"

"逐水而居……"郦道元陷入了沉思，定睛看着那汪墨绿深邃的潭水，其下似有巨物上浮，一时间竟有些痴了。

"善长，你做什么？"父亲的惊呼让他从幻境中挣脱。恍惚中，自己悄然涉水，此时水已没过膝盖。

"父亲，可否容我下水一探？只需以麻绳系于腰间便可无碍。"自从遭逢那番奇遇后，郦道元的水性突然好了许多，尤善闭气潜水。此刻他人虽已清醒，却仍被心中的那份执念牢牢牵绊着。

"荒唐！"向来慈爱的郦范声色俱厉，不待郦道元争辩便强将其拽回马车，绝尘而去，只留下那老者兀自惊诧不已。

路上，看着眼神空洞的儿子，郦范长叹道："善长，世间有许多事本就是不可解的,怎能一味沉沦?便当它是一场梦,忘了吧。"

"是,父亲。"郦道元平静地答道,变回了那个谨守规矩的郦家长子。

从白龙潭回府后,郦道元心绪难宁,却又不得不在父母面前强装无事。那夜长谈已使父亲大为紧张,但他不知道的是,郦道元并没有把自己经历的一切全盘托出。其实,巨龙带他跃下瀑布后,他虽被震得不轻,但并未完全丧失知觉。半昏半醒间,有几个人声传来。

"是个孩子,救不救?"

"哼,你到底进入神识不久,凡心未泯。便是孩子,千百年来落水的又有多少,你救得过来吗?"

"可龙把他带到我们面前也算是一场缘分,岂能见死不救?"

他们是在议论我吗?我是不是快死了?郦道元紧张起来,不禁呛了口水。

"瞧,若换作常人,纵有神龙相助怕也坚持不到此处。这孩子一息尚存,天资根骨倒是极好的,年纪也正合适。"又一个声音加入了进来。

"如此甚好。我们需要有人在世间传扬神识。我们可以在他脑中留下一些指引,在适当的契机出现时激发出来,但更多的还是要靠他自己去修行,这也是给他的一场历练和考验。等到他的肉体消亡之际,再返回神识境中也不迟。到那时,说不定他可以继承我们的衣钵。"这个声音颇为威严,争论就此平息。

"不日我将彻底消融于神识之中。邹子、陆海、君长……诸位不必挂念,须知我始终与你们同在。"威严的声音最后一次出现。

"吾等谨记帝禹[1]之言……"沉默半晌后,其他人声一同应道。

---

1. 邹子,指邹衍,战国末期齐国人,阴阳家代表人物,开创五行学说,有学者认为是《山海经》的作者;李冰,号陆海,战国时秦蜀郡太守,主持修建都江堰;桑钦,字君长,东汉人,据传为《水经》作者;帝禹,指大禹。

与此同时，无数幻象如决堤的洪水般涌入郦道元脑中。有身着兽皮的部落首领于一片泽国中乘坐独木舟，过家门而不入；有装束奇异的术士推演阴阳五行，描绘地理风物；有父子二人兴修水利，造福一方；也有行者孤身一人，记载天下水脉……郦道元感到应接不暇，头脑越发昏沉，胸口烦闷欲呕，不多时便晕了过去。

这些记忆原本只留下一道模糊的影子，在郦道元脑中并不真切。但当他蹚入白龙潭的那一刻，一切蓦地清晰起来。莫非这就是那个神秘声音所言的"契机"？他明白，自己的一生再也不可能如父亲期望的那样发展了，许多东西冥冥之中早已注定。

接受了这些之后，郁结心中的疑团才得以解开，郦道元辗转反侧良久后，终于沉沉睡去。

作为地方大员，郦范任职期间时常外出走访，查探风土人情，郦道元往往随行。他渐渐明白，父亲是想告诉自己，作为一方父母官，若久居庙堂之上，必会对民情有所失察。跟随父亲的脚步，郦道元亲眼见到不少民间疾苦，更体会到了父亲的良苦用心。他发现，百姓之苦多在灾荒，而灾荒又多源于水患。想当初，父亲也是为了根治水患才从农户口中得知了自己的下落。

郦道元早已确信世间必有真龙存在。根据不少典籍记载和民间传说，它们极可能大部分时间都在暗河与九幽深渊之中度过，只在春秋之际才会从地下深渊来到地面水系，随云而腾飞天际。试想，那黄河与阳水之间虽无水系相通，但地下可能有暗河勾连也未可知。

龙司水，那么若想寻龙，必须寻水。郦道元此后出行便对河流水脉格外留意。

许是察觉到了儿子的偏好，一日，郦范将郦道元叫进书房，递给他一本古书。郦道元接过书，封面上赫然写着两个大字：水经。他兴奋地翻开，和他所料不差，书中主要记载了各地水脉的资料。

"善长，"父亲告诉他，"此书名为《水经》，记载天下之水，乃一位老友所赠,今日为父将其交付于你,可知为何?"

郦道元抬头看向父亲,正对上父亲殷切的目光,心中一时有些发虚。

"善长不知,请父亲赐教。"他恭恭敬敬地行了一个礼。

"水乃天下至柔之物,老子曰:'上善若水,水善利万物而不争。处众人之所恶,故几于道。'但水又是天下至刚之物,有雷霆万钧之力。"郦范言道,"昔年,鲧治水,逆天而行,只知堵而不知疏,功败垂成;大禹治水,因势利导,堵疏并用,方才成功。治民犹如治水,宜疏导而非堵塞。做人行事,也如这水,夫唯不争,故无尤。"

接着,郦范又指了指书:"孔子曾云,知者乐水,仁者乐山。你生性好水是好事,知水者,知天下万事,好好用它吧。但有一事,为父须得提醒。"

"父亲,请说。"郦道元愈加恭敬,心中却惊疑不定。

"那日在岑山,你曾道天地不仁,以万物为刍狗。但人畜草木皆长于天地之间,怎可断言不仁?便如水,活人无数,亦没人无数。大道中庸,天地之仁在于调和。"

郦道元心中大受触动,细细思索后,他深深一拜,正色道:"善长定将父亲之教导铭记在心。"

"好,去吧。"郦范挥挥手,示意郦道元可以出去了。

郦道元双手捧着那本薄薄的书,缓步走出父亲书房,不知为何,他感觉这本书仿佛重如千钧。回房后,郦道元开始认真研读《水经》。"君长?"他突然想起了这个名字,想起了曾出现在幻境中的那个实地考察水脉的行者。只是这《水经》记载的河流还太少,内容也不够翔实。倘若能为此书作注,收录天下河流,补齐资料的同时还能沿水寻龙,实在是件一举多得的好事。

那日,郦道元许下宏愿:此生必将访遍天下之水,完成《水经注》,寻得真龙。

袭爵后四年，大魏迁都洛阳，郦道元出任尚书郎。一年后他随皇帝出巡北方，因御史中尉李彪举荐，由太傅掾升任治书侍御史。又四年，郦道元受李彪牵连被免职，起复后开始外派各地。借此机会，他遍访山川河流，世人只知他在为《水经》作注，却无人知晓他也在寻龙。

龙究竟为何物？在利慈池[1]旁，郦道元听到了一种说法。

一日，郦道元行至沫水[2]，听闻晋泰始九年[3]，有两条黄龙曾在利慈池中出现。他即前往观之，只见池水深不可测，附近猎户亦云，池底直通海眼，黄龙居于池底，往返于大海与水池之间。这一说法和白龙潭的传说别无二致，可见龙这种生物的习性确有特别之处，郦道元在《水经注》中记录了此事。之后他在池边盘桓数日，希望能亲眼见到黄龙，却未能如愿。临走时，郦道元偶遇一行脚僧，行脚僧识人无数，一眼瞧出他眉宇间的失望之色，开口问道："这位施主，何故失落？"

郦道元浪迹多年，虽饱览河山，精研水路，却无缘再睹真龙，心中不免沮丧。那行脚僧气质脱俗，一派五蕴皆空之态，浑不似尘俗之人。郦道元一时失态，第一次向外人坦陈自己正在寻龙。

谁知行脚僧却笑道："龙乃天龙八部众之一，并不稀奇。"

"大师也信这世上真的有龙？"郦道元惊奇道。

"然也，能为凡人所见之龙有四种，一守天宫殿，持令不落，人间屋上作龙像之尔；二兴云致雨，益人间者；三地龙，决江开渎；四伏藏，守转轮王大福人藏也。施主所寻，乃地龙也。"行脚僧肃然道。

"这地龙又居于何处？"郦道元急急追问。

---

1. 在今四川甘洛县东北。
2. 即发源于青海，主要流经四川的大渡河。
3. 公元273年。

行脚僧遥指水池:"地龙蛰伏于深渊之中,顺伏流而行,常人难以见之。偶有现身世间,非大德者不能见。"

"世人多见兴云致雨之龙。"郦道元颔首。

"兴云致雨之龙乃奉龙王之令行云布雨,福泽四方,龙常从云雾中探首从江河湖海中吸水,故多为人见。"行脚僧解释道。

"如此说来,龙实非人间之物?"郦道元又问。

"龙有神通,变化莫测,能大能小,能隐能现。龙的种类不同,有金龙、白龙、青龙、黑龙。有胎生、卵生、湿生、化生,又有札龙、鹰龙、蛟龙、骊龙,又有天龙、地龙、王龙、人龙,又有鱼化龙、马化龙、象化龙、蛤蟆化龙。但施主须要明了,龙虽神异,但依然是轮回之中的畜生,未得解脱。"

"大师的意思是?"

"龙有四苦:被大鹏金翅鸟所吞苦;交尾变蛇形苦;小虫咬身苦;热沙烫身苦。"僧人喟然长叹,"施主,龙本非人道之物,实乃虚妄,切莫陷入执念。"

郦道元心中一动,明白僧人以龙喻人,实则劝慰自己。他恭敬地向行脚僧施了一礼道:"小子受教了。"

"施主不必多礼。"行脚僧回了一礼,"人生难得,还望好自为之。苦海无边,苦海无边啊。"

与行脚僧分别之后,郦道元思路为之一开,此前他虽翻阅了不少史料古籍,却独独漏掉了佛经。须知佛法自汉代便已传入中土,僧人惯于游历弘法,见识极广。行脚僧出于好意引用了佛经之语,对龙的描述虽难免有传说夸大之嫌,却又可与古籍中的诸多记载互相印证。例如,夏朝时有豢龙氏与御龙氏,可知当时龙的数量较多,确非罕见之物,上古之时也许存在一个人龙共存的时代。此外,行脚僧曾言龙被大鹏金翅鸟所食,而古籍中也多有食龙的记载,看来龙亦有落难之时或天敌存在。

此后，郦道元勘破心魔，四处探访时也更添乐趣。在他眼中，山无常势，水无常形，内在里却蕴含着一股灵气，正因山水有灵，万物才得以滋养生息。而路途之中，每每听到见龙之事，他都要寻访亲历者，虽其中道听途说者居多，但郦道元仍会一一记录。

其间有数次，郦道元几乎真以为自己要与这种神奇的生物重逢了。

那日，郦道元行至淮河，恰逢雷雨，暂在路边一草屋中躲避。雷声隆隆，大雨倾盆。忽闻有人惊叫："有龙！"

郦道元疾行而出，见河边数人正抬头望向天边，皆高喊："神龙！龙吸水！"

郦道元忙看向众人所视天边之处，只见一巨型水柱自云间垂落，旋转不休，云雾缭绕，浊浪滔天。郦道元心中一凛，不禁回忆起行脚僧所言兴云致雨之龙，想必眼前就是了。这龙吸水足足持续了小半个时辰，才渐渐散去。郦道元矗立河边良久，他仔细观察水柱，并未发现龙的踪迹，又看水柱与云层相接之处，也无龙角龙须、龙爪龙尾的半点影子。这是郦道元第一次亲见龙吸水，之后他又在各地的江河湖泊中目睹过数次，同样不见龙的真身。渐渐地，郦道元有了自己的想法，他知此"龙"绝非真龙，而是一种天象。世人传说神龙兴云致雨，多半是乍见此景，附会想象罢了。

是夜，郦道元提笔写下："所谓兴云致雨之龙，余观之，无鳞无腿，更不见首尾，不类活物。虽能吸水致雨，实非真龙也。"

另一次，郦道元行至一集市，见多人围住一营帐，热闹非凡。营帐入口处有人把守，不时有人交钱进入，又有人尽兴而出。郦道元上前询问，有出帐者故作高深道："幼龙是也。"郦道元顿时好奇心大起，立即付钱入内。只见营帐中央地面上摆放着一只古怪的动物。其身长不过一丈，遍体漆黑，浑身披甲，阔嘴，四条短腿，趾间有蹼，长尾，已死去多时，貌似以稻草填充。郦道元从未见过此物,却有一种莫名熟悉之感。

只听一人叱道:"此非真龙,乃猪婆龙[1]也!"

众人愕然,随即大笑。摊主瞪圆了眼睛,脖子通红,争辩道:"猪婆龙,岂非龙乎!"

郦道元也终于想了起来,此物古籍多称鼍,传说龙与蛇交合出蛟,龙跟蛟交合出猪婆龙。此时再观此物,确与传说之龙有些许相似之处,山野乡民不知其中区别,难免误认。他又仔细观察了一会儿,直到记住了猪婆龙的特征才满意离去。

"鼍,又名猪婆龙,长三尺,有四足,背尾皆俱鳞甲,南人嫁娶,尝食之。北人不知有鼍,故多误传为龙也。"于是,在他的笔记中,又多了一条记载。

地下有水,世人皆知。

《管子》曰:"水者,地之血气,如筋脉之通流者也。"又《禹本纪》曰:"河出昆山,伏流地中万三千里,禹导而通之,出积石山。"

可见上古先贤早已知晓大地之下也有河流、地脉、深渊。水流如大地之血脉,在大地深处奔涌不息,偶有暗河冲出地面,形成涌泉,或从山洞流出,变为显流。

郦道元多处走访,如白龙潭、利慈池者深不可测、底通海眼之水,数不胜数。以龙渊、龙潭、龙泉、龙池、龙巢、龙穴、龙井等为名之水更是不计其数。细细考察后郦道元发现,此等以龙为名之水皆通伏流地脉,且多有各色神龙出没之传说。他暗自思忖,兴云致雨之龙恐为虚妄,深渊潜龙或可一寻。忆及当年奇遇,潜龙必在地下极深之处,九幽渊薮之中,仅凭人力绝不可达。郦道元遍寻古籍,发现多处黄龙、青龙、白龙现于水井的记载。水井容量有限,几乎不可能养育大型生物,这恰恰说明,这些龙极有可能是从地脉

---

[1] 扬子鳄的古称。

潜流钻入井中的。让他颇为惊喜的是，有两则水井见龙事件就发生在京师，其中神䴥三年三月出现的是两条白龙，真君六年二月出现的也是白龙，但只有一条。两起事件地点大致相同，时间相距不远，都是白龙。郦道元甚至怀疑，神䴥三年那次是成年之龙抚育幼龙，而到了十五年后，幼龙长大，成年之龙便离去了。[1]

这些记载更让郦道元坚定相信，自己曾经历的事绝非幻象。他不禁想象，在人们毫无所知的地下世界，暗流奔腾，在极深处汇集成海，无数龙族蛟类栖身其中，偶有从暗河跃出者，或现身江河，或现身水井，或现身水潭……所谓潜龙在渊，即为此意。龙非天降之物，而是来自大地深渊。

多年过去，郦道元行至万里，仍然痴迷于天下水道，他想要弄清楚它们数有多少，源自何处，去向何方，之间又是否有所勾连。他翻遍经史子集、逸闻野史，同时又跋山涉水，以《水经》为本，一点点加以注释。冥冥之中的某种使命感，指引和鞭策他一定要完成这部旷世之作。而当那一天来临之时，郦道元深信，他必将再次见到追逐了半生的龙。

---

1. 世祖神䴥三年（公元430年）三月，有白龙二见于京师家人井中；真君六年（公元445年）二月丙辰，有白龙见于京师家人井中。两则记载均出自《魏书·灵征志上》。

08
荧 光

郦逍醒来时，篝火已经熄灭了。

很久没有睡过这么踏实的觉了，郦逍也觉得奇怪，自己在这样陌生幽暗的环境中竟没有做梦。他感觉状态好了许多，身上微微出了些汗，手脚也不僵硬麻木了。

缓过神后，郦逍摸索着爬到了洞口，扒开积雪，发现外面的风雪已经停歇。这一刻，生的喜悦奔涌而出，他恨不得立即冲破所有阻碍，在茫茫雪地中肆意狂奔。但不知怎的，他想到了洞内那条宽广、静默、恍若没有尽头的暗河。刚进洞时他饥寒交迫，没敢深入，这会儿暴风雪虽然停了，但外面也没了参照物，与其再次迷失方向，何不就地待援，顺便探一探暗河呢？于是，郦逍又鬼使神差地回到了暗河边。他迈过还留有余温的火堆，扎了个火把，沿河岸向下游走去，一路用石子撂好标记。火把能照亮的范围很小，而当眼睛重新适应黑暗后，他发现下一个河湾处似乎有微弱的荧光。随着距离越来越近，点点荧光渐渐连成了一片，呈现出黯淡的昏黄色。

郦逍顿时好奇心大起，难道这个山洞河道里蕴藏着某种发光的矿物？他到底还是地质专业出身，脑子里飞快闪过了几种可能的矿物，但没有想到哪种是相符的。终于，他走进了那处河湾，这里的水面比远看时还要宽阔许多，水流速度在此放缓，在河岸边形成了一片偌大的沙滩。如果在地面，这样的环境将会是生物繁衍生息的乐园，郦逍记得，父亲曾说过，已经灭绝的斑鳖就是在金沙江的河湾沙滩处产卵的。他终于看清了，在暗河中央，漂浮着大量卵状物，这些卵状物的大小和哈密瓜差不多，有点像果冻，主要由深黄色的胶质构成，内里隐约有个黑色的核。荧光就是它们发出来的，并不刺眼，却映照得整个地下空间影影绰绰，更显神秘。

走着走着，郦逍猛地一个激灵，他不知不觉间踏入了冰冷刺骨的暗河。好在此处水浅，郦逍实在按捺不住，继续向河中央蹚去，最后在成片卵状物的边缘停了下来，仔细观察。

这到底是什么东西？肯定不可能是矿物了，可能是某种水生植物？又或者……看它的形态，有点像某种黏菌聚合体，难道是太岁[1]？但郦逍看过一些发现太岁的新闻，无一例外都只有一只或几只，哪有像这样密密麻麻数不清的啊？郦逍冥思苦想，却始终找不到一个确切的答案。

仿佛是被某种神秘力量驱使，不由自主地，郦逍俯下身子，伸手摸了摸其中一枚卵状物，触之所及滑软而弹性十足。他迷惑地缩回手，手上沾满了湿滑的黏液，还带着一股奇特的腥味。而且俯身时他才看清，原来这些卵状物并不是一颗颗孤立的，它们之间若即若离地粘着层半透明的薄膜，有些地方还结成了乳白色的团块。这又和两栖生物（比如蛙类）的卵形态相似，但世界上哪有这么大的卵？郦逍惊疑不定，费了好大的劲儿才把手上的黏液清洗干净，犹豫着要不要腾出背包里的宝贵空间，带一枚"卵"出去。

---

1. 又称肉灵芝，由粘菌、细菌和真菌三类菌构成的一种稀有的聚合体。

如果这些"卵"真属于一种未被人类发现的新物种,那自己是不是就能扬名立万了?郦道想起一部自然纪录片里提到过,地球上还存在大量没有被人类发现的物种,科学家每年都会发现一些,并以发现者的名字为其命名。仅在2019年,美国加州科学院的研究人员就发现了七十一个新物种,而在以生物多样性著称的中国云南,从1992年至2020年不到三十年的时间里,科学家发现了两千五百多个新物种。在地球上,据保守估计,还有数百万个物种等待着人类去发现。郦道又胡思乱想了一会儿,直到双脚在冰冷的河水中渐渐失去了知觉,他还是抵不住诱惑决定捞一枚"卵"。正当他准备动手时,暗河前方百余米处突然传来一声巨大的响动,好像有什么跳进了河里,虽然看不真切,但那东西的个头绝对不小。郦道吓了一跳,远远地朝声音传来的方向望去,只见一片昏暗的幽光,其他什么都看不清。他一时间顾不上打捞了,赶紧回到岸上。

最终,强烈的好奇心战胜了恐惧,郦道紧张地挪动着步子,慢慢向前面走去,而暗河中那些硕大的"卵"也越来越多。很快,他走完了平缓的沙滩,取而代之的是遍地凌乱的巨石。河道逐渐收窄变深,水流加速,更远处传来隆隆的水声,可能存在因地层断裂形成的瀑布或地下湖。就在这时,郦道突然呆立原地,在沙滩和乱石的交界处进退不得,因为他发现自己此刻踏进的低洼坑道直达暗河,脚底满是和那些"卵"上一样的黏液,连空气中的腥味都浓了许多。这分明是一条卧痕啊,刚刚那大家伙就是从这里下水的!

郦道不禁头皮发麻。他知道,在漆黑不见天日的山洞暗河里,的确存在着一些与外界迥异的生物,比如著名的盲鱼和洞螈。但它们的体积都不大,绝闹不出那么大动静,更不可能造成足可躺人的卧痕。这山洞倒是暖和,难不成真有什么巨蟒在这儿冬眠?但可可西里明明没有蟒蛇的种群分布啊。再一抬头,几道又长又深的抓痕赫然出现在坑道边的巨石上。要知道,蟒蛇可没有爪子。

现在那个大家伙去了哪儿？它还会回来吗？自己分明闯入了它的产卵地！郦逍倒吸一口凉气，这下麻烦大了。刚刚的雄心壮志瞬间消失无踪，哪还敢打那些卵的主意？郦逍用前所未有的轻柔脚步缓缓后退，祈求着不要惊动那个藏在暗处的庞然大物。

怕什么就来什么！正在这时，河水突然开始搅动，大量的气泡从河水深处泛起，好像有东西在水下呼气一般。郦逍整个人都呆住了，一种巨大的恐惧从冰冷的脚底升起，没过他的胸口，压迫着他的呼吸，最后涌向头顶，让他战栗不已。

恍惚间，郦逍看到一条巨大的黑影出现在河底，气泡就是由它产生的，那粗壮的身躯正如巨蟒一般扭动着。郦逍瞪圆了双眼，浑然忘记了逃命。

一股水柱从河里冲了出来，溅了郦逍满身。黑影已经完成了换气，在水下前后摆动着身躯。这让郦逍想起曾经在山区徒步时遇到的眼镜蛇。当时被惊扰的眼镜蛇也有类似的动作。虽然大黑及时赶到，和他一起赶走了毒蛇，但事后大黑告诉他，那就是蛇类发动攻击的前兆。

这一切都是在电光石火间闪现在脑海中的。郦逍终于清醒了过来，他转身拔腿就跑。

慌乱中，郦逍在岸边摔了一跤，火把熄灭了。然而已经来不及管这些，凭着记忆，他跌跌撞撞地往回跑，身后是越来越近的水声，那东西追上来了！

随着肾上腺素急速分泌，求生的本能彻底被激发了出来。此时的郦逍哪儿还顾得上可能发生的高原反应，只恨不得再跑快一点儿。直到见到洞口的亮光，远离了暗河，他才注意到那不明生物并没有跟过来。这次他不再犹豫，收拾好东西就火速逃离了山洞。到外面求援虽然充满不确定性，但那至少是自己熟悉的世界。走出一段距离后，郦逍最后回头望了一眼那个山洞的裂缝口，从外面看上去它是那么的不起眼，谁能想到里面竟有一个宏大阴森的空间，甚至还潜藏着巨大的未知生物呢？他心事重重地爬下山坡，朝开阔地走去，突然眼前一黑，视野中升起团团浓雾，头也开始剧烈地疼痛起来，后脑勺好像有一条筋突突直跳，每跳一次，便带起一阵眩晕感。

郦逍明白，自己的身体已经不堪重负了，刚刚的夺命冲刺耗尽了他好不容易积攒的体力。补给也不多了，这一天一夜他几乎没吃过东西。更要命的是，恼人的高反症状又出现了。他举目四望，没看到任何可以辨识方向的物体。雪虽然停了，但风依然不小，刮在脸上生疼，可郦逍却感到自己额头发烫。他不敢停下来，因为他清楚地知道，在可可西里这种恶劣的高原环境里，生命是十分脆弱的，即使普通的低烧也可能致命。他害怕一旦停下来休息，就永远都不能再出发了。

那条暗河里的巨型生物到底是什么？伴随着高烧，郦逍又开始胡思乱想。可可西里最出名的猛兽当然是西藏棕熊了，但那东西大概率是某种水生生物，体态上与西藏棕熊有显著区别。可可西里还会有什么大型生物呢？联想到它留下的痕迹，难道是鳄鱼？但鳄鱼的卵是有壳的。或者是大鲵？确实，暗河中那些卵的特征与大鲵的卵有几分相似。但无论何种推测，都有个最基本的问题无法回答——除了海洋中的鲸类，没哪种生物能有那么庞大的体型。

很快，郦逍的神志开始有些模糊。他仿佛回到了那个山洞，回到了冰冷的暗河边。在他脚下有两条坑道延伸，坑道的尽头……等等，两条坑道？郦逍拼命揉了揉眼睛，幻象褪去，出现在眼前的居然是两道车辙印！勉强振作精神，郦逍定睛看去，天哪，真的是车辙印！而且形成的时间肯定还不长，所以才没被不久前的暴风雪完全覆盖。

一定是救援队来找他了！郦逍脑海里浮现出卓玛的面容，她肯定发现了自己没回格尔木，而是私自闯入了无人区。郦逍此刻万分庆幸，他终于要得救了！

郦逍用尽最后的力气加快了脚步，沿着车辙印追去。又不知道过了多久，前面隐隐约约地出现了几个黑点，接着就听到了汽车发动机的轰鸣声和焦急的呼喊声。他们看到他了，两个人影朝他跑来。

"哈哈，这儿，我在这儿！"郦逍兴奋得差点儿跳起来，随即便栽倒在地。

"他在发烧。先喂点儿药，再给他吸吸氧吧。"郦逍怎么也睁不开眼睛，却认出了这个声音，果然是她。

"好。"是张鸣，看来是他把计划路线透露给了救援队。郦逍没想到，竟是他为自己不离不弃地守到了最后。

正当郦逍满心欢喜，以为平安无事之际，汽车突然猛地一颠，他只听到那名和卓玛一起的藏族汉子大吼了一声："完了！"就陷入了昏迷。

09
巡逻队

不知道为何，清明梦中，郦逍再次回到了那条暗河边。

暗河里依然漂浮着那些散发着幽光的卵，将整个山洞的轮廓都照亮了。郦逍小心翼翼地走在暗河里，水竟然出奇得温暖。这次他一点也不害怕了，好像能感知到前面有什么在等着他。不时地，他的双腿会碰到那些密密麻麻的卵。奇怪的是，这次的卵和之前有些不太一样了，郦逍分明看到卵的内部不再是那种黑色的核，而是隐约有一条四脚蛇似的动物在卵中央缓缓蠕动。

"我们等你很久了，孩子。"前方，暗河深处，一个神秘的声音在呼唤，"继续走。"

郦逍跌跌撞撞地继续前行。"你是谁？"他问道。

"我们不是某个个体，而是一群人，曾经的人。"

"曾经的人？我不明白。少在这儿装神弄鬼！"郦逍大喊。

"我们非神，亦非鬼。不急，既然你的亲人帮我们找到了你，我们自然还会再见的。"那声音最后留下了一句莫名其妙的话。

突然，他一脚踏空，坠入深渊。惊慌失措中，他分明摸到了什么,有一种熟悉的黏滑感,一股巨力将他从水中托了起来,越升越高。暗河在他的视野中不断缩小,它的主干和汇入的支流,连同两岸的山峰峡谷,共同构成一幅庞大的脉络,而自己掉落的地方,则是个巨大的地下湖……

眼前陡然一亮,郦道睁大双眼,愣愣地看着斑驳的天花板,他终于回到了现实世界。他活动了下身体,左手正打着点滴,于是用右手四下一摸,结果发现右腿打着石膏,看样子是骨折了,头上也裹着厚厚的绷带。他记得自己被卓玛和张鸣背上了车,可后面又发生了什么?

但此时郦道已经无暇他顾了,他支起上半身,费力地侧身去拿放在左侧床头柜上的背包。拿到以后,他一阵翻找,终于找到了那张从父亲书房得到的奇怪地图。仔细一对照,那上面绘制的河流轮廓,不正与自己梦中俯瞰的暗河一致嘛!难怪自己当时想不出它所标识的位置,因为它所描绘的不是奔腾于阳光之下的大江大河,而是一条穿越地底世界的暗河!图中那些不合常理的等高线,显然是因为绘图者使用的基准并非海平面,它很可能位于世界屋脊地下数百米甚至上千米,又怎么可能和现实中的海拔相符呢?可以肯定,这张地图不会是郦道父亲的手笔,但是否能说明,父亲或者那位将地图交给他的人,也去过那里?这人是否知晓暗河中的秘密呢?

正当郦道苦思无果时,病房门发出吱呀的一声响,大黑走了进来。

"你可算醒了!"大黑三两步便冲到了郦道的病床前。

"是啊,我活下来了,一定是你去通风报信,惊动了公安和救援队吧?"郦道虚弱地笑了笑。

"嘻,这下我总算安心了,毕竟你跟着我入了徒步穿越的圈子。要是我退出了你却把命搭进去了,那算个什么事儿啊。不过说起来,你小子命也真够硬的,又是迷路又是暴风雪,还出了车祸,这不都挺过来了嘛。"

"什么？车祸？"郦逍好像想起了什么，"其他人呢，他们怎么样？"

"当时你的情况不太好，司机开得有些快了，但大雪初融时的路况太差了，车子打滑侧翻了。张鸣和救援队的那姑娘倒没什么大碍……等等，郦逍，你这会儿不适合看手机。"看到郦逍打算开机，大黑突然中断了话头来制止他。

"啥意思？"郦逍狐疑地看着大黑，开机画面已经弹了出来。

仅仅几十秒钟，郦逍的手机就被不间断的来电和短信提示音给挤爆了。胡乱点开几条短信，全是恶毒的诅咒和谩骂。

"这是怎么了？"郦逍惊恐地盯着大黑。

"救援车的司机在车祸中不幸去世了。我知道这话不好听，但某种程度上，他是为救你而死的。"大黑叹了口气，用怜悯的目光看向郦逍，"搜救你的事上了新闻。司机遇难后，有人扒出了你的个人信息。现在网上说得太难听了，你不要看，而且也别太内疚了。"

"大黑，你让我一个人静静吧。"郦逍仰面躺了下去，眼神空洞，好像支撑他的东西瞬间被抽走了。

"你……唉，好吧。"大黑一时不知从何劝起，退出病房时轻轻带上了房门。

郦逍还记得那个叫索南多杰的藏族大哥，和阳光外向的卓玛不同，他沉默而沧桑，就像可可西里戈壁上一块黑硬的石头。现在，因为素不相识的自己，他再也不能在自己守护了大半辈子的高原上驱车驰骋了。

一连几天，郦逍白天逐一翻看陌生人发来的谩骂短信，晚上则在各网络平台观察大家关于此事的讨论。他本以为自己什么都无所谓了。当看到各种诅咒，说死的应该是他，他活着只是浪费社会资源时，他内心是默认的；当看到有人把他被退学的经历发在网上，讽刺他是失败者、垃圾人时,他可以一笑了之;甚至有人把他的退学和父亲的死、母亲的出走不怀好意地联系到一起时,他也能压抑住内心的愤怒。但当他看到一个自称是索南女儿的ID,在汹涌的网暴狂欢中平和地诉说着父亲对那片荒原的热爱,那是他的职责所在,希望大家不要参与网络暴力时,郦逍再也绷不住了,捂脸痛哭了起来。这份善意他真的承受不起,也不配。挣扎许久,郦逍始终没能鼓足勇气联系这位家属,表达最基本的感激和歉意。曾经他认为徒步穿越是勇敢者的游戏,但现在他明白,自己只是个可耻的懦夫。之后再有陌生电话打来,郦逍也不挂断了,就默默地听着劈头盖脸的辱骂。只有这样,他才感觉心里好受些。

眼见郦逍越发消沉,大黑急在心里,却又爱莫能助。这段时间他了解到了郦逍的近况,终于明白了郦逍出事前那通电话的意思。

学业荒废,至亲离世,郦逍的心是空的。在这场风波中,没有谁能帮他,他需要一个目标,一件可以心无旁骛去做的事,然后靠自己走出来。因为腿部受伤,行动不便,郦逍短时间内不能离开了。车祸中,张鸣只受了些皮外伤,但郦逍的事让他决心退出徒步穿越的圈子,返回格尔木后,第二天便离开了。十多天后,大黑也无法再逗留了,毕竟他有自己的工作和生活。临走前,他特地去拜访了一个人,他明白这很唐突,还有些强人所难,但这是他作为朋友唯一能为郦逍做的了。出乎意料的是,对方爽快地答应了他的请求。

正午的阳光照进病房,房门传来吱呀一声响,郦逍醒了,浑浑噩噩的一天又开始了,他懒得关心来的是谁,也许只是查房的护士来晚了吧。但那人一直没出声,似乎不太确定他是不是醒了。郦逍有些不耐烦,不情愿地睁开了眼睛。

"你醒了?"是一个爽脆的女声。眼前的人影逐渐清晰起来——圆圆的脸蛋上有一抹高原红,一双灵动的大眼睛正关切地望着他。

"卓玛。"郦逍咧开嘴,他察觉到自己嘴唇上的皮肤都皲裂了,喉咙也干得不行，一动就痛得要命。

"你还记得我啊。"卓玛友善地伸出手，和郦逍轻轻握了下。

"我其实和你在一家医院，不过伤得不重，早出院了。每年我们都要搜救不少背包客，就没特地来看你。但我知道，你最近承受了不小的压力。"

卓玛身上有着高原人特有的爽朗，见郦逍默不作声地不敢正视自己，也不绕弯子，直接说明了来意。

"对不起，对不起……"郦逍低头嗫嚅着。

"索南的事大家都很难过。"卓玛的眼神黯淡下去，但她又很肯定地说，"假如时光倒流，我们可以重新选择的话，我相信搜救队的所有人，包括索南，仍然不会放弃你的。"

"为我这样的人，值吗？"郦逍终于抬起了头，神情颓废。

"在我们眼里，生命是平等的，也是无价的，值不值从来不是该考虑的问题。"卓玛认真地说道。

见郦逍面露疑色，她转变了话题："你知道我们为什么愿意守在可可西里吗？这里明明生活艰苦，工作危险，跟内地相比，更没有什么娱乐。"

"你去过内地？"郦逍听出了卓玛话里的弦外之音。

"哪只是去过？我在内地上的大学，毕业后又在那儿工作了几年。我们这批孩子里，能走出去的大多留在当地了，再不济也要在西宁扎根，回来的就只有我一个。这么说来，其实我和你们这帮背包客也没什么不同呢。"卓玛打趣道。

"你怎么可能跟我一样？网上的议论不是没道理的，我确实不知道自己的行为有什么意义，闯入无人区完全是胡来。而你一定有很重要的事。"嘴上虽这么说，但郦逍也不禁好奇起来。

"我们家几代都是牧民，爸爸还义务为保护区巡逻，当向导。那次他遇上了盗猎者，被猎枪打伤了。铅弹穿过了他的肺，送到医院的时候已经发展成了气胸，没多久就走了。"

"啊，对不起，我不该问的……"郦逍没想到卓玛也和自己一样失去了亲人，但他发现卓玛提到这些时虽难掩悲伤，但对死亡又好像有一种特别的豁达。

"没事儿，这没什么好避讳的。妈妈在我小时候就去世了，爸爸是我唯一的亲人。但那几年我很少回家，只赶上见他最后一面。也是在出事后，我才开始关注他过去的工作和生活。我辞掉了工作，沿着他日常巡逻的路线走了好几遍，还是我儿时记忆中的样子。但与从前相比，它不再荒凉，变得生机勃勃了。曾经消失的藏羚羊、藏野驴又出现了，但这种回归是脆弱的，是许多像爸爸这样的人拼死守护才换来的。于是我留了下来，接替了他的工作。现在你明白我说众生平等的意思了吧？在这片土地上，所有生灵都有生存的权利。所以说，我们会毫不犹豫地去找你，相比救助冒失背包客面临的危险，我们更在意你们对当地生态的破坏。"

经过这番坦诚的交流，郦逍的心情好了不少。等卓玛说完离开后，郦逍拨通了张强的电话。自己已经可以出院了，但因为右腿伤势，行动还不大方便，他需要找个落脚的地方。思来想去，只能向张叔叔求助了。没想到事情出奇得顺利，张强的单位在格尔木有派出机构和宿舍，宿舍有不少正空置着，让郦逍借住一阵不算什么大事。正好，郦逍也想在这儿多待一段时间。

在腿伤恢复期间，郦逍看了许多关于可可西里的纪录片，遇到不清楚的地方还时常向卓玛请教。卓玛很乐于普及这些知识，还提供了许多内部资料供郦逍参考。这些资料大部分是他们在巡逻过程中拍摄的，其中不乏惨烈的偷猎现场。为了获取藏羚羊身上最有价值的绒毛，盗猎者往往将它们就地剥皮。在一段视频中，郦逍看到白雪被触目惊心的鲜血所浸染，遍地都是被剥了皮的狰狞尸体。经过大自然千万年洗礼才进化出的宝贵绒毛，成了这群精灵的催命符。

它们理解不了人类世界的险恶，已经浑浊的眼球瞪着依然纯净的天空，而身体却开始慢慢腐烂。

郦逍想，其实自己的行为和这些盗猎者没什么区别，盗猎者是用枪直接杀死猎物，而自己非法穿越对生态环境的破坏则堪称釜底抽薪。郦逍发自内心地知道自己错了，他找到了索南的家人，真诚地表达了忏悔。同时，他也希望能有一个机会，让他用行动来弥补曾对环境造成的损害。他开始时不时跟着巡逻队一起行动，不为别的，只是想当志愿者帮忙。因为索南的死，不少队员对郦逍心存芥蒂，除了卓玛，没人愿意与他交流。但巡逻队常年人手不足，大家也就慢慢习惯了他的存在。

腿伤彻底恢复后，他找到卓玛，告诉她自己想留在巡逻队。

"你想清楚了？"卓玛的意思不言而喻，巡逻队确实需要人手，但艰苦危险的环境，单调枯燥的生活，更谈不上多少收入，郦逍是认真的吗？

"我想好了。这可能是我唯一能为索南大哥做的了，再说离开这儿，我又能有什么去处呢？"郦逍淡淡地自嘲道。

尽管感觉郦逍的态度有些消极，俨然把加入巡逻队当成了另一种逃避现实的方式，但能一直留在巡逻队里的人，除了几个当地人外，谁心里没点事儿呢？大概多少都有类似的想法吧。至少他们选择了一件有意义的事，又何必去计较动机？卓玛暗暗思索，看着郦逍的眼睛，再次确认了他没开玩笑，点点头答应了。

"对了，你们有保留当时发现我的地点坐标吗？"郦逍好像突然想到了什么，叫住了正准备去安排队里其他事的卓玛。

"当然，这属于重大任务了，我们都会留存好记录。"卓玛肯定道。

"那你们在找到我之前，有没有看到小山、石梁，或者山洞之类的呢？"郦逍追问道。

"好像是有路过一个碎石山包，但距离有些远，又下着雪，没看太真切，不过这种地貌在可可西里还挺常见的。"卓玛回忆道，"怎么突然问这个？"

"当时我在暴风雪中迷路了，但万幸找到了一座小石山，山体裂缝下有个非常大的空间，甚至还有条不小的暗河。我就在里面待了一整夜……"郦逍斟酌道，他还不打算跟卓玛全部说出自己的经历。再说了，就算说出来，又有谁会相信呢？

"原来如此。那场暴风雪太罕见了，当时我们都觉得希望渺茫，没想到你居然扛过来了。"

"青藏高原本身就是印度洋板块和欧亚大陆板块碰撞抬升形成的，可可西里作为其中的一部分，在这个过程中形成巨大的地下空间并不奇怪。其实早在1995年，就有科学家使用大地电磁探测法对青藏高原的地壳结构进行了探查。结果显示，在阿尼玛卿山地下约二十千米的位置存在一个高导电层。一般来说，岩石，特别是紧致的山底岩石，导电性是很差的，而且这个高导电层规模太大，估计达到十万至十五万平方千米，不可能是金属矿层或者石墨矿层。大部分学者认为是岩石在特殊的地质环境中发生了岩溶现象，与含盐水流体共同作用的结果。但还有一种可能性也不能排除，那就是地下存在一处巨大空间——地下湖甚至地下海。"卓玛就像一部高原上的百科全书，将这些信息娓娓道来。

"不过，你说的那座碎石山和上面的山洞，很可能再也找不到了。"她又不无遗憾地补充道。

"为什么？"郦逍不解。

"就在救援行动结束后不久，可可西里发生了一场地震，震级不低。据测算，震源离发现你的地方不远，还很浅。我估计，那一带的地形地貌恐怕已经发生了很大变化。只是因为发生在无人区，没造成人员伤亡和财产损失，所以知道的人不多。"

"这样啊。"或许这就是天意吧,郦逍心想,地图的秘密恐怕要永远尘封了。

好在他终于循着父辈的足迹回到了自己出生的这片高原,远离了尘世的喧嚣,或许他能在这儿寻回自我吧?

10
潜龙在渊

延昌四年[1]，因执法严明，得罪权贵，郦道元在东荆州刺史任内被罢官。多年宦海沉浮的生涯让他深感掣肘，此番终获自由，他随即再次开始了对天下水路的考察。其间，郦道元一直随身携带着父亲赠予他的那本《水经》。

三年后，郦道元沿㶟水[2]到达了代郡。在代郡，他在记述当地风物时，听闻城外祁夷水[3]向东北流经一深潭，潭边淤泥中盛产莲藕，味美甘甜，为当地特产，兴之所至，便欣然前往。一路行至日暮时分，郦道元见河流前方果然有一水潭，水色幽黑，似极深。潭边长满荷叶，在夕阳斜照下，于人迹罕至的郊野别有一番世外桃源的风光。

郦道元正欲将沿路风光见闻记入书稿，却见荷叶丛中一阵异动。

---

1. 公元515年。
2. 古黄河下游主要支流之一，其故道自河南省浚县分出，行今黄河之北，经河北至山东，改行今黄河之南，东注于海。
3. 即今天的壶流河，发源于山西广灵，流经河北蔚县、阳原县，注入桑干河，流入渤海。

初时他还以为是水中小兽，不想荷叶下竟钻出一个人来。来人从没及胸口深的潭边缓缓爬上岸，下身着一套鱼皮水靠[1]，上身满是淤泥，手中还捧着一截粗若儿臂的莲藕，原来是一名采藕人。时值深秋，郦道元以手探水，已然寒冷刺骨，那采藕人却一趟趟往返忙碌。郦道元动了恻隐之心，在潭边生起一堆篝火，待其采毕后便邀他烤火驱寒，还将随身携带的一囊高粱烧奉上。燕赵故地民风豪爽，那采藕人也不推辞，接过酒囊便仰头痛饮，面色渐渐红润，为表感谢，索性折了一截嫩藕请郦道元品尝。洗净后的莲藕莹白如玉，郦道元依采藕人之法不加佐料，直接生食，只觉入口既粉且脆，清甜可口，细细咀嚼后还有回甘，确是一绝。

郦道元赞叹之余不禁发问："如此佳品，阁下为何不多采一些？城内那些食肆酒楼、高宅大院中定有识货之人啊！"

谁知采藕人摇头沉吟道："先生有所不知，此潭向内百步有一地涧，遍布涡流，稍有不慎便会被卷入其中，尸骨无存。故老相传，这地涧与海眼相通，有龙镇守。潜龙偶尔浮出水面巡视，其背脊形似青牛，此潭于是得名青牛渊。因此，虽潭中莲藕市价奇高，却从无人敢潜入潭心水深处采摘。"

言罢，采藕人便要告辞，解释说鲜藕一脱潭水便会开始变老，他须连夜回城，赶在明早城门刚开时方能售出高价。郦道元为官日久，不免感慨百姓艰辛。临走前，采藕人指向不远处的一座草庐，告诉郦道元那是从前渔民废弃的，可将就过夜。两人就此道别。

郦道元兴致盎然，趁天色还未昏暗，信步绕着潭边走了一圈。这潭并不大，只有百丈方圆，虽风景秀丽，但周围尽是茂密丛林，又远离官道，难怪人烟稀少。

这些年来，郦道元几乎已将《水经》中的水系走遍了，不仅如

---

1. 古人用鱼皮或鲨鱼皮制作的连体潜水服。

此，他还到了许多《水经》中未曾记载之地，粗略算算，途经河流已不下千条。一开始，郦道元只是记下这些河流的方位、灌溉及泛滥的情况，但久而久之，他逐渐意识到，文明的诞生绝离不开水的滋养，但人口的繁衍、城市的兴起、水利的兴建，反过来也赋予了静静流淌的河流深厚的内涵。正所谓水养人，人亦养水。自此，他每至一处，都会与当地人广泛交谈，将听闻的历史遗迹、神话传说、人物掌故等等都一一记下，写入注疏之中。

让郦道元没想到的是，龙虽然极为罕见，但几乎各地都有其传说。例如，关于龙的来历，归属于哪种生物类别，比较盛行的说法是有大蛇栖息于湖泊、深潭、江河支流、地脉暗河之中。大蛇修炼五百年化蛟，蛟修炼千年化龙，每年夏天，电闪雷鸣、暴雨如注之时，深山中的蛟龙就会从隐秘的山涧中游出，顺流而下，入海化龙，名曰"走蛟"。蛟龙所过之处，浊浪滔天，洪水泛滥，淹没田地房屋，一路上还要遭受天劫雷劈，历尽艰辛才能入海化龙。有些地方为了阻止蛟龙过境，特地打造锋利铁剑，悬挂于桥下，名曰斩龙剑。这些年，郦道元亲眼所见的斩龙剑已不下数十把，却从未亲见走蛟奇景。

除走蛟外，坠龙传说也流传甚广。颇为奇妙的是，虽然这些传说所在之地相距千里，但关于龙的描述却有相似之处。坠龙事件多发生于暴雨雷鸣之后，而无论坠龙是否当即毙命，传说皆言其腥气扑鼻，远达数里。另其周身鳞片如斗，可翕张活动这一特征也被数次提到。郦道元心想，这些相似之处或许能从侧面概括龙的某些特征。不过，坠龙的原因倒是众说纷纭。传说中，有的龙躯干焦黑，似是被天雷击落；有的龙满身外伤，不知是被同类还是其他天敌攻击所致；还有的龙尸坠落时便不完整，仿佛在空中就被撕碎溶蚀了一般。

这青牛渊中也有见龙传闻，水通海眼、龙潜深渊之类的说辞可谓并不稀罕。而且听那采藕人的语气，确实对潭底深涧颇为忌惮，但明显不信涧中有龙。郦道元见识广博，深知乡民们捕风捉影的习气，起初也并未当真。须知天地之大，龙定是极为稀有，哪是这么容易找到的？但郦道元所不知的是，他的命运自少年落水之时便已改变，而命中注定的缘分，已快到了应验之时。

天色逐渐转暗，郦道元走入那间废弃的草庐，原本的木床已腐朽坍塌，好在他云游日久，早已习惯了草行露宿，打扫了一下地面便和衣而卧，很快就沉入了梦乡。

他又做梦了，在梦中，郦道元回到了多年前在幽冥渡落水的那一刻。他拼命挣扎着，可头顶仍被带着土腥味的河水无情没过，河水涌入耳朵时发出奇怪的咕咚声。后来，他随那条巨龙潜入深渊，昏昏沉沉中许多细节都记不清了，但那水声时常在他梦中响起。现在，它又出现了，而且似乎比以往更清晰一些。

恍惚间，郦道元见一群人正在河边行走，他们衣衫褴褛，为首之人须发皆白，头戴一顶竹笠，不时登高远望，细细查看水情。郦道元飘浮在高空，能感觉到每一缕微风拂过自己的身体，他俯视着这一切。大地已成泽国，洪水肆虐下，农田被毁，房屋倒塌，人们在水中或抱树干，或乘扁舟，艰难求生。但他们没有放弃，幸存的人们在那名老人的带领下，用简陋的工具挖掘壕沟，引水泄洪。时光飞逝，地面的人群如蚂蚁一般聚散更替，日夜劳作。渐渐地，洪水退去，大地慢慢显露出来，绿色开始重新出现。

他欣喜之下扭动身躯，遁入云雾之间。长蛇般的身体，渐次起伏的鳞甲，他盘旋着，发现自己竟化为了一条巨龙。他肆意翻滚着，游动着，在天地之间，享受着这无尽的自由。再次钻出云雾之后，郦道元探头向下望去，不禁吃了一惊。天上地下，云谲波诡，地面上已不再是一片汪洋，而是赤地千里，饿殍满地，草木尽枯。

天地不仁，以万物为刍狗，但世间生与死的平衡总需要调节。

他灵魂深处的某些东西好像被唤醒了。追寻着空中熟悉的味道,鳞甲下冲出阵阵气流,他飞快地找到了一片望不到头、漆黑如墨的云彩冲了进去。湿润的水汽被吸入体内,雷电在鳞片间跳跃,借助这伟力,液气之间完成了转化,他也获得了继续腾飞的动力。返回来处,他升入寒冷的高空,喷出气体后用触须制造的电火花将其引燃。行云布雨,很多时候只是在各种条件具备后自动触发的行为。不多时,大雨滂沱而下。

"哞……"他发出一声悠长的龙吟。

郦道元突然醒了,那声龙吟似乎还在耳边回响。过了好一会儿,他才意识到刚刚做了一个无比真实的梦。果真是日有所思,夜有所梦啊,自己居然变成了一条巨龙,不但目睹古人治水,还操纵天气,为久旱的大地降下甘霖。更离奇的是,连降雨的细节和方法他都记得清楚分明。拍打着被坑洼地面硌得生疼的腰背,郦道元摇头苦笑。

"哗,哗……"低低的虫鸣中,夹杂着一个特别的声音,是水声。这个声音绝不是幻觉,郦道元一惊,径直出了草屋,往潭边走去。

月光下,水潭一片清亮,一个巨大的青黑色物体在潭中央载沉载浮。郦道元眼瞳剧颤,好似要把这一幕深深刻入脑中。他屏气凝神,轻轻挪动着步子靠近,他还需要看得更清楚一些。

好像感应到了什么,青黑色的巨物在水中翻腾起来,露出一大片闪亮的白色鳞片。刹那间,潭水如煮沸般涌动起来,巨物在水下掉转身躯,朝向郦道元,显出了真容。

身躯颀长,利爪遒劲,背脊上鳞片青黑,腹部莹白,似驼而硕大的头颅上,立着两根分叉的巨角。

"哞……"一声长鸣再次响起,裹挟着夜风扑面而来。

郦道元的呼吸近乎停滞,胸中激昂,如闻黄钟大吕。周遭的一切仿佛都消失了,天地间只有他和黑龙在清凉如水的月光下遥遥对视。他已寻龙三十余载，今日终于得见，是上苍终于被他的诚意感动了吗？郦道元的眼睛湿润了，恍惚中，他看到黑龙游至岸边，攀缘上岸，四爪着地，盘旋屈曲，昂首振鳞，长长的龙须随风颤动。

郦道元慢慢顺着潭边的山石爬下，此时，他距离黑龙仅有三丈之遥，心中满是欣喜，全无一丝惧怕。若古人所言不虚，龙非凶兽，乃性情温和之动物，唯有颔下逆鳞，触之则怒。郦道元目光扫过，发现黑龙脖颈下确有数枚异样鳞片覆之，那些鳞片仍是黑的，但颜色更淡，形状也不一样，想必就是那逆鳞了。

郦道元再细细观之，只见这黑龙身长十数丈，牛首鼍身，而非蛇身；脖如马颈，鳞甲森然，颈颚下生有细密短毛，毛中有长须数根，四爪粗壮，腥气袭人。其形态动作，更类蜥蜴之属，而非蟒。

此时，黑龙正目光炯炯地望向郦道元，郦道元心脏狂跳，他想停住脚步，却不受控制地一步步走向黑龙，直至近之可触。似乎察觉到了郦道元没有恶意，黑龙亦安之若素，它低下头颅，龙须颤动，眼皮微闭。郦道元大着胆子伸手去摸，触之微凉，再凑近审视，黑龙全身以青黑色鳞片为主，仅腹鳞呈白色。身脊之上鳞片大若蒲扇，脖子与尾部的稍小，也足有一掌，隐有琉璃光泽，其形颇类鲤鱼之鳞。

黑龙垂下脑袋，将脖颈现于郦道元面前，左右微晃。郦道元心中一动，龙乃灵物，绝非寻常兽类，莫非可与人心意相通？他张开双手试着环于黑龙脖颈，见黑龙并无异状，咬牙把心一横，抬腿翻身而上，跨坐在龙颈前端，两手将将抓住黑龙双角。黑龙察觉到脖颈上有人，仰天长啸一声，挺起身躯，掉转方向往水中爬去。水没过膝，郦道元虽有些惊惶，但更多的是兴奋。能在此生再见真龙已属万幸，而古今能骑乘龙者又有几人？此时，虽死亦无憾矣！

韩非子诚不我欺，龙族性情温顺，柔可狎而骑也！

在郦道元的放声大笑中，黑龙于潭中回旋游弋，随着游速越来越快，它的身体反曲如弓，弹射跃起，又在最高处掉头直冲水面。视野倒悬，郦道元只见到黑龙触须间闪过一串耀眼的火花，随后满眼便是翻涌的水泡，耳中也传来了熟悉的咕咚声，一切恍若昨日重现。

"不必惊慌！尽可大胆呼气！"一个浑厚的声音，不知从何处传来，如同直接出现在脑中一般。与此同时，数根龙须无声无息地缠住郦道元双臂，其上又如树根般飞速生出无数纤毫，直入皮肉之中！郦道元并不觉疼痛，只感一阵酥麻。又见有微弱蓝光沿龙须传导，融入血脉，最后在自己胸口汇集。被封印的记忆就此觉醒，在水下，他大口地吸气呼气，畅快无比，四肢百骸也充满了力量。原来如此，是龙为他输送了空气和养分！郦道元想起来了，当年落水后，那条龙正是用同样的方法救下了自己的性命，分开时，它在自己咽喉内留下了一小段触须，这就是他在水中免遭窒息的原因！

潭底泥沙被黑龙硕大的身躯带起，一片混沌，但郦道元仍能感知到水流的变化，它们都朝下往同一个地方涌去。果然，再睁开眼时，它们已经到达了一处漆黑的洞口。黑龙毫不迟疑地钻入洞中。月光已经无法穿透潭水到达这里了，但黑龙身上的鳞片缓缓发出了青色的幽光。这也验证了他的推论，龙族本生活于地下深渊或海底，而借助鳞甲之辉，它们便足以视物捕食了。但龙族又与寻常生于黑暗之地的弱小盲眼生灵不同，龙的生命历程波澜壮阔，绝不囿于一地。正所谓龙生于水，欲上则凌于云气，欲下则入于深泉是也。

同样靠着鳞甲发出的光芒，郦道元终于得以在完全清醒的状态下一睹地下世界的全貌。最初他们通过了一条甬道，甬道多有分叉，但黑龙显然十分熟悉路径，遇到岔路从不犹豫，均是快速游过，而在狭窄处则四爪并用，攀越而行。甬道尽头位于一面石壁上高处，一人一兽从中掉落后又进入一条暗河。从这里开始，地下空间才稍稍宽敞，不再全部浸没于水中了。水势随河道渐趋平缓，黑龙欢鸣一声，将头颅、脊背浮出水面。郦道元浑身湿透，却不觉寒冷，只因空气也变得湿热起来。暗河在隧道中流淌，不知通向何方，两侧石壁、洞顶，尽是形态各异的石笋石柱，如仪仗列队，令人应接不暇。在这个光怪陆离的世界，郦道元彻底失去了时间感，不知过去了多久，也不知已深入了地下何处，水流突然湍急了起来，前方水声隆隆，雾气氤氲。这情形倒有些熟悉，此前的记忆再度泛起，郦道元想了起来，心道不好，前方定有一落差极大的地脉瀑布！还未及多想，黑龙猛然一跃，鳞片下喷出大股白气，瞬间腾飞至半空之中。

郦道元顿感身子发飘，好在龙须将他紧紧缚住。这次下坠过程十分漫长，不只因瀑布高悬，还在于其呈阶梯状层层叠叠，黑龙实际上凌空飞跃了多个瀑布。郦道元的足迹遍及中原，却也未曾见过规模如此宏大的瀑布群，地底的鬼斧神工可见一斑。劲风扑面，过了好一会儿，郦道元才冲破雾气，见到急速拉近的水面。

"扑通！"他们再次落回水中，黑龙显然在空中调整了姿势，入水颇为流畅，郦道元也未遭受太大冲击。再举目望去，水面浩渺，这地下湖竟大得看不到边界。不久之后，一人一龙游至湖中一岛，黑龙四爪并用，攀缘上岸，低下头颅。郦道元从其身上跃下，踏足小岛。他回头望向黑龙，黑龙也正望着他。郦道元抚摸龙角，轻声道："你带我至此，所为何事？"

黑龙眨巴一下眼睛。"随我来吧。"那声音又在郦道元脑中响起，龙须间光芒闪烁，兀自抖动不已。接着，它不再理会郦道元的追问，向岛屿深处爬去。郦道元心知机不可失，便迈开脚步紧随黑龙而去。龙显然为水中之物，黑龙在陆地活动颇有些吃力，四爪无法托起庞大身躯，只能伏地爬行。在寂寂水声中的孤岛上前行，郦道元忽然意识到，此深渊之水另通其他伏流地脉，涌泉无数，为地下庞大水系的一部分。伏流地脉如同人之血管经脉，此类深渊湖海如同人之五脏六腑，世间万物本就互为一体，皆有灵也。如今自己以凡人之躯,能抵达此等秘境已是莫大的幸运了。行进良久,黑龙停住身躯,摆头为郦道元指了个方向,示意他自行前往。这时,黑龙又做出一个奇怪的举动,它盘起身躯,以头触地,做俯首状,龙须顺服地贴在嘴边,紧接着,黑龙抬起头颅,发出一声清亮的龙吟,好似传信,又好似朝拜。

郦道元远远看去,因光源有限,只看到那方向零星地散落着许多形状奇特的灰白石块。越深入岛内,灰白石块就越多,最后在岛靠水的另一侧堆成了一座耸立的小山。他疑惑地走过去,直到近前才看清,那梭形的灰白石块上有一双圆孔,其后还有稍小些的碎石如锁链般排布。郦道元脑中灵光一闪,不禁惊骇地倒退两步。苍天在上,此地……此地原来是龙族埋骨之所!难怪龙族遗骨绝少现世,想来当龙预感到自己死期将至时,便会来到这里。千百年来,一条条宛若神灵的巨龙在此化为枯骨,龙族有灵,这座岛对它们的意义绝不亚于人们祭拜先祖的陵墓和祠堂。

既然龙冢如此神圣,黑龙能带自己来到这里,这是否意味着一种认可,又或者还意味着有更重要的使命在等着自己去背负?

仿佛在回应郦道元心中的疑问,一声,两声,连绵不断的龙吟声在四面响起。水面沸腾,无数龙族现出真身。这世上竟还有这么多龙!郦道元激动得浑身发抖,泪水不自觉地涌出,多年寻觅,至此终于圆满。

黄龙、黑龙、白龙……不断有龙蹿起,在雾气中蜿蜒飞腾。空旷无明的地下洞穴容纳了这一切,恍若古人所言:"天地混沌如鸡子。"此情此景,如梦似幻,郦道元已然痴了。

伴随着一声高亢的长鸣,其他龙吟渐次低落,一条极为雄伟的金龙缓缓爬上小岛。它的身形远比其他龙族伟岸,龙须龙毫也更茂密虬结,顾盼间极富王者之姿。它靠近郦道元,俯下巨大的头颅,一双铜铃般的眼睛直直地看着他,那独属于智慧生灵的目光中有欣慰，有期盼，还有一种老友重逢般的欣喜。一股熟悉的感觉突然袭向郦道元心头，他颤颤巍巍地抚上龙须，任细碎的火花在他眼前噼里啪啦地响起，手臂传来阵阵酥麻。

"当年在黄河幽冥渡，是你救了我吗？"郦道元在心底发问。

"小友，好久不见了，你果然没让我们失望。"金龙的声音也传回了郦道元脑中。

"你已历经考验，是时候让你知晓一切了。"金龙的声音仿佛有种魔力，郦道元的心神好像被慑住了，不受控制地向湖中走去。但他并不惊慌，他知道，金龙对自己绝无恶意。

当湖水完全淹没他时，郦道元惊喜地发现，即使没有龙族帮忙，自己也能在水下呼吸了。他放松下来舒展了四肢。

"生命本就诞生于海洋，人类的祖先也是如此。虽然你们最终登上了陆地，但体内仍保留着亲水的潜能，我们不过是帮你激活并强化了它。"金龙解释道，接着潜入水下，绕着郦道元快速转圈，带起的旋涡将他卷入湖底更深处……

这是一个怎样的世界？郦道元无法用语言和文字来形容。他悬浮着，被缓缓流动如五彩琉璃般的熔融液体包裹了起来，周身温凉，没有烫的感觉。无数如萤火虫般发光的星点在他面前汇聚，渐渐凝成了几个人影。各个人影中又分出几缕细丝，它们闪烁着和龙须融入身体时一样的蓝光，缓缓向郦道元探来。

"这孩子终究是回来了。"

"记忆已经探查清楚了，这些年他做得很好。"

"嗯，要不是念在他跋山涉水、成就了一番功绩的份儿上，我也不会让龙在他面前现身。"

郦道元默默地听着，在这些声音的不断刺激下，他的记忆一点点恢复，原来自己所经历的都是某个庞大计划的一部分。结合自己第一次被救时听到的对话，郦道元已经猜到了这几个声音的主人，但有一个人没再出现。

"帝禹已经彻底融入了神识中。早晚有一天，我们也会追随他而去，所以我们需要你，你将成为神识境的继任者。"

"神识为何物？神识境又为何物？"郦道元越发难以理解。

"倒是我们疏忽了。"几道人影轻笑一声，陡然暴涨，连成一片，围着郦道元转起圈来，渐渐将他包裹于其中。

一幅幅辽阔苍茫的画卷在郦道元脑中徐徐展开，远古的秘辛一一呈现，他终于理解了一切，不仅仅是龙族，还有整个世界。郦道元全身心地在信息的洪流中徜徉，天地宇内，再无比这更畅快淋漓的所在。只是他隐隐有一种被窥视的感觉，仿佛背后有一条匍匐的蛇，在怨毒地吐信……

"暂且不必管它！神识境汇聚万物灵识，自然也非一片太平。须知这世上，有善便有恶，有守护者，必定就有破坏者。我们和龙已经压制它数千年了，接下来就要靠你了。"

"它到底是什么？我又该怎么做？"郦道元诚恳问道。

"正如我们依靠龙来维护天地秩序，神识境中汇集的邪祟亦有巨灵爪牙为其助阵。它们疯狂扩张，如饕餮般吞噬一切……幸而龙族骁勇，现如今形势尚好，我们还可从容应对。至于你，无他，继续行走世间，乐水、知水、治水便可。只要你身居有水之地，我们都可通灵指点，即使肉身行将消亡也不例外。不过，那邪祟在人间亦有化身，你须小心行事。"

"弟子明白了。"言毕，郦道元眼前闪过一阵耀目的纯白，再醒来时，已躺在了青牛渊岸边。清风明月之下，郦道元独坐潭边，天地万物仍旧默然无语，但在他眼中已变得不一样了，也更美了。

11
盗猎者

  时间一晃而过，转眼间郦逍留在巡逻队已经整整四年了。尽管身在与世隔绝的可可西里，但网络的触角早已遍布世界每一个角落。这几年，因为徒步穿越造成人员伤亡的事故层出不穷，每发生一次，郦逍就会被众多网友当作典型揪出来宣泄一通情绪。他一直克制着，尽量让自己不去看手机，但即使关机了，只要一闭上眼睛，脑子里依然会闪过那些咒骂他的话。

  郦逍明白互联网的热潮终究是会退去的，但如果连他自己都无法释怀，这件事就永远翻不了篇。可当郦逍真正处在索南曾经坚守的岗位上，那一茬又一茬的背包客无知无畏地闯入无人区，就像在反复提醒他自己也做过这样的荒唐事，他又如何能原谅自己呢？郦逍只能用艰苦的生活和工作来求得一丝心灵的宁静。

  越野车在草甸间灵活地行驶着，司机娴熟地操控着它避开了一丛丛的垫状高原草。坐在副驾驶座位上的郦逍手握对讲机，出神地望着窗外。

  可可西里自然保护区管理局的重要工作之一就是反盗猎盗采。

管理局在可可西里设有五个保护站，分别是不冻泉保护站、索南达杰站、五道梁保护站、沱沱河保护站和卓乃湖保护站。除卓乃湖保护站为季节性保护站外，其他四个站都是常设性的，共同管护可可西里野生动植物资源、矿产资源及冰川冰缘地貌，也负责青藏线上的路查工作和生态宣传工作，是反盗猎盗采行动的前线指挥所。

巡逻队隶属于管理局下设的森林公安。早些年，也就是卓玛父亲那一辈时，盗猎活动猖獗，巡逻队的工作是十分危险的。苦于经费不足，很多时候他们只能依靠人力、畜力巡逻，后勤也缺乏保障。但可可西里面积太大，巡逻队即使全年无休，也时常会被狡猾的盗猎分子钻到空子，双方无数次短兵相接。盗猎者往往配备武器，贪婪和杀戮的刺激让他们变得穷凶极恶，根本就不把人命当回事儿。自巡逻队成立以来，已经有多名队员遇袭牺牲了。

值得欣慰的是，经过国家对盗猎行为的一系列严厉打击，藏羚羊的种群数量已经有了显著回升，数目恢复到四十万只左右，从濒危物种变成了易危物种。近些年来，大型的盗猎活动也基本绝迹了。

所以，巡逻队目前主要的工作还是在比较成熟的路线上进行常规巡逻。他们会在特定的季节深入可可西里，在藏羚羊迁徙的路线上观察藏羚羊种群的状态和数量。再就是配合科研人员进行一些地质和生物学的调查工作，当然了，每年也免不了劝返不少贸然进入可可西里进行徒步的冒险者。

不过，即使已经很久没发现盗猎者的踪迹了，巡逻队依然不敢放松警惕。尽管明面上的藏羚羊制品贸易几乎绝迹，但只要需求端还在，就永远不能排除有盗猎分子铤而走险的可能。

差不多每年四月底，雄藏羚羊和雌藏羚羊就会分群而居。到了五六月份，藏羚羊母亲便独自带着年幼的女儿长途跋涉到产仔地——一般都是湖泊岸边，产下幼仔后再沿原路返回，在这样一次次的迁徙中，种族的后代和记忆被延续了下来。

这一特殊的习性很快被别有用心的人利用了,那些盗猎者经常埋伏在藏羚羊的迁徙路线上对它们进行截杀。因此一到迁徙季,巡逻队就会抽调专人跟随迁徙的羊群,既是对它们的一种保护,也可以满足科学观测的需要。让巡逻队犯难的是,哪怕他们早已对工作的艰苦习以为常,但这项任务仍是其中最漫长和危险的。被派出的人员需要在长达数月的时间里孤军奋战,其间得不到任何支援,这对他们的身体和精神都是极大的考验。

谁知,郦逍竟主动要求承担这一工作,这令卓玛颇感意外。四年前,当郦逍第一次告诉自己想加入巡逻队时,卓玛心底其实是有顾虑的。她觉得郦逍只是一时心血来潮而已,这种内地城市里长大的孩子怎么可能在可可西里坚持下来?在他之前,已经有不少热心的志愿者来体验过巡逻队的工作了,但短则几周,长则数月,他们便纷纷打起了退堂鼓。

没想到,看起来不大靠谱的郦逍不但坚持了下来,工作还做得不错。跟随藏羚羊的人员通常两人一组,以便互相照应。郦逍的搭档经常轮换,而他则几乎成了这条线路上的固定骨干。巡逻队的其他队员对郦逍的态度也从一开始的抵触,到逐渐接纳,最后与他成为熟络的朋友,郦逍用自己的行动和真诚融入了这个团队。但他对以前的经历从来都闭口不提,队员们也很默契地不再谈论。在这里,郦逍学会了敬畏生命和大自然。回想过去,那时的自己是多么幼稚和愚蠢啊,居然妄想凭借一双脚去征服伟大的无人区。尤其是,当他第一次亲眼见到迁徙的藏羚羊群,看到那些雌藏羚羊用身体替初生的幼仔抵挡寒风时,他不禁热泪盈眶。它们以一个种群的执着坚守,宣示自己才是这片古老土地真正的主人。

当然,郦逍并非全无私心。父亲的笔记,笔记本中夹带着的地图,还有那个自己曾经去过、与地图一致的山洞……这些似乎都隐隐串联了起来,指向那位改变了父亲,也改变了这个家庭命运的人——祖父郦卫国。郦道也曾借着巡逻的机会绕到自己当时躲避的山洞附近,但和卓玛猜的一样,那里的地形地貌已经完全被地震改变了。不但山洞被掩埋,连那座小山都因山体滑坡而不复存在了。他也询问过一些当地牧民,或许是太不起眼,竟无人知晓它的来历,也没听说有什么关于它的传说。

卓玛很快发现了郦道的异常,她问郦道是不是有什么事瞒着自己。面对她,郦道编好的谎话怎么也说不出口,只好把自己在山洞里的经历,连同对祖父失踪的猜测都一五一十地告诉了她。

"原来你和可可西里还有这层渊源。你爷爷那批人可以说是探索无人区的先驱,我们今天所做的一切都是建立在他们当年的工作基础之上的。"卓玛肯定道。

"是啊……"郦道一边说着,一边掏出那张神秘的地图给卓玛看,"这地图应该有些年头了,爷爷不知从哪里得到了它。我怀疑,爷爷最后那次脱离队伍,就是想依照它来找水,结果被困在了里面,再也没能出来。"

"怪不得你一直想再找到那个洞穴。不过你在里面看到的东西……"卓玛难以置信地看了眼郦道。

"别说你了,就连我自己,都经常怀疑那是不是饥寒交迫下产生的幻觉。"

"你了解藏族神话吗?"卓玛突然问。

"大概知道一些。藏族神话起源于苯教神话,而苯教很可能是人类最古老的原始宗教体系之一。"

"没错,苯教带有明显的泛灵论特征,他们认为万物皆有灵。所以在藏族神话里,每一座高山、每一条河流,乃至每一个湖泊都有神灵居住。说不定你遇到的生物就是那座小山的守护神呢。"卓玛脸上露出虔诚的表情。

"这样吗?"郦道知道在这儿得不到答案,便清点了一下车上的物资,与卓玛告别,然后和一名叫杨天成的队友出发去跟踪藏羚羊群了。

一代人有一代人的命运,现在的郦道,只想踏实做好眼前的事。至于祖父的失踪和那个山洞的秘密,他暂时放下了。

杨天成比郦道大几岁,也是青海本地人,父母都在西宁。他的女朋友是在内地读大学时认识的老乡,毕业后进入了格尔木盐湖集团工作。当初杨天成跟着女朋友来了格尔木,却发现他的专业在格尔木根本找不到对口的工作,一来二去,只好进了管理局,成为巡逻队的一员。因为长年累月地在高原上奔波,强烈的紫外线让他的外表看上去比实际年龄苍老不少,所以郦道一直喊他老杨。老杨时不时就会溜回去看望女友,总让郦道帮忙打掩护,两人的关系很快就拉近了,结伴出去巡逻时也默契十足。

在空旷孤独的环境中待久了,人往往会走向两个极端。一类人会越发封闭自己,另一类人则会抓住一切可以交流的机会。杨天成显然属于后者,一路上,他都在兴致勃勃地跟郦道聊着高原上流传的异闻传说。

"郦逍,可可西里够美了吧?但我跟你说啊,在我老家,青海湖畔,完全不比这儿逊色呢!"

"是啊,我知道的。"郦道笑笑。除了卓玛,他没和其他人透露太多有关自己过去的事。艰苦的条件导致巡逻队的人员流动性一直很大,但杨天成不会想到,郦道不是过客,而是归人。

见同伴反应平淡,杨天成心有不甘,便故作神秘地凑到郦道身边:"青海湖可神着呢,听说过青海湖水怪吧?"

这回郦逍来了兴趣,他离开时还太小,有很多传闻他都不知道。

杨天成满意地点了点头,滔滔不绝地讲了起来:"青海湖里面真有水怪!还保留了不少目击记录呢。最早的应该是在唐朝,当时大唐和吐蕃这两个东亚强大的帝国发生了一系列冲突,双方在青海湖一带陷入了拉锯战。杜甫诗中那句'君不见，青海头，古来白骨无人收'，说的就是此时的情景。名将哥舒翰还曾在青海湖附近驻扎神威军，但被吐蕃击破。为了稳定战线，防备吐蕃骑兵趁湖面结冰时偷袭，又在湖心岛上修筑了一座城堡，筑城时有一条白龙出现，城堡也因此得名应龙城。

"如果说古代的记载可能有神话传说的成分，但在1955年，一队解放军战士陪同一位科学家在青海湖考察，见到了一个怪兽，那怪兽长十几米，就很像传说中的龙了。还有，1960年时，一些在青海湖上打鱼的渔业工人也亲眼见到了一个怪兽。而1982年的那次可信度就更高了，青海湖农场的好几十名职工开着船来到了距离那个水怪几十米的地方，留下了详细的观测记录，说那个水怪长十几米，跟之前目击者见到的非常相似。"

听到这里，郦道不禁想起了自己在地下空间暗河里遇到的那个神秘生物，而杨天成的话也让他感觉似乎在哪儿听过。莫非它们指向的都是同一种生物？但青海湖是个典型的内陆湖，湖水不外泄，怪兽的种群又是如何扩散的呢？

只可能是庞大的地下暗河系统了。郦道豁然开朗，对杨天成的话又信了几分。

"没想到我还知道这些吧……"杨天成得意地举起了望远镜，却突然中断了闲聊。

"怎么了？"郦道不解。

"你也瞧瞧吧，我找了几遍，都没发现头羊。"杨天成叹了口气，把望远镜递给郦道，看起来已经确认了。

果然，郦道观察后得出了和他一样的结论。

在这个迁徙的藏羚羊群中，那只头羊很好认。不仅因它体格健壮，皮毛光亮，更在于它有一种天生的领袖气质，羊群中几乎所有成员都喜欢聚拢在它周围。靠着这股凝聚力，它们一次次逼退了猛兽的袭击。而现在，羊群三三两两地各自觅食，乍一看没什么异常，但相比往常已经松散了许多。

两人相顾无言，这种情形是最令他们无奈的。猛兽、冰川、病毒，任何一种意外都可能让藏羚羊丧命，这是残酷大自然最基本的法则，人类无法干预。好在这个藏羚羊群规模不小，应该能很快选出新的头羊，但愿这只是它们漫漫路途上一个小插曲吧。

之后，郦逍和杨天成继续尾随藏羚羊群，但为免惊扰这群精灵，他俩一直不敢跟得太紧，只每隔两三天才靠近观察一次。好在事情的发展正如他们所料，羊群很快选出了新的头羊，一切都在慢慢步入正轨。可不幸还是在几天后降临，郦逍发现，头羊居然又一次无声无息地消失了！这次他和杨天成再也坐不住了。头羊一般是藏羚羊群中年富力强的骨干，身体素质和生存经验都处在野生动物的巅峰状态，偶然的意外无法避免，但同一个藏羚羊群在短时间内连续两次折损头羊几乎没有可能。一定有其他非自然的原因！两人对视一眼，不约而同地想到了偷猎，但盗猎者是如何在他们眼皮子底下做到的？郦逍和杨天成自始至终都没听到过枪声，而藏羚羊又生性谨慎，被投毒的概率也极低。就算头羊真的被谋害了，尸体呢？

正疑惑间，郦逍余光瞥见天边有数个黑点，定睛一看，竟是几只硕大的秃鹫。杨天成也立即意识到了问题所在，不待郦逍开口，便驾车朝那方向赶去。

随着距离越来越近，两人的心也一点点沉了下去，因为那里就是之前藏羚羊群短暂休憩的一个落脚点。然而当他们到达目的地时，想象中的屠杀场面并未出现，别说尸体了，连一点血迹都没有。

难道是我们想错了？郦逍跳下车，满腹疑问地四处张望。他来回查找，就在快要放弃时，终于发现了一道浅浅的车辙印。用手抓起土壤，隐隐感觉与别处不同。空中传来一阵低鸣，那几只秃鹫仍然盘旋不去。郦逍心中升起一股不祥的预感，他突然想到了什么，赶紧招呼杨天成也下车。

"天成,就在这块儿,我们挖挖看。"

"好,我去拿工具,咱俩动作快一点。"

杨天成很快从后备箱里翻出两把登山镐和一把工兵铲,虽然用着不太顺手,但此刻也顾不上这些了。两人在车辙附近,从土壤看起来像被翻动过的地方开始了挖掘。可可西里常年低温,就算土层不久前被挖开过,也很快会冷硬如初。郦逍用力挥动着登山镐,震得手腕发麻。突然,镐头传来的力道一缓,感觉是碰到了什么东西。郦逍立刻停手,随即用工兵铲一层层刮掉表层的浮土。最不愿意见到的一幕还是出现了,一具藏羚羊尸体渐渐显露出来。郦逍和杨天成都没说话,任由怒火在沉默中堆积。接着,他们以此为中心继续挖掘,一具、两具……最终整整发现了五具藏羚羊的尸体,它们无一例外被剥了皮,看不出明显的死因。

哐当一声,杨天成将登山镐愤怒地甩到一旁,捂脸蹲了下去。郦逍明白他在懊悔没保护好藏羚羊群,自己又何尝不是呢?但此刻他更关心的是,盗猎者是通过什么手段做到这一切的,他们尝到了甜头,绝不会就此罢手。

果然,循着藏羚羊群的迁徙路线,两人很快又在下一个休憩点发现了多具羊尸。这次的盗猎者极有耐心,每次猎杀的数量都不多,在一个规模颇大的藏羚羊群中并不显眼。如果不是他们为了拖慢羊群的迁徙速度而选择猎杀头羊,再加上秃鹫的指引,郦逍和杨天成可能根本发现不了这场人祸。再像之前那样远远地跟着肯定不行了,他们商量后决定分头行动。杨天成经验更丰富一些,带上摄像器材徒步抵近羊群,郦逍则驾车在稍远处接应,两人通过对讲机联络。

一连数天,他俩风餐露宿,紧跟藏羚羊群。就在他们以为盗猎者已经离开时,狡猾的狐狸终于还是露出了尾巴。

"郦逍!有情况!"对讲机里传来了杨天成的声音。

"怎么了？"郦逍从放倒的驾驶座上跳起。

"小心隐蔽，往东边看。我们在高处，有一些山石遮挡，那帮孙子应该还没发现我们。"顺着杨天成指的方向，郦逍用望远镜看到了一辆越野车，车上下来的也是两个人，他们点烟抽了起来，在高原缺氧的环境中剧烈地咳嗽，随口吐出浓痰。

毫无疑问，这两人不是其他巡逻队的成员，也不可能是非法穿越的背包客。背包客虽然漠视规则，却对环境有着起码的爱护。郦逍基本可以确定他们就是那伙神秘的盗猎者了。看来他们也没有其他帮手了，凭自己和杨天成大概能对付。现在要做的，就是先搞清楚他们偷猎的方法。

郦逍远远看见杨天成从背包里掏出团东西，轻轻抖平，钻了进去。瞬间，他仿佛消失了一般，和周围环境融为一体。

是光学迷彩！为了更进一步监测和观察，杨天成连压箱底的东西都拿出来了。郦逍无奈地笑笑，却突然听到对讲机里传来一声咬牙切齿的国骂。

"郦逍，车上的设备可以同步画面。看吧，这些个杂种，我一定要送他们进监狱！"

杨天成平时总是乐呵呵的，很少见他气成这样。接着他不再说话了，对讲机里传来一阵奇怪的嗡嗡声。

郦逍不明所以，打开了车载电脑，图像一阵晃动，显然是杨天成一面趴着隐蔽，一面在有限的空间里调整拍摄角度。但镜头为什么越举越高？郦逍正疑惑间，却见一个黑影由远及近，悬停在藏羚羊上方，那嗡嗡声正是它发出的。是一架旋翼式无人机！郦逍终于看清了，只见无人机上垂下一根黑线，离几头藏羚羊越来越近。

滋的一声，弧光闪过，那几头藏羚羊瞬间栽倒，四蹄抽搐。无人机随即爬升。藏羚羊群被这突然的变故惊得四散而逃，它们警惕地四处张望，耳朵颤动，却发现不了危险来自何方，这已经不在它们代代相传的经验里了。没过多久，藏羚羊群又在本能的驱使下重新聚拢。难怪之前的尸体上看不出明显的伤痕，原来盗猎者用的是高压电。这种方法和拉网电鱼如出一辙，同样是恶毒与短视的收割，却在高科技的加持下更加隐蔽。

眼见无人机又开始寻找下一个目标，既然拍到了盗猎分子的犯罪证据，他们就不用再等了。郦逍想在冲上去前，最后瞟一眼屏幕，却发现已经完全黑了，再拿起对讲机，也听不到一点儿回音。郦逍心里咯噔一下，杨天成人呢？不会有什么危险吧？只是片刻的迟疑，无人机已经做出了判断，向目标加速俯冲，郦逍绝望地想，一场不见血的屠杀又要开始了。谁知，就在无人机降到最低点，即将放出电线的一瞬间，地面色彩突然扭曲，一个人影掀开伪装，猛地跃起，把手中的光学迷彩像渔网一样甩了出去，不偏不倚，无人机被罩了个正着，转着圈掉在了地上。那人毫不含糊，狠狠几脚下去便将它的旋翼全部踩断。

这矫健的身姿除了杨天成还能是谁？郦逍几乎高兴得跳了起来。也因为他整套动作太过行云流水，藏羚羊群受惊逃走后，操纵无人机的飞手还愣愣地站在原地。杨天成自然不会放过这个机会，冲上去将其一把撂倒。

"郦逍，另一个想跑，快拦住他！"那边的杨天成控制住局面，重新打开了对讲机。

"好！"郦逍也注意到那辆越野车已经打火启动了，看样子是打算抛下同伙独自逃跑。于是他也发动了汽车，估算着对方的行进路线和时间，准备等那人快开到山脚下时，再利用居高临下的优势将其一举逼停，不给他任何流窜的机会。

隆隆的发动机声很快传来了，郦逍深吸一口气，将油门猛踩到底。顷刻间，他只感到胸前被安全带一阵剧烈的拉扯，越野车就像冲刺的猎豹一般窜了出去，带起一路尘烟。

跃过最后一个碎石坡后，两车近在咫尺，郦逍甚至能透过车窗看到那名盗猎者惊恐扭曲的脸。但就在双方目光交会时，一抹狠戾在对方的眼中一闪而过，不待郦逍反应，盗猎者的车竟加速撞了过来。

哐！一声巨响，郦逍的车头被盗猎者从侧面撞上，整台车在巨大的冲击力作用下几乎旋转了九十度。借着漏出的空当，已经陷入疯狂的盗猎者夺路而逃。挡风玻璃碎了，郦逍眼前一花，额头火辣辣地疼，摸去竟是一片湿润。不过，这不但没吓倒郦逍，反而激起了他骨子里的血性，随手抹掉糊住眼睛的鲜血，郦逍再次发动汽车，紧追不舍。

那名盗猎者显然没料到一个普通的巡逻队员居然会如此拼命，顿时泄了气，专挑些崎岖险峻的地方跑，只求能把他甩掉。两台车你追我赶，直到天色渐暗，也不知到了哪里。或许因为慌不择路，盗猎者的越野车在一处山脚下轧到块不小的落石，失控侧翻。几十米开外的郦逍怎么会放过这样的机会？急忙加速，哪知刚经历了高强度追逐的巡逻车却在这紧要关头趴了窝，引擎盖里冒出一缕黑烟。郦逍恼火地在方向盘上猛砸一拳，果断下车。盗猎者已经从车里爬了出来，似乎没受什么伤，但好在也没见他拿枪之类的武器。他看了眼身后追来的郦逍，恨恨地低吼一声，向山上跑去。山势陡峭，雪线之上，阴云滚滚，仿佛一双浑浊的老眼，悲悯地俯瞰尘世。

谁也想不到事情会发展到现在的地步。盗猎者本以为新的猎杀方式能做到神不知鬼不觉，结果不但被识破，损失了同伙和设备，还连自己都被逼得走投无路。而就郦逍而言，对盗猎者的悍勇和追捕的困难也是估计不足的。经过近一天狂奔，他早已不知身处何地，更遑论得到队友的支援了。低温环境下，流出的血液很快结痂冻住了头上的伤口，疼痛让郦逍脑中一次次闪过放弃的念头，可与此同时，他也想起了为救自己而死的索南，想起了泥土下藏羚羊不肯闭上的眼睛……于是又咬牙坚持追了上去。不知不觉间，空气越发稀薄，不远处的冰川和积雪已隐约可见。

随着周边的景物被皑皑白雪覆盖，郦逍渐渐丧失了方向感，时间一长，视线也模糊了起来，只硬撑着一口气沿盗猎者留下的脚印追踪。谁知，在转过一个岔路口后，脚印突然消失了。郦逍茫然四顾，还没明白怎么回事，脑后就挨了重重一击。随即，他的喉咙被死死扼住，盗猎者那张扭曲的脸出现在面前。

郦逍挣扎着，手脚拍打在盗猎者的后背和脸上，却始终无法掰开他的手。眼前阵阵发黑，我就要死在这里了吗？郦逍心想。但他不甘心，自己浑浑噩噩的人生才刚找到些许意义，怎么能如此草草地结束！这样想着，他又生出了一些力气，拼命抠着对方的手指，终于获得了一丝喘息之机。接着，他一次次拱起身子，试图掀倒压在身上的盗猎者。两人就像野兽，无声地搏斗着，从雪地这头滚到那头。但已经不死不休的两人都忘了一点，这里可不是平地，而是危机四伏的雪山。就在盗猎者再次占据上风，准备给郦逍致命一击时，他们身下突然一空，紧接着冰冷的水就涌入了口鼻。他们缠抱着，身子不断被尖锐的山石剐蹭。郦逍明白，他们掉入了山涧的溪流中。这种溪流看似不大，但水流中混杂着冰块，且落差惊人，长时间困在里头必死无疑。又因为溪流可能穿越冰川和地下溶洞，遇难者的尸体往往很难找到，最终便与这雪山和土地融为一体。

倒也是个不错的归宿吧，我已经尽力了。这是郦逍失去意识前的最后一个念头。

12
鲲鹏行动

放下望远镜,身在指挥室的江河上校习惯性地用肉眼眺望了一会儿海面。从最基层的水兵,到核动力航母"青海舰"的舰长,他对大海无比熟悉,同时又有着非凡的直觉。在江河眼中,每片不同的海域,甚至是同一海域的不同时候,都有着截然不同的气质,航行本质上就是对它们的感知与适应。现在,航母编队正在返航途中,其间穿过宗谷海峡,进入了日本海,直奔母港青岛港。

以往,这条航线是无法想象的。"中国海军威胁论"近年来在欧美、日本甚嚣尘上,江河猜明天的《朝日新闻》上一定会出现"中国航母穿越日本海"一类的标题。除了固有的偏见外,这在某种程度上也反映了我国海军的威慑力。这支曾经由民用渔船和小型炮艇组成的舰队,如今已成长为让许多国家或组织仰视的庞然巨物。这片海域古称"鲸海",想来鲸鱼在古人的世界观中已是硕大无朋的存在了。他们绝不会想到,如青海舰这般的造物会在后人手中诞生。

因为战略大局的需要,青海舰自服役后的活动一直颇为低调。而军人以服从命令为天职,作为中国海军最年轻的航母舰长,江河沉稳谦和，如同这艘巨型航母一般，刻意收敛着无形的威势。但是，这种由内而发的掌控力竟在此次特别任务中被打破了。

刚接到命令时，江河只知道要护送一支由多艘油轮组成的船队往返于北太平洋的某片海域。令人费解的是，这支船队处处透露着不同寻常的气息——它们中不止有常见的阿芙拉型、苏伊士型油轮，还有几艘超级油轮[1]和大型LNG船[2]。这空前的运量真的是为能源贸易而准备的吗？可据江河所知，那片海域根本就不存在什么大型油气田。同时，虽然进行了一番掩饰，但江河还是一眼看出油轮上加装了不少大型设备，包括尺寸夸张的拉网和绞盘。每艘油轮配备的船员数量也明显超标，其中一些看起来像是施工人员，天晓得油轮内部已经被改造成了什么样。当然，最离奇的还是江河与他率领的舰队本身，纵观海军历史，何曾有过航母编队为油轮全程护航的记录？！它们到底肩负着多么惊人的使命？

这些疑问在那位姓胡的副总指挥到达以后得到了部分解答。舰队启程的第二天，他乘直升机登上了青海舰。令江河意外的是，自己的未婚妻秦晴竟与之同行。江河与秦晴原本是高中同学，江河大学考入了梦寐以求的海军大连舰艇学院，他没想到外表柔弱的秦晴也选择了军事院校，自此便格外留意她的动向。后来，他们终于在一次同学聚会上重逢，没想到几年不见的两人却有着聊不完的话题。缘分仿佛命中注定，不久后他们便开始了分隔两地的爱情长跑。好在身为军人的他们都有各自的理想和事业，这段感情一直很稳定。秦晴毕业后进入部队下属的研究所，主攻神经与脑科学，这也是军事技术在未来极有可能取得突破的方向之一。

---

1. 阿芙拉型油轮载重约8万—12万吨，苏伊士型载重约12万—16万吨，载重在16万吨以上的称为超级油轮。
2. 液化天然气运输船。

"你好，江舰长！我是AIB[1]华北局的胡炎。"来人是个富态的中年人，戴副黑框眼镜，客气地和江河握了个手。

"你好！这里风大，跟我去控制室吧。"江河说完，转身带路，不自觉地看了眼一旁没说话的秦晴。秦晴对他俏皮地笑了笑，特意摆出了一副公事公办的表情。

三人在控制室坐定，胡炎先开口了："关于这次任务，江舰长一定有很多疑问，其实它是一项庞大的联合行动，需要克服外部势力的诸多干扰，我一直主张和各单位开诚布公，这样大家才能拧成一股绳，确保顺利完成任务。"

他乐呵呵地看了看秦晴，又略带调侃地望向江河："比如这位秦博士，她的研究方向与任务内容相关，是我专门从部队借调过来的。技术上的事我负责，但军事上你才是行家，她的能力和角色正好可以帮助我们做好沟通。"

"没问题，我一定全力配合。"江河点点头，胡炎显然早就知道秦晴和自己的关系。不过他很快释然了，胡炎所在的机构虽然神秘，但身在系统内，江河大体能猜到他们是负责某些特殊事务调查和安全工作的，有这样的能力并不意外。

"很好，那我们从头说起。"胡炎从公文包里掏出一个档案袋，打开后里面是一沓照片，随手把它们像扑克牌一样在桌面上依次铺开。

仔细一看，照片呈现的基本是一些事故现场的搜寻和清理画面。有爆炸产生的深坑，倒伏焚毁的树木，漫山遍野散布的碎片，还有……少量勉强可辨的人体残骸。

秦晴忍不住别过脸去，江河也默默叹了口气。他的指挥工作包

---

1. 全称"Abnormal Incident Bureau"，即异常事件局，海漄虚构的专门调查处理神秘事件的部门。

含了海军航空兵，对涉及飞行器的各种事故实在是再熟悉不过了。他一眼就看出，这些照片记录的都是那种极为惨烈、没有任何生还可能的大型空难。

"江舰长，这里头不乏近年来国内外影响很大，但一直没给出交代的几起事故。话说回来，你联想一下，最近几十年，这种特大空难的发生频率是不是太高了些？"

"仔细想想还真是……但这和我们的任务有什么关系？"江河忍不住想着，是什么力量需要动用这个星球上首屈一指的武装力量去应对？

"再看看这个。"胡炎并不急于解释，又拿出一卷厚厚的图纸，展开后铺满了整个桌子，上面有数条曲线起伏交织，构成了一个个波峰。

"这条曲线基本汇集了我们所能统计到的所有不明原因的空难。而这条，代表的是我们观测到的异常气象灾害，包括但不限于龙卷风、下击暴流、冰雹……横轴和纵轴分别代表时间和位置。"

"有没有发现什么？"胡炎不知从哪儿掏出一支激光笔，光点在图纸上游走，一边解释着不同曲线所代表的意义，一边在几个波峰处来回滑动了几次。

"嗯，空难和异常气象灾害发生的时间及地点都高度关联。不过这很好解释，这些异常气象灾害很有可能就是造成空难的原因。"江河语带迟疑，看起来连他自己都不太相信。

"我们最初也是这样猜测的，但许多现象无法得到解释。来，注意看这里波峰的变化。"胡炎摇摇头，用激光笔着重点了点，"发现了吗？两者的时间并不完全重合，位置也稍有偏离。虽然从统计学的角度来看差值不大，但相隔几个小时，几十公里的距离，局部异常气象灾害对飞行器的影响已经微乎其微了。不过它们绝不是孤立的，只是比起因果关系，我们越来越倾向于是某种共同的未知因素，导致了这两种不同事件的发生。"

胡炎继续说道:"之后的调查也印证了这一点。为此我们借助最先进的LWAIS[1]反复推算,又使用了共享后的大数据,终于发现了一丝端倪,那个神秘的干扰源确实是存在的!它们不但可以在大气中移动,而且还不止一个!"

"等等,借助LWAIS?开什么玩笑!"江河脸色一变,胡炎的话信息量过大,令他一时难以理解,但他很快抓住了其中自己最熟悉也最明显的漏洞。

"LWAIS是美国人开发的,虽然表面上是民用系统,但各国的军情机构都心知肚明,这是他们新一代的气象武器系统。根据部分情报推测,LWAIS可以探测和发现某些特殊的气象条件,在变幻莫测的气象系统中计算出关键节点,再以此为基础进行干预,在小范围内制造出剧烈的气象灾害。这对我们的海空军是个巨大的威胁,美国人怎么可能把它和它的数据共享?"

"江舰长,你只知道军事力量是此消彼长的,却不懂政治在大多数时候维持着动态的平衡。美国人有的东西,我们就没有吗?虽然精度略有差异,但足以让我们坐上谈判桌。更重要的是,他们也需要我们在几起空难中收集到的关键数据,这次危机是全球性的,合作是唯一的选择。"胡炎的表情逐渐凝重,感觉已经铺垫得差不多了,给秦晴使了个眼色,秦晴会意,立即拿出一份文稿,递给江河。

"保密协议?"江河惊道。身为一名前途无量的军官,他不是没见过这东西,却没想到会是在这样的场合。

"江舰长,不只是你,参与本次行动的所有成员都必须签署。从现在开始,我们所说的每一句话都是机密了。"

见江河郑重地签下自己的名字,胡炎松了口气,眼神也莫名地

---

1. 全称是Local Weather Analysis and Intervention System,局部气象分析与干预系统。

缥缈起来，终于，他幽幽说道："这次任务的目的，是去打捞一些残骸，嗯，尸体残骸。"

"打捞尸体残骸，用航母编队？"江河用看疯子一样的眼神盯着胡炎，却注意到秦晴在一旁镇定自若，不由得怀疑她是不是早就知道了。

"是我没说清楚。这具残骸，不是人类的。"胡炎苦笑。

"抱歉，刚刚有些失态，请继续。"江河呼了口气，此时他已经完全清楚，再不能用常规的眼光来看待这项任务了。

"残骸来自一个或多个巨型生物。嗯……准确来说，应该是生物群落。根据对它的物理特性的推测，它在坠海的过程中大概率已经完全破碎了。虽然残骸体积也非常庞大，但它的化学构成决定了一旦死亡就很难保存，所以我们必须排除万难，尽可能早打捞、多打捞。"

"那些油轮就是干这个的吧？"江河问道，重新让理性占据了自己的大脑。

"没错。"胡炎点点头，心里暗自赞许，不愧是冉冉升起的年轻将领，接二连三的信息冲击下，还能保持这份冷静和敏锐，不容易啊。

"简单来说，经过改装后的船队主要有四大功能：打捞，解剖，冷冻，运输。船体外部的打捞设备相信你已经注意到了，都是由军委直接下令，总装部牵头，交由各地军工厂和重工集团紧急定制的。而内部，近千名顶尖的生物学家、化学家、工程师正在如奥林匹克体育场一般宽阔的实验室中待命。另外，LNG船上的储罐经过处理，现在存放的全部是液氮。"

"那几艘LNG船上装的全是液氮？"江河再次问道。

"对，全部。"胡炎一字一顿地确认。他很理解江河的反应，尽管一再强调残骸体积巨大，但宛如微尘的人类，实在很难用想象把头脑中那串骇人的数字转化为现实的存在物。

"我明白航母编队随行的原因了。"江河难以置信地摇摇头，自言自语道，"看来这种巨型生物就是你所说的干扰源了。但它的作用机制还是未知的，而通过对尸体残骸的逆向研究，人类科学或许可以在很多领域取得突破。现在，到了抢夺战利品的时候了，我们必须保持足够的威慑力。"

胡炎点头："江舰长的理解很到位。近日，LWAIS和我方系统共同确认，有两个这样的干扰源正在快速接近。我们不清楚它们为何彼此吸引，也许是繁殖？但这一空域有多条繁忙的国际航线穿过，所以双方阵营发动了一场大规模的联合导弹攻击。哼，也是时候来瞧瞧它的庐山真面目了。"

"对了，我们将这次任务命名为——'鲲鹏行动'。"胡炎出神地念叨着，将保密协议和其他资料收起，向甲板走去。秦晴向江河领首示意，紧随其后。他们还有许多工作要做。

送走他们的江河留在甲板上，猎猎的海风像刀一样刮过他的脸，眺望远方，海还是那片海，但世界俨然变得不一样了。

到达目标海域已经快半个月了，这期间江河不止一次地发现有外国军舰在附近出没。不过因为青海舰的存在，它们始终不敢越雷池一步，船队因此得以在不受干扰的环境下进行打捞作业。

事实证明，油轮上改装的特种装备很好地发挥了作用，不断有如浮岛一般的尸体残骸被打捞上来。与极为震撼的体积相比，这些残骸的重量显然轻得离谱。它们大部分漂浮在海面上，虽然近乎透明，但在它们的覆盖下，翻涌的波浪被抹平了，连大海都折服于它们的庞大。据此找到大致的范围后，再用探照灯一照，不同的折射率便让它们现了形。每当这个时候，江河就想起了曾经从天空俯瞰大地的情景。他是北大荒的农场子弟,父亲从空军退役后承包了一大片地,种上了蔬菜。尽管无人机的技术已经很成熟,成本也够低,但父亲仍坚持亲自驾驶一架老旧的双翼飞机来巡视作物、喷洒农药。与大多数绝不允许孩子身临险境的父母不同,他偶尔会带上江河,或许这就是独属于飞行员的浪漫吧。年幼的江河没有令父亲失望,在扑面而来的寒风中,他浑然不惧,兴奋得大喊大叫。身下,是广袤的土地,上面覆盖着半透明的地膜,一眼看不到尽头……

即便只是残骸,油轮宽阔的甲板依然无法承载——它们实在太大了。于是一经打捞上甲板,人们便如蚁群般散开,先操纵切割机将残骸分解,接着使用有机染料着色——方便编号区分,一段时间后颜色会自然褪去,最后再以龙门吊将其运往船舱内,做进一步的解剖研究。这些设备原本被固定在船坞中用于制造大型舰艇,但现在它们为了更重要的使命漂泊到了海上,又在自然与进化的伟力映衬下变成了"小巧"的玩具。

不知道秦晴那边怎么样了?从相知到相恋,两人能在一起的时间不多,像最近这样合作执行任务更是头一遭。距离的拉近反而加深了牵挂。原来自己也会有儿女情长的时候啊,江河暗自摇头。不过他很快便释然了,或许是近段时间认知被颠覆了太多次的缘故,难免想抓紧身边实实在在的人和事。但江河总归是克制的,他没去打扰秦晴,倒是与胡炎通过几次话,协调油轮和军舰的活动。胡炎的声音一如既往的平静,这多半是身在保密单位长期训练的结果。虽然残骸被一块块打捞了上来,但江河知道,任务还未完成。这几天直升机和无人机出动的频率越来越高,搜索范围不断扩大,胡炎肯定还在寻找着什么。

许多年后,人们在记述这一事件时总是感慨历史的偶然性,最终完成任务的不是严阵以待的舰队和机群,而是一艘未能及时撤走、毫不起眼的渔船。但历史的发展又是必然的,沿海的渔民曾不止一次地捞到美国人投放的声呐。正是这些朴实的劳动者，创造了历史。

那也是江河唯一一次从胡炎脸上看到抑制不住的狂喜。他接到无人机报告，附近一艘渔船捞到了奇怪的生物组织，从拍摄的照片看，它和这几天打捞到的其他残骸有着相似的质地，但此前的残骸构造简单，这块却包含了颇为复杂的内部组织与结构。这块特殊的残骸显然更具研究价值，这点从胡炎的行动就能看出来——他下令全体出动，立即将渔船保护和控制起来。

很快，他们赶到了现场。青海舰与胡炎所在的油轮，一左一右将那艘载入史册的渔船夹在中间。船员们哪儿见过这么大的阵仗？目瞪口呆中，只见风浪被挡在了铜墙铁壁之外，两艘巨舰投下的阴影仿佛形成了一个绝对静谧的异度空间。被吊起的残骸中流动着微光，吸引了所有人的注意。胡炎与江河遥遥相望，心中却都闪过同样一个荒谬的念头——它还活着。

看着油轮上的人们将残骸运走后，江河回到了指挥室，就那么不发一言地静静等着。他知道，胡炎一定会给自己一个答案。果然，当天傍晚，胡炎通过舰队专设的加密频道接入了通话，他告诉江河，"鲲鹏行动"第一阶段任务完成，舰队及油轮即刻返航。

"经过初步的检测，今天早晨发现的残骸就是那头巨型生物的一处神经中枢。"胡炎简明扼要地说道。

"只其中一处就可以宣告任务暂时告一段落，进入下一阶段？"江河不解。

"正常来说确实不够。像这么巨大的生物，为了保证神经信号的传递效率，很可能具有多个神经中枢组织，即负责不同区域的副脑。幸运的是，我们手中的那块无论是生物活性还是神经信号都格外地强，我们有理由相信，它就是最为关键、统领全局的主脑。"

"接下来就有赖于秦博士的工作了，最近她会很忙。"胡炎的语气恢复了波澜不惊。说完这句，他切断了通话。

13
三江源

到处都是化不开的黑暗和寒冷。

这是郦逍意识复苏后的第一个念头。有那么一会儿，时间感和方向感完全丧失，他不知道自己是谁，身在何处。

愣愣地回想了一阵，记忆才像气泡一样从黏稠的泥潭中挤出。郦逍想起来了，他和杨天成在抓捕盗猎者。无人机、电弧、撞车、逃跑的盗猎分子、搏斗⋯⋯冰冷的河水⋯⋯

对，自己在与盗猎者的搏斗中坠入了山涧的溪流中。

一开始，郦逍试图调整姿势来让自己漂浮在水面上，这样至少能为救援争取到一些时间。但同他一起落水的盗猎者已经完全慌了神，这个视其他生命如草芥的人此刻爆发出了惊人的求生欲，他死命拉拽着郦逍，恨不得把郦逍当作自己的救生衣和垫脚石。衣服很快浸满了水，变得又湿又沉，在明晃晃的太阳下，河水没过了郦逍的脸，模糊了他的视线。他缓缓呼出了最后一口气。

记忆到此便中断了。

但自己怎么没死？又或者说，这就是死后的世界？郦逍努力睁大眼睛，试图弄清楚身处何地。等眼睛渐渐适应后，他发现，这里的黑暗并不纯粹，周遭隐隐泛着迷离的幽光，它们仿佛受到了惊扰，缓缓变亮，如成群的萤火虫一般，向自己聚拢过来。此情此景，与他到过的那个地下空间何其相似！

随着幽光逼近，恐惧让郦逍重新感知到了自己的身体。他想躲开却发现动弹不得，低头望去，不禁心下骇然，只见腰以下竟被无数诡异的透明细丝缠绕。郦逍稍一挣扎，那些细丝仿佛通电一般，点点幽光循着拉扯的方向扩散开，所到之处，又飘散出许多发光的微尘，如同蒲公英靠风播撒种子。

郦逍闭上眼睛又睁开，强迫自己镇定下来。这时，他的余光瞥见身后有一个发光的影子。趁着脖子还能动，他急忙转头看去，是那个盗猎者！他的处境更糟，浑身爬满了那种细丝，只露出了一张脸，双眼紧闭，脑袋耷拉着，不知是生是死。那样子活像青藏高原上被冬虫夏草、子囊孢子寄生的蝙蝠蛾幼虫。

他脊背一阵阵发凉，不禁想到，自己是不是很快就要步盗猎者的后尘了？郦逍还在惊疑不定时，更诡异的事情发生了，一个声音突然毫无预兆地在他脑海中响起——

"不用害怕，我的孩子。这个人的双手沾满了鲜血，理应受到惩罚。由他身体分解而来的营养物质将滋养这片土地。而你和他不一样，你还肩负着未了的使命。"

"你是谁？"郦逍下意识地在脑海中发问。

那个声音没再响起，但仿佛为了回应郦逍，盗猎者身上的细丝越来越亮，逐渐变成一个光茧，接着又迅速消融，如潮水般退去。盗猎者就此消失，只剩下一身空荡荡的衣服。郦逍一惊，发现手脚可以动了，自己身上的细丝也开始抽离，最后，两股细丝在他的前方合流，有如实质般堆积起来，形成了一个近似人形的光影。不知道为什么，郦逍心中竟莫名涌起一丝亲近感。恐惧感渐渐消弭，直觉告诉他,这个光影不会伤害自己。

前方变得更亮了,耳边水声潺潺。郦逍的感觉没有错,这也是一个拥有暗河的巨大空间。相比之前碎石山下与地面不过一线之隔,此处已不知深入地下多深了,更宽广,也更寂静。不远处的暗河边,那个光影静静伫立。

"跟我来。"脑海中的声音适时地再次响起。

人形光影沿着暗河,以似是行走似是游动的奇特姿态向更深处前进,郦逍犹豫片刻,还是跟了上去。暗河幽远,仿佛是贯通地底世界的灵魂,将无尽的空间一点点收束起来,化为了一条隧道。郦逍亦步亦趋地走在暗河的岸边,好像一直在下坡。似曾相识的感觉越来越强,或许这里与碎石山下的空间本就同属于一个巨大的地下水系。如果没猜错的话,那接下来……他按捺住强烈的好奇心,硬着头皮跟随光影走了下去。

不知过了多久,眼前豁然开朗。果然,暗河汇入一个巨大的湖泊,湖面雾气氤氲,白茫茫的一片,竟看不清对岸在何处。靠岸的浅水处,到处都是郦逍此前避雪时见过的暗黄色卵状物,它们在水中载浮载沉,淡淡的幽光与水雾交织在一起,令整个地底空间更显神秘。

郦逍目瞪口呆地望着眼前的奇景,直到此刻他才确信,自己曾经历过的一切都不是做梦,那幅地图中的世界是真实存在的。

光影就停留在不远处,似乎在凝视这幻境般的水面,又好像在等郦逍。片刻后,它沿着湖岸飘然而去,速度陡然加快。郦逍紧追不舍,却因不熟地形,磕磕绊绊间被越甩越远。情急之下,他朝光影喊道:"你要带我去哪儿?"

"很快就知道了。我已经等你很久很久了。"前方的光影略一停顿,一个温和的声音在脑海中响起。

"等我?"郦逍心中疑窦丛生。

这一次，他没有等到回答。湖岸边满是尖锐的碎石，间或有磨盘大的巨石堵住去路。但那光影好像完全不受影响，郦道注意到，它并非没有实体，但明显没有做出抬脚、跨越等人类该有的动作，倒像某种柔性物质，不断变化形态以适应不同的路面。

绕过一块斜立的巨石，光影突然解体，化作液态蜿蜒流淌，郦道心有所感，连忙加快了脚步。他猜，谜底很快就要揭晓了。抬头望去，巨石仅仅露出地面的部分就高达数十米，恍若无锋重剑指向黑暗的穹顶。郦道深一脚浅一脚地走着，踏过青藏高原千万年来沧海桑田的遗迹。他想象在遥远的洪荒世界，天塌地陷，群峰隆起，巨石从山体上崩落，被滔天巨浪送到这儿。后来，大水退去，它便永远地留下了，在这亘古不变的寂静空间内，除了自己，可还有他人造访？前方爬行的光影给出了答案，它忽然像蛇一样弓起，蹿向巨石扎根大地的角落。借着光线，郦道看到一个人倚石而坐。他的心脏猛跳，这就是光影带自己来这儿的目的吗？郦道缓步上前，眼看着光影没入人体。随着光影的蠕动，郦道也慢慢看清，那真的是一个人，不，准确来说应该是一具尸骸。只见他身穿一身老式军装，军装表面褪色，破烂不堪，露出内里的枯骨，其上正缠绕着显出原形的发光细丝。头骨上两只空洞的眼窝直勾勾地望向远处的湖面。在他左手边有一只军绿色的挎包，而他的右手手掌早已缺失，散落成了一地碎骨。碎骨里有一只地质锤，看来直到生命的最后时刻，这个人也没有松手。

郦道蹲下翻开挎包，除了一些岩石样本和一只空水壶外，在里面还找到一个硬皮小册子。他小心地取出小册子，轻轻拂去上面的灰尘，发现居然是一个证件本，塑胶皮上印着"基建工程兵水文地质部队"几个字。

不会这么巧吧？郦道的心咯噔了一下。他清楚地记得，在父亲不多的几次提起他自己的家庭时，祖父所在的部队正是这一支！郦郦逍几乎震惊到无法呼吸了，他用颤抖的手翻开证件，顿时如遭雷击，证件的第一页的姓名栏上赫然是三个字：郦卫国。

郦逍定了定神，竭力平复着自己激动的心情，又反复确认了几次，在那三个字上方还贴着张一寸的黑白照片，虽然经过了几十年，照片上的面容已经有些模糊了，但那和父亲极为相像的棱角还是被郦逍一眼认了出来。

用不着怀疑了……这个人……真的就是当年失踪的祖父。

泪水瞬间模糊了郦逍的视线，祖父没有叛逃，没有！他一直在为国家寻找矿产，他无愧于自己的名字。

可是，祖父怎么会出现在这个地方？他到底经历了什么？又是什么让自己冥冥之中来到了这里？

巨大的水声打断了他的思绪，郦逍悚然起身，转头向湖面望去。却见原本平静的湖面风起云涌，像被煮开一样沸腾起来，无数气泡从湖水深处涌出。难道在碎石山下追逐自己的怪兽就要露出庐山真面目了？顷刻间，一条黑色巨龙破水而出，接着是白龙、红龙……五光十色中，它们在湖面上腾跃翻滚，气势惊人。

这一幕壮观的奇景惊呆了郦逍，脑海中仿佛有黄钟大吕在奏响。龙……是龙啊……不是鳄鱼，更不是蜥蜴。鹿角蟒身，牛头鲤须，身上覆盖着细密的鳞片，完全就是神话传说中的东方的龙！

其中一条青色巨龙好像察觉到了岸上郦逍的注视，向他这边投来一道如电般的目光，仰天长啸。

龙群好似听到号令的军队，同时停止了嬉戏，在青龙的带领下整齐划一地游向湖岸。

它们是冲我来的！郦逍心头巨震，不自觉地向石壁退缩。眼前经历的一切都太匪夷所思了，他的精神几近崩溃。而在这个幽闭的地下，唯一能给他安全感的竟是一具尸骨，那个年代的人身上都带着股一往无前的理想主义情怀，任何困难和恐惧都阻挡不了他们。

郦逍求助似的看向祖父，寄希望于从这个虽死犹生的勇士身上获得一些力量。

光影笼罩下，细丝一点点填充了遗体上的缺损之处，如白骨生肉，让祖父恍若死而复生。

"孩子，不要怕。"许久没有应答的声音再次出现，郦逍愣愣地看着遗体，终于知道了声音的主人是谁。

这不可能！郦逍在心中大喊。但事实摆在眼前，光影和尸骸都是祖父！他没有死，而是以这种他无法理解的形式继续活着。

"你心中肯定有很多疑问，但别急，这一切的渊源太长太久，且容我们慢慢道来。"祖父的声音不疾不徐，越发慈祥。

"你们？"郦逍大着胆子问道。

"去吧，孩子，和龙族见一见，它们需要对新的传承者有所了解。在这之后，我会和它们一起为你揭开世界的真相。"

光与声的交织仿佛带有魔力，所有的疑惑好像都烟消云散了，郦逍整个身心都放松了下来，顺从地向湖边走去。

见他靠近，龙群仿佛心有灵犀，纷纷盘卧在浅水区，只将长颈扬起，让头露出水面，一双双铜铃大眼好奇地打量着郦逍。

郦逍不由自主地停下脚步。就在这时，为首的青龙再次发出一声长鸣，周身鳞甲猛地张开，自尾部鳞片下喷出数股激流，躯干鳞片下则冲出大量白气。借着这两股巨力，青龙摆动身体，如火箭般射向半空，一跃百米，稳稳地落在郦逍面前。

刹那间，尘土飞扬，腥气扑鼻。不待睁开眼睛，郦逍脑中陡然嗡的一声轰鸣，几乎将他震晕过去。祖父的声音之外，另一个粗犷的声音开口了。

"这是你的孙子？天赋远胜过当初的你啊。"那声音说道，洪亮如汽笛。

"是，开始我还以为必须借灵丝才能与他沟通，没想到他稍加适应后便可感应。到底是我们御龙氏的后代,天生就对心电具有强大的感应。"郦卫国语带欣喜。

御龙氏?是那个曾在夏朝末期为孔甲养龙,风光一时无两,其后又逃亡尧山,最终湮没于历史长河之中的神秘家族吗?他们的后人不应该是刘姓[1]吗?郦逍已经明了,只需在脑海中发问,祖父和青龙自会解答。

"世人皆以为礼崩乐坏始于东周,可周礼本就是上一轮秩序颠覆后的替代品。在夏、商之前,我们的文明曾有一段联结天地、通灵万物的漫长岁月。虽为孔甲所迫,但先祖仍然开了个极坏的头,烹食了代表天地的使者——龙,即使是死去的。从那以后,天地震怒,神识衰微。人们外在的技艺越发高超,却丧失了内在的精神力量,唯有以区区肉身对抗自然。而御龙氏作为其中的佼佼者,受到的打击就更大了,只剩下一支旁系小宗还保留些许异能,这便是郦氏一族的由来了。"郦卫国黯然长叹。

"形势越来越严峻了。数千年的勉力维持,几番大战折损,我们的族群已经濒临灭绝。到时候,席卷三界的灾难将不可避免。"

"唯一可聊以慰藉的是,四百年前振之[2]横空出世,他虽非郦氏后裔,却拥有绝高的天赋,不但使自北朝断绝的水神传承再次延续,还替我们寻访到了郦氏后人,未来的火种也得以保留。可惜他在天启年间伤了元气,用我们蜕下的皮将此处绘成地图,交与你家祖辈后肉身便已无法维系。虽说意识又在神识境中坚持了几百年,但他实在虚弱,足足十余代后才将你引导至此。"青龙的声音也转向沉郁。

"唉!到我这代更不如前了。何况我初蒙感应时已不年轻,肉

---

1. 夏帝孔甲时,有两条龙在宫廷内出现。孔甲命刘累养龙,并赐他为"御龙氏"。后一龙死,刘累将其制成肉羹献给孔甲,谁知孔甲贪得无厌,命其再献,刘累于是率族人逃亡至尧山东麓(今河南鲁山一带)。刘累被誉为刘姓始祖。
2. 即徐霞客,明代地理学家,名弘祖,字振之,号霞客。

身又奄奄一息，意识最多只能再存续几十年。二十世纪九十年代后，一旦离开这儿，我就几乎影响不了任何人了。要不是这样，本该是我儿子接手的。执行地质队最后一次任务前，我把那幅祖传的地图留在了家中，因为上面的内容早已印入了我的脑海。不过看起来，它在我儿子手中并没能发挥作用。几十年间阴差阳错，这副重担最终落到了孙辈身上，也算天无绝人之路吧。"郦卫国与青龙毫无保留地交流着，郦逍在一旁静静聆听，他们明白，郦逍还需要一些时间才能消化这些信息。

"原来那幅地图是祖父的遗物，它又是从徐霞客手中流传下来的。对他们而言，时间动辄以百年计，可父亲的一生就这样轻易地蹉跎了。"

郦逍的内心自语在郦卫国看来近乎透明，但当这念头一闪而过后，他有些手足无措起来。是啊，他无愧于国家，无愧于人类文明，却唯独对不起自己的妻儿。

"我明白在那个年代我的失踪对一个女人和孩子意味着什么。他们现在还好吗？"

"我没见过祖母，爸说她走得早。前几年，我爸也去世了。"

一阵漫长的沉默，连青龙也识趣地闭口不言，对它来说，人类的感情太复杂，也太敏感了。

"我没有尽到一个丈夫和父亲的责任，更连累了他们……孩子，你可以原谅我吗？"郦卫国此时竟有些怯弱。

"我想，纪念爸爸最好的方式，就是把他想做而没做到的事做好吧。"不知为什么，郦逍此刻出奇地笃定，属于他的使命和宿命自此交汇，再无逆转的可能。

"好！"郦卫国与青龙的声音一同响起。

"我需要做什么？"郦逍又问。

"你比我想象得还出色。既然如此，索性用更高效的方式把一切都告诉你吧!"

青龙话音刚落,郦逍只感觉脑子一懵,瞬间产生了几秒空白。旋即,无数画面、声音和文字如雪片般钻入脑海,越来越快,越来越密……恍如神启,郦逍瞬间领悟,一场巨大的危机即将到来,而他自己,自从踏足那条地下暗河,也就是地图上标识的"幻真境"起,就注定要如历代先人般被选中,成为新的"水神",去力挽狂澜。他的四肢不受控制地颤抖起来,几乎要跌倒,但背后有一股力量温柔地托住了他,脚底一空,整个人仿佛飘了起来。郦逍强撑着睁开眼,发现自己腋下、腰间被数条光带缠住,每条光带又由无数细丝聚成,它们都从龙颈的鬃毛内生出,似乎就是变细变长的龙须。光带缓缓缩回,将他放上龙颈。触手所及,一片清凉,龙鳞有着类似陶瓷的质感。而不知不觉间,细丝没入肌肤,暖融融的,让人昏昏欲睡。

在因信息过载而昏迷前,郦逍吃力地问出了最后的问题:"这是哪儿?我们要去哪儿?"

青龙反身腾起,郦逍听到它说:"这里位于三条大河源头的地下,是世界上水量极为丰沛的地区之一。通过连通各地的地下水网,我会找一处离你们城市不远的地方放下你。希望你将我们的信息传递给全人类。"

它带着郦逍跃入湖中后,其他龙也悄然四散。岸上,郦卫国遗体上的辉光渐渐熄灭,重新与这亘古不变的黑暗融为一体。

14
天地苍生

正光五年[1]，郦道元官复河南尹，负责治理新都洛阳。城内宗室豪强自旧都平城迁居于此不过三十年，大多还保留着昔日部族生活的习气，不服教化，每每大醉后便在城中纵马生事。郦道元为官刚正，断不会因对方身份而包庇通融，因此不时便与这些贵族爆发冲突。至孝昌二年[2]，他又改任御史中尉，专事监察，与当地权贵们的矛盾就愈加尖锐了。

近日来，洛阳城内接连发生数起失踪案，涉及多名孩童。只因苦主皆为贫苦百姓，接任郦道元河南尹一职的官员便敷衍了事，致使案情拖延，迟迟不见进展。纵然无权无势，但又有哪个孩子不是自家父母的心头肉呢？郦道元官声在外，很快便有人来其府前喊冤。

郦道元为人，对上倨傲，对下亲善，眼见此等人伦惨剧，心一软便将此事揽上身来。依照经验，他的第一反应便是人贩子所为。

---

1. 公元 524 年。
2. 公元 526 年。

从时间上推算，这伙人极有可能还在城内，而他们拐走的幼童，必然要带离本地后才敢出手。于是，郦道元暗中加强了城门守卫的盘查，谁知连日下来却未发现任何可疑人等。

难道是哪里走漏了风声？郦道元一时也没想到其他对策，只好暂且收回注意力，在城内布置了多名暗哨。又过了几日，僵局终于打破，而最重要的线索就是由一名暗哨发现的。那日正午时分，这名暗哨扮作乞丐，佯装在一巷口大树下午睡。大树年逾百岁，树冠宽大，投下一片清凉的树荫。暗哨斜倚树干，而树荫另一头则摆了几张破旧桌椅，支起了一个茶水摊。摊主是个中年男人，一人忙前忙后，端茶递水，摊位后方还有一小女童独自玩耍。女童五六岁，虽衣着寒酸，却生得眉清目秀，很是可爱。她不时唤摊主一声"爹"，但男人忙于生计，只偶尔答应一声，实在无暇照看。就在这时，一名茶客起身，慢悠悠地往巷内走去，后背刚好将摊主回头的视线挡住。待到将将擦过女童身旁时，他从怀中掏出些蜜饯糖果，喂了一颗后又摇手逗之。穷人家的孩子几时尝过此等美味？女童即刻便满面惊喜地跟了上去。

此人行迹甚是可疑，但瞧他衣着华贵，也不像人贩子那般刻意低调，以免引人注意。或许只是哪家公子闲来无事，见孩子可爱，随意逗乐一番呢？为保万全，暗哨还是决定先跟一跟。孩子步幅小，又走走停停，好一会儿还没走出巷子。不多时那茶客便没了耐心，突然抱起孩子，向巷子深处快步走去。茶客的举动吓坏了女童，她本能地哭闹起来。可悄悄跟在他们后面的暗哨只听到短促的哭声，接着就好似被硬生生掐断了一般。他一惊，心想莫不是这厮对孩子下了毒手？脚步不免就急了些。那茶客当真不简单，极为警觉，仿佛感应到了什么，立刻便回头望来。好在这暗哨身手颇佳，腰一拧便翻上了墙头，还好没暴露行踪。借着这当口，他也看到茶客正将一小块方巾从女童口鼻处移下，女童软软伏在他肩上，身子微微起伏，看样子是被迷药迷晕了，性命当是无虞。

看来这茶客定是歹人无疑了。但他带着孩子，怎的绕来绕去，不出城反而往内城去呢？莫非在守卫森严的内城，他还另有窝点和同伙？内城又哪是寻常人家可以住的，难不成……怪不得之前官府百般推脱，怕是早晓得这背后的水太深了。也就郦大人这般官场异类，心中想着百姓，一头扎了进来。想到这儿，暗哨心里惊惧交加，但也蓦地升起一股勇气，自己定要助郦大人将这案子查清楚了，还那些可怜父母一个公道！

下定了决心，暗哨伏在墙头一路潜行，好一会儿后，才见那茶客背着女童停在了一高门大屋前。他亲眼看到茶客抓起门上的铜环敲了几次，接着就有下人将门打开一条缝，放那人和女童进去。尽管早料到幕后黑手与京城权贵脱不开干系，但当视线上移，瞧见那几个大字时，饶是暗哨胆子再大，心中也是一阵说不出的惶恐。唉，先回去禀报郦大人吧！倘若连他都不肯跟进，便万事皆休了。他翻身落地，再不顾忌是否可能会被发现，飞快地向郦府跑去。

冲入内堂，郦大人正在书案后办公，不待他问话，暗哨便扑倒在地，几个重重的响头之后，把自己所见所想原原本本地说了出来。房内半晌无声，暗哨抬头望去，却见郦大人眉头紧锁，他的心也一点点沉了下去。

"事关人命，怕是来不及参本上奏了。走，带上侍卫、医官、幼童家人，纵是皇亲国戚犯法也照拿不误！"郦道元急急起身，朗声道。原来，郦道元并非要退却，而是在思索妥当的应对之策，务求抓住歹人，救出幼童。

"是！"果断还是他所熟悉的郦大人！暗哨大受鼓舞，当先带路。路过茶摊时那里已经聚满了人，里头传来摊主焦急的呼喊声。看来他已发觉自己的女儿不见了。暗哨上前安抚摊主，说郦大人正亲自带队寻人，请他同行。

一行人很快就来到了那座大宅，将它围了个严实，却无人敢再多上前一步。看看门楣上挂着的牌匾，上书"汝南王府"四个大字，郦道元毫无惧色，亲自叩响了大门。

"谁啊？"开门的正是刚刚接应茶客的下人，待认出郦道元后，忙又道，"原来是御史大人！不知有何贵干？"

"劳烦通报你家主人，近来京城内幼童失踪事件频发，下官偶然发现了一些线索，还请行个方便，让我们到府内看上一看。"郦道元拱手道。

"郦大人，这如何使得？"那下人闻言脸色大变。

"堂堂王府，岂容你随意搜查！"门前的喧闹引起了院内人的注意，一个管家模样的人领着四五个壮汉堵住大门叫嚣道。这些人面露凶光，显然是王府豢养的打手，竟丝毫不将郦道元放在眼里。

"哼！"郦道元早有准备，并不纠缠，只使了个眼色，随行侍卫便锵的一声拔出刀来。这份果决镇住了这些狐假虎威的奴才，他们纷纷往后退去，唯有那管家虽几近瘫软，却仍然手扶门框，强撑着不肯让开。

"郦大人好大的官威，怎么，这便要硬闯吗？"一声轻笑传来，声音不大，却别有一种非男非女的妖异，跟针尖似的扎入所有人的耳膜。

终于把正主逼出来了！郦道元心中一凛，目光越过管家，落在一个施施然走出的白衣人身上。

虽早有耳闻，但这也是郦道元第一次与汝南王正面交锋。贵为孝文帝第六子，当今圣上的亲叔叔，汝南王元悦地位尊崇。传闻其好读佛经，痴迷神仙方术，不近女子而喜男色。此刻，他虽满面笑意，眼中的怨毒却让人感到阵阵恶寒。

"王爷，非下官有意冲撞，只是近来有多名幼童失踪……"

"与我何干？大人不去城门下盘查来往商旅，却直奔我府内而来，让人疑惑得紧呢。你说是吧？丘念。"元悦戏谑地向身边一直低头托着他袖子的侍从说道。

"是他！"身后一声颤弱的低呼，郦道元回过头去，正对上那名暗哨震惊的眼神。此人追随自己多年，办事历来可靠。郦道元若有所悟，又投去一个问询的眼神，他肯定地点了点头。

瞟了眼汝南王与他那侍从丘念，再结合传闻，郦道元深知两人关系绝非寻常主仆。暗哨虽亲见丘念将女童带入汝南王府，但汝南王若一意否认，自己又如何能凭一人之言入府强行搜查呢？若未发现铁证，则必遭反噬，只怕到时连唯一的目击者都要折进去。正苦思无果时，一个人影突然从旁闪出，趁众人还未来得及动作，猛地冲向丘念。

"大人！我认得您，孩子走失时，您就在我那儿喝茶，您一定看到了！求您告诉我孩子去哪儿了？！"茶摊摊主扑倒在丘念面前，拽住他的衣摆哭喊道。

刚刚怎么没想到还有他在！郦道元暗暗跺脚，幸亏将女童父亲带来了，他虽未目击孩子被带走，但至少可从旁佐证。而且看丘念的态度，他显然没料到会被指认，似他这等不识民间疾苦之人，又怎会想到自己考究的衣着在简陋的茶摊中会格外显眼呢？

这正是让他露出破绽的好机会。郦道元使了个眼色，暗哨瞬间领会，当即越众而出，戳指怒喝道："就是此人！大人，我亲眼见他将孩子拐入汝南王府！"

"胡说！我明明回头看过，身后哪有人在！"丘念果然乱了方寸，本想狡辩却被套出了话。

众人闻言哗然，孩子父亲更是拽得紧了，绝不肯松手。一时间，丘念进退维谷，被闹得颇为狼狈。

见事态逐渐不可收拾，元悦厌弃地甩开丘念，明显在怪罪他办事不力，连累主人。郦道元适时迎上前去，追问道："王爷，此事想来皆是这恶仆一人所为，可否容下官稍做查证？也好还您清白……"

"你！"元悦气急，脸色一阵青一阵白。

"给我拿下，搜！"郦道元一声令下，几名侍卫便将丘念摁倒，就要闯入王府。

"谁敢？！"此时元悦哪儿顾得上什么皇家风范，如泼皮般挡在门口，双方一时陷入僵持。

就在这时，恢复气力的管家附在元悦耳边嘀咕了几句，元悦先是一愣，接着就露出那令人不适的笑容，在他的示意下，管家快步跑入内院。

"慢着！"郦道元心道不好，却也无法随意抓人。可令他没想到的是，不多时，管家便抱着一个昏睡中的女童折返了回来。

"你瞧瞧，这便是你家孩子？"管家将女童塞到其父怀中，气势汹汹地问道。

"是！是我女儿！"男人忙不迭地答道，怀中幼童扭动了一下，片刻后，悠悠醒转，眼中一片迷茫。

"哼！你这当爹的，孩子饿昏过去了都不知道！若不是丘念一时心软，将她带回王府救治，你父女二人早已阴阳相隔了！"

"孩子分明是被迷晕的！"暗哨目眦尽裂，万万想不到这老狐狸一番说辞，竟就将事实完全颠倒了。

"除你之外，可还有其他人证？"元悦转向抱着孩子的男人，阴恻恻地诘问道，"你呢？你也看到丘念迷晕了你家孩子？"

"没……没有。"男人好像明白了什么，恳求道，"大人，孩子找到了就好，我们走吧。"

"此番是下官唐突了，惊扰了王爷，待我回去严惩属下后，再请王爷降罪。"

郦道元仿佛下了莫大的决心，拱手道。他的头埋得很低很低，看不清表情。

一干人等如斗败的公鸡般返回了官署。郦道元阴沉着脸,第一件事就是命人将那暗哨杖责五十大板。众人皆知此事必要有个交代,却没想到郦道元下手如此之狠,不多时,堂前惨叫已停,显然暗哨已昏死过去。但裂帛般的闷声仍如鼓点一般传来,想象着人体皮肉如布匹一样撕裂,诸人无不悚然。女童父亲更是瘫软在地,抖如筛糠。

当天夜里,两名黑衣人出现在了关押那名暗哨的地牢内。

"两位是来送我上路的?"他勉强抬起满是血污的脸,惨笑道。

伴随着一声长叹,两人卸下斗笠,为首的赫然竟是郦道元,而另一人则是郦道元的随身医官,亦是暗哨相熟多年的同僚。今日争论女童是否被用过迷药,还是他当场验证的,但结果令人失望。

"大人!"暗哨哽咽着说不出话来,一切冤屈和苦楚尽在不言中。

"你想到哪儿去了!"郦道元立知他会错了意,连忙温言解释,"今日委屈你了!但你可知我们被人暗中尾随?戏若不做足,汝南王那里恐难作罢。这阵子会有人按时为你换药,你且在这安心养伤,我已放出风声,说你伤重不治。刚巧城外闹了瘟疫,官府正愁尸首掩埋不及,只得就地焚烧,便从中寻一具与你体态相近的蒙混过去。至于那对父女,我也给足了银两,让他们速速远走高飞了。"

"竟要如此大动干戈?"暗哨一时语塞。

"唉,你以为眼下这场乱子只是你把事闹大,汝南王面子上过不去那么简单吗?恰恰相反,王府内所发生的一切,可能比我们想得还要可怕。来,说说吧。"

郦道元挥手示意医官细说。"当时若非他的诊断,我也不至于轻易放弃。"郦道元不甘道。

"当时,郦大人命我为那女童诊治时,我已料到多半无果。只因迷药多从口鼻吸入,其性易飘散,几个时辰过去,定已无甚残留了。不过,这也说明迷药用量不大,她的昏迷另有原因。"医官思索片刻,解释道。

"那又是何原因?"本以为发现真相的暗哨哪里想得到,此事竟还有如此多的疑点。

"我注意到那孩子手脚冰凉,脸色惨白……任那老管家狡辩,我行医多年,怎会不知这绝无可能是饥饿所致,唯有短时间内大量失血方能产生此等症状!"医官恨恨地挥了下拳,又继续说道,"果然,在那孩子手腕处我发现了两处淤青,按压后仍有少量鲜血渗出。细看后可见淤青中有两处极小的伤口,形态近似于毒蛇咬伤,但与蛇类注毒相反,鲜血从这儿被吸走了!"

"此乃何种妖术?"暗哨追问。

"我亦猜测汝南王正在修炼某种邪术,童男童女和他们的血液可能就是这个过程中的一味药引。如此说来,始终未见孩子出城的事便说得通了——只怕他们早已葬身于王府内了。也正因如此,汝南王是万万不会容我搜查的。若再晚一步,只怕连那女童也会沦为游荡其中的一缕冤魂。"郦道元抚须沉吟,他心中明白,自己虽已示弱,但至多能保住心腹暗哨和那对父女的性命而已,元悦的疑心并未消除。况且,就算他肯放过自己,但那些无辜的孩子呢?倘若就此退缩,良心何安,天理何在?

安顿好代为受过的下属,郦道元走出地牢,抬眼望去,正看到满天繁星,他又想起了那年自青牛渊潜入地底,初窥神识的明悟。与那空灵妙境相比,人世间是多么污浊啊!但经过数年修行,郦道元早已领会历代水神让自己入世的用意。所谓神识,并不是某个或某群人的意识,而是天下苍生意识的集合。水神不过是古今以来比较出众的个体罢了,早晚也会融入其中。既然如此,身为下一任水神,他就应该去体会和理解人世间那些数之不尽的疾苦和那些循环往复的喜怒哀乐。

于是,郦道元时而出仕,时而归隐,每每逐水而居,以水为媒。

这不仅是他毕生的志趣所在，也是与天地保持交流、聆听教诲的方式。水脉就像人体的经络，将它的意志传遍世间的每一个角落，可惜如今能够感知其中玄妙的人太少了。

在天地原本的运行法则中，万物苍生的关系如同宝塔，自下而上地分布着，越是低级的生灵，种群就越庞大，一级级供养着更高层级的生灵。而越靠近宝塔顶端的种族，数量就越少，但在内在精神的不断修炼中，它们也越来越接近神识。人曾经是仅次于龙族的存在，通过对天地神识的揣摩，人类渐渐懂得趋利避害，开始编制历法，兴修水利。至此，人类文明初现曙光。但私欲不断膨胀的人类终于还是在物质和欲望中迷失了，他们用权术、阴谋和杀戮取代了对天地的敬畏和崇拜，许多与天地沟通的仪式和法门也在动荡的岁月中失传了。人类越发强大，这个种族却不断向塔底滑落。作为曾经的朋友，龙族与人类渐渐疏远，它们隐入深渊潜流，不再轻易现身世间。好在，人族慧根未断，在少数人杰的指引下，他们与天地、与龙族仍保留着微弱的联系。

郦道元欣然接受了这一使命，多年不分寒暑地跋山涉水，加上一些龙族的帮助，他为《水经》作注的夙愿已近得偿。虽以注为名，但实际上，《水经注》皇皇数十万言，已是《水经》的几十倍，其所载河流之多、所涉地域之广是远超前代，便说是古今水文、地理、风土集大成之作也不为过。为散播神识，感化众生，郦道元常令家人、学生抄录书稿，广为传阅，从未有过敝帚自珍的想法。不过，其中有部分内容是他随龙族考察地下暗河与海洋后写成的，委实超出世人理解太多，流传出去未必是好事。因此，郦道元将它们单独整理为《潜》《溟》二篇，赠予幼子，交代他暗中传承。若后世再现天人和谐之象，才是它应该出现的时候。

在这一过程中，郦道元与龙族的关系日益亲密，他也得以了解这一近乎神的种族波澜壮阔的生命历程。出乎他意料的是，龙的幼体极不起眼，也极弱小。形似蜥蜴，体长仅与寻常水蛇相近，绝难想到长成后竟是纵横天地的伟哉之物。这些幼体栖潜流而隐介藏形，经过漫长岁月后，蜕变成蛟，开始自由地奔腾在江河之间。历经磨难，最终修成正果，化身为龙，远赴大海。

　　春夏之时，龙族又自海中回溯，其间吸气飞升，兴云吐雾，于九天之上寻求伴侣并角逐首领之位。而后，它们沿暗河潜入地脉，汇聚到一起。在地下深处，有许多密布水网的巨大空间，在那里，生性孤僻的它们得以交流各地的见闻，传承来自祖先的思想。接下来，它们会各自寻找条件合适的河湾浅滩产卵，任其随波逐流，将种族的延续交托给天地。

　　除开聚集地和产卵地外，龙族在地下空间内还有一处具有特殊意义的隐秘所在，那便是龙冢。龙族寿命悠长，年迈的龙能预知自己的死期，它们会在最后一次向后辈们传递经验和知识后悄然前往龙冢，平静地迎接死亡，将意识和肉体重归天地。聚集地、产卵地、龙冢，龙族最重要的三处节点往往相距不远。生与死，灵与肉，在此交融。对龙族而言，这既是终点，也是起点。

　　这也将是我的结局，郦道元心想。只是，他没料到这一天来得如此之快。

15
一生之敌

该来的总是躲不掉。就在郦道元将那对父女送走后不久，他们原先居住的茅草屋就燃起了大火。他们虽躲过一劫，但陋巷内的穷人居所连成一片，又不似大户人家那样备有水缸，火势很快失控，几乎将整条巷子烧为白地，死难者多达数十人。郦道元本不能确定此事与汝南王府有关，但几日后他就得到消息，他为暗哨安排的坟地竟被掘开，待他赶到现场后发现墓内尸骨遭人践踏，已无从收殓。这两件事几乎同时发生。而在朝堂之上，元悦及其党羽也开始了对自己的攻击。毫无疑问，这不是巧合，他肯定已经反应了过来，之前那些不过是障眼法，所以他的报复才会来得如此狠辣。郦道元痛心疾首，却非忧及自身，而是为那些无辜受累的百姓，与汝南王斗争到底的信念也越发坚定了。既然冲突无法避免，郦道元索性放开了手脚，开始以刚猛手段反击。

不过，今上年幼，朝政由胡太后把持，元悦贵为宗室，又善于钻营，颇受宠幸。郦道元深知要扳倒他绝非易事，只能从他身边之人下手。苦心查探许久后，郦道元终于打听到一条重要消息，平日里与元悦寸步不离的内侍丘念将暂离王府,意欲插手近期举行的州官选任。

又是他!郦道元愤懑地记起此人正是亲手掳走女童、导致一系列惨剧的元凶。以此前行径观之,他显然不是第一次干这种事。区区一介内侍,作威作福也就罢了,连州官选任这种国家大事也敢干涉,必定是其主子在背后纵容和授意。看来,此人就是揭开元悦阴谋的突破口了。只是在上次的事之后,丘念行事谨慎了许多,极少独自离开王府,郦道元一时竟找不到下手的机会。好在郦道元已探明,丘念通过收受贿赂,在城内另置有一处宅院。郦道元确信,以丘念之骄奢,外出公干前必会回私宅一趟,以备齐一路上所需的享乐物什。几日后,丘念果然出现,被郦道元早已安排埋伏在此的人手当场擒获。

也许是天不藏奸,丘念此次返家还专门向汝南王告了假,此刻元悦正在城外狩猎。此等良机郦道元怎会放过?他立即命人封锁消息,火速提审丘念。原以为丘念既为元悦心腹,定然顽固死硬,为了撬开他的嘴,郦道元甚至做好了大刑伺候的准备。谁知,这丘念不过是个色厉内荏之徒,一见郦道元便吓掉了魂,没审几句就承认了雇人纵火和挖坟之事。

"这些事可是汝南王指使的?"郦道元声若寒冰。

"郦大人……小人不过是个当差的下人,哪敢私自做主?"丘念哭丧着脸,既害怕郦道元,又不敢公然背叛主人。

"好你个奸猾小人!"见他到此时还想首鼠两端,郦道元不禁哂笑。

"我看你就是想杀人灭口吧。说!洛阳城内的那些幼童失踪案是否为汝南王所为?你们把那些孩子怎样了?"郦道元问出了最重要的问题。

"这……王府里的事,小人也非全部知情。"丘念匍匐在地,目光躲闪。

"若要人不知，除非己莫为。还想着汝南王会来救你？哼，今日拼却头顶乌纱不要，我也要治你的罪。光纵火杀人和掘人坟墓便够抵命了！"郦道元怒叱，没时间与他多费口舌了，一旦元悦归来，定会施压要求放人，到那时再想审出什么可就难了。

两旁侍卫会意，锵的一声拔出长刀，交叉架于丘念脖颈之上，作势要将他拖走正法。

森寒的刀刃贴在皮肤上，丘念顿感从头到脚都僵住了。他本能地想哭喊呼救，可两个侍卫的手硬得就像铁钳一样，若一味挣扎，刀口却不松动，岂不是要血溅当场？于是他被拖拽着，除了虚弱地喊了两声"大人饶命"外，什么也做不了。在洛阳，谁不知道自己和汝南王的关系？郦道元怎敢如此开罪王爷？他想不通，心里还残存着些许侥幸，幻想着郦道元能网开一面。但当他对上郦道元的目光时，他知道自己想错了，郦道元的目光中有一股浩然之气，这种人是绝不会向权势俯首的。这下丘念彻底慌了，骨子里的恐惧如决堤之水，冲垮了所有的犹豫。就算之后王爷要杀要剐，他也得先过了眼下这关再说。他一咬牙，仰头高喊："大人且慢，小人有要事相告！"

不多时，丘念就将自己所知晓的内情全招了。正如郦道元和医官猜测的那样，幼童失踪案正是汝南王及其党羽所为。他们将拐来的孩子圈禁在王府地下的密室中，充作"血奴"。与寻常着重炼丹的道法大不相同的是，在汝南王所修炼的秘术中，童男童女的血液是不可缺少的原料。它们从一个个稚嫩的身体中被抽取出来，或是用作画符写咒，或是在炮制药物时充当药引，还有一些则被直接饮用……为了随时采集新鲜血液，汝南王还仿照毒蛇尖牙制成了内部中空的银针。但用不了几次，这些银针就会堵塞，汝南王发现是因为幼童伤处血液凝结，于是又在采血过程中不断在幼童伤口上涂抹活血的药物。不少孩子就这样流干了自己浑身的血，就算有少数身体健壮的挺了过来，长期失血也让他们极度虚弱，死亡是无法避免的结局。不断有尸体被投入王府后院的枯井中。这些事自然有人代劳，莫说汝南王，连丘念都很少亲自操办。那日，丘念也是喝茶时见摊主女儿生得俊俏，为图在主人面前表现一番才贸然出手的。若郦道元等人再晚来一步，那女童亦无法幸免。

"你等如此行事，难道不怕遭报应吗？"郦道元勉强压抑住心中的愤怒，切齿问道。

"大人，不瞒您说，我初始也怕啊，王爷修炼的法门处处透着诡异，实在太瘆人了。但后来我发现，它真有奇效！不但王爷自己白发转黑，他还能透视我们体内脏器的病变，猜中我们心中的想法，从未有错。"丘念面色涨红，额上青筋跳动，似有些不适。

"所以洛阳城里向他求药的王公贵族可不少，这些人都不怕天谴，我一个奴才又何须多虑？"丘念喘着粗气，呼吸渐渐急促。

"都有哪些人？"郦道元大惊，忙命人取来纸笔，让丘念将曾参与其中的人名一一写下。

随着名单越写越长，郦道元的心也一点点沉了下去。其中有不少是他所熟知的大人物。一想到他们表面上以国之栋梁自居，暗地里却将人命视如草芥，郦道元感到无比讽刺。难怪查这案子时多有掣肘，原来是因为它会把太多人拖下水。

"啊！王爷饶命！"郦道元正苦思对策，丘念突然大叫一声，蜷在地上抽搐起来。

"不要杀我！"好像有一只看不见的鬼怪魇住了丘念，他惊恐地挣扎着，好几个人都按不住。

折腾了好一会儿，丘念慢慢平静了下来，但任谁都能看出他状态堪忧。只见他面色惨白，两眼充血，却哆哆嗦嗦地抓起毛笔，吃力写下一个个名字，速度比方才还快了不少。

事后，郦道元才明白，那时丘念就知道自己命不久矣了。不管是被唤醒了仅存的良知，还是出于被抛弃后的报复心理，他都在做最后一搏。

终于，在几乎写满整张纸后，他停下了笔。

"这是全部了？"郦道元问。

"还有最后一人，但其身份太过尊崇，还请大人附耳过来。"丘念苦笑道，却借机用宽大的袖子遮住了两人的手。他紧紧抓住郦道元，在他手心画出一个"十"字便不再动作。郦道元不解，再看向丘念，却发现他双目圆睁，已然气绝。

"速去汝南王府！"郦道元暴喝一声。丘念的横死透着蹊跷，令局面陡然复杂起来。按时间推算，元悦此刻已在回城途中，如今人证已失，唯有直闯虎穴，去汝南王府寻找物证了！郦道元带齐人手，片刻不停，只一炷香的工夫就赶到了王府。王府门外，众人与那管家撞了个正着。他和丘念一样对郦道元这个不畏权贵的官员印象极深，知道大事不好，扭头便跑。见识过他嘴脸的郦道元怎会再给他报信的机会？随机命两名卫士箭步追上，将其扣下。

这老仆倒是比丘念硬气得多，被擒后一言不发。眼下与他计较只会拖延时间，郦道元将众人分为两队，一队前往丘念所说的后院枯井，捞取受害孩童的尸骨，这是最直接的证据；另一队则在王府内散开，搜寻其他线索。很快，第一队人马就在枯井中起出了多副残缺的骨骸，但经过拼凑后发现，远不足幼童失踪案的人数。井下有清理过的痕迹，遗落的尸骸都是较早一些完全化为白骨的。另一队人也依照丘念的供词找到了一间偌大的密室，里面镣铐铁链等刑具一应俱全，一张坑洼不平的大通铺，生活器皿却少得可怜。这是一座监牢，囚禁的都是些懵懂的孩子。而现在，这里空无一人。难以想象离开父母的孩子是怎样挤在一起，在绝望中走向生命终点的。

看来，上次郦道元执意要入府搜查已经让元悦感觉到了危险。

他一面试图将逃生者灭口，一面也在抓紧将剩余的孩子和井中的尸体转移。但或许因为堆积的尸体太多，又或是没料到郦道元这么快就展开了反击，清理进行得并不彻底。郦道元深知，事已至此，自己已无回头路可走，索性也亲力亲为地加入了搜查。率先被他推开的，便是元悦的书房。

若忽略那一缕淡淡的硫黄味，元悦的书房乍一看与普通士人并无多大差别。不同于他平素给人的喜好奢华、不学无术的印象，这里甚是素雅，藏书也颇为可观。细细观之，尤以地理方志、堪舆图册居多，其中不少微微卷边，显是反复翻阅所致。与元悦历经数次交锋，郦道元却发现自己越发看不透这个人了。此人行事乖张，手段狠辣，于宗室中却长袖善舞，广结人脉。郦道元一度怀疑他包藏祸心，觊觎大权，但他一不练兵，二不聚财，似乎无意于此。而看此间藏书，竟隐隐与自己志趣相投，委实令郦道元大感意外。总之，此人身上迷雾重重，实难猜出他的真正目的是什么。

郦道元将那几本翻阅痕迹较重的藏书逐一抽出，赫然发现就有自己所写的《水经注》。要知道此书完成时日尚短，虽有抄录，但总归不多。元悦竟能寻来，说明其对山川河流的兴趣绝不亚于自己。

这本《水经注》抄录在一本厚实的空白册子上，装订细致，以丝帛包裹，显为主人极为重视之物。打开速速翻阅，发现书册在誊抄完毕后还余下不少页数，上面写满了字，还夹杂着大量线条和绘图。待到细看时，郦道元更是心头剧震，从那睥睨一切的口吻看，书写者毫无疑问就是汝南王元悦本人。以笔记的内容而论，他对天下河川的总体了解虽不如自己，但在某些观点上，远比自己更犀利大胆、切中要害。

例如，对于河流的产生，他写道："天下之水，自海蒸腾而入天。降于四方，行世间者为河川，涌黄泉者为潜流，复归海也。"而郦道元在著述《水经注》之初，还仅仅把河流当作一个孤立的地理现象。

水循环的理念还是在他偶入神识境后,在龙族的多次演示和提点下才逐渐形成的。

又比如,元悦还许下大愿:"天地若人,山为骨水为脉,必如人之有灵。万代千秋,夫物芸芸,各复归其根[1]。何以超然,与天地同寿?"在字里行间,他竟参透天地有灵,更妄想超脱其上,万寿无疆!

郦道元本不是心胸狭隘之人,元悦见识不凡,他自然高看一眼,但他很快意识到了让自己不安的根源——《潜》《溟》二篇并未外泄,元悦不可能读到,他又无龙族相助,何以知晓地下潜流,何以了解海洋,又如何能如此肯定天地有灵呢?

莫非,他也进入过神识境?

正愣神间,外面传来一阵喧闹。很快就有侍从来报,说太后有令,命他即刻入宫。

难怪元悦直到此时还未出现,原来是直接入宫请旨去了。左右侍从纷纷劝郦道元借口推辞,举朝皆知太后宠幸汝南王,此去无异于赴鸿门宴啊!

"但去无妨!"郦道元大袖一挥,"今日入王府搜查,兴师动众,坊间多有议论。纵使元悦诬蔑,太后也需顾忌众人之口。"

与家人略做交代,郦道元便启程入宫。进得大殿,元悦果然已在殿内等候。见郦道元只身前来,神态颇有些耐人寻味。

"大胆郦道元,为何私闯汝南王府?"太后的声音从帘后传来。

"母后,郦道元身为御史,监察百官本是分内之事。"年轻的皇帝忍不住说道。

"对汝南王而言,当先论宗室,再议官职。御史焉能干预家事?

---

[1] "夫物芸芸,各复归其根"出自《道德经》,指世间万物无论多么繁盛复杂,最终都会回归其本源。

皇上不通宗法，还得多加历练才是。"太后的声音淡淡的，却透着不容反驳的威势，皇帝看向郦道元，眼神一黯，不再多言。

"太后！汝南王虽为皇族，但犯下大罪，国法家法均不可饶。更何况，此事灭绝人性，且关联甚广，足可动摇朝廷根基。于国家于人伦，下臣都不得不管！"郦道元慨然道。

"既如此，便说来听听，汝南王犯了什么罪？"关联甚广这几个字似乎提醒了太后，她收起强压的态度，转而试探道。

"近一两年来，洛阳城中发生多起幼童失踪案。经臣查明，他们未遭拐卖，而是被汝南王囚禁在府内，供其放血作法。除一女童被臣救下外，其余孩子或被转移，或已惨死，受害者恐不下百人！"

面对郦道元的指控，元悦未作辩解，只是默然冷笑。太后的语气仍是淡淡的："天子脚下，竟有此等惨案？你有何证据，且说来听听。"或许在她眼中，百十人的性命并不是值得大惊小怪之事。

郦道元定了定神，从暗哨撞见丘念挟持女童，到丘念招供，最后自己率人在王府中发现密室，在枯井内起出骸骨的全过程一一道来。言毕，又把丘念死前写下的名单呈上。

珠帘后陷入了沉默，郦道元斗胆观之，见太后身影似在端详沉思。良久，太后终于抬起头来，轻轻叹了一声，一时难辨喜怒。想来，连她都不得不忌惮这份名单的分量。

"就凭这些，你就想给汝南王和众大臣定罪？"太后忽而怒道。

郦道元本也不指望一击就将朝廷沉疴扫除，第一步，只需严惩首恶元悦便可。

"丘念所言真假姑且不论，枯井内发现的骸骨却是汝南王残害幼童的铁证。还请太后定夺！"

"也不知哪儿得罪了郦大人，执意与本王为难。"元悦故作无辜地耸耸肩，接着话锋一转，"太后明鉴，郦道元趁臣外出，扣押府中下人也就罢了，谁知人竟死在他手里。为了逼出想要的供词，郦大人怕是使了不少法子吧？至于井下骸骨，从前洛阳战乱不休，直至本朝迁都才重新营造。早有精通堪舆之术的奇人直言王府风水不佳，旧时定是处乱葬岗。臣本不信这些，只是万万没想到今日却成了郦大人攻讦的理由。"

"汝南王的诡辩之术臣早已领教，今日大殿之上，你我二人多说无益，不妨请人检验骸骨，虽无法精确，但要推算大致死于何时却不难。"郦道元斜睨元悦一眼，"若死去年月不过数年甚至更短，不知汝南王又该作何解释？"

"你……"元悦脸上罕见地闪过一丝慌乱，扭头便拜，"皇上，太后，郦道元一再诬蔑，臣无能，丢尽宗室脸面，还请下旨责罚！"关键时刻，元悦又祭出了自己的宗室护身符。

在这国家权力的中枢，郦道元与元悦僵持不下。此番召见虽不比朝会，但左右侍从仍不在少数，任谁都知道局面凶险万分，无人敢发一言。皇帝局促，几欲开口，但想到方才太后的告诫，又生生把话咽了回去。

"郦道元。"珠帘后的人影以手抚额，终于结束了短暂的犹豫。

"臣在。"郦道元沉声应道，胸中一片坦荡。庙堂之高，风谲云诡。太后自掌权以来，以一介女流之身游走于各方势力之间。郦道元如何不知，这一告，势必会打破她勉力维持的平衡。无论结果如何，自己在太后处都落不了好。可这表面的平衡若要靠无数冤魂和黑暗来维系，那就让它毁灭吧。至于自己一人的荣辱安危，又何足挂齿呢？

"自发现骸骨以来，可还有其他人出入汝南王府？"

"一经发现，臣便命人守在那里，绝无他人靠近。"

"那好，便宣太医院首张太医前往汝南王府查验吧，兹事体大，令他速去速回。"

"不可！"谁能想到，面对太后旨意，郦道元与元悦这对死敌竟齐声反对。

元悦自是没想到太后竟能答应郦道元的请求，郦道元又是何意呢？

原来，与那些只尚空谈的朝廷大员不同，郦道元游历四方，既曾治理地方，又曾执掌刑狱，对实务极为熟稔。旁人看不出问题，他又怎会被蒙蔽？因职责特殊，宫内的隐疾秘闻皆为太医所知，要想在太医院求得平安富贵，揣摩人心是最紧要的，医术反倒次之。元悦系宗室中颇有地位之人，更何况太医素来救治活人，验尸鉴骨本非所长。太后此举，明显意在偏袒元悦。

"放肆！"内侍斥道，两人只得住口。

半晌后，郦道元最担心的事还是发生了。随着一声通报，张太医匆匆入殿，经过两人时，他目光躲闪，径直跪拜不起。

"张太医，本宫交代的事，办得如何了？"太后的声音已恢复了镇定。

"禀太后，臣已仔细查验过废井内起出的白骨。经整理拼凑，足有十余具之多，着实瘆人。观其色泽，多已灰白，不似新死之人略微泛黄。依臣之见，这些尸骨虽可能是在较长一段时间内被陆续掩埋的，但最近的距今怕也有数十年了。"张太医谨慎回禀，始终匍匐在地，不曾抬起头来。

"哼！"元悦展颜一笑，冲张太医拱了拱手，张太医则忙不迭地回礼。

"郦道元，念你一心为民，本宫暂且饶你一次。若再犯，便想清楚后果罢！"珠帘后的人掷出茶盏，正好摔碎在郦道元跟前。

将元悦和郦道元两大麻烦轰走后，胡太后的耳根子总算清静了。又看了几遍郦道元呈上的名单，她仍感不快。不过她终于可以卸下一身防备，好好歇息一阵了。烛光下，几名侍女为太后换下朝服，另有一老婢为她梳头。突然，胡太后惊叫一声。众人大骇，登时跪了一地，却不知何事触了太后逆鳞。

不多时，太后唤起那老婢："去召张太医。"老婢眼尖，这才瞧见太后手捧着自己一头如瀑般的青丝，其间夹杂着一根白发。

张太医尚未走远，即召即回，见太后神情便已明白了大半，赶紧返身赶往太医院。片刻后，张太医便带来一木屉，木屉分三层，显是专门定制的。屏退左右后，张太医依次将内含冰块的上下两层拆下。中间夹层随即露出，赫然盛放着一碗红彤彤的鲜血。

未见迟疑，胡太后仰头将鲜血饮尽。更诡异的一幕出现了——随着鲜血入喉，那根白发迅速转黑，宛如枯木发荣。一瞬间，胡太后只觉通体畅快，好似年轻的活力又重新回到了自己身上。抹了抹唇边残留的血渍，她慵懒低语道："元悦这法子当真有效，只是办事却不甚牢靠。"言罢，随手将那份名单掷入了火盆当中。

"郦大人留步！"身后传来呼喊，郦道元停下脚步，却没想到追上来的竟是元悦。

"王爷有何贵干？向在下炫耀太后恩典吗？"郦道元冷冷道，语气中不无嘲讽之意。

其实在府内下人向其报信，得知郦道元在自己书房中搜出《水经注》后，元悦便有意拉拢郦道元。此人是个难得的人才，先借太后之手挫一挫他的锐气，再谈些条件，他不信郦道元能毫不动心。作为这场斗争的胜利者，元悦不无畅快地想象着郦道元愤怒而无可奈何的样子。他了解这些儒生，知道这才是彻底击垮和收服他们的最好时机。他唯独没想到的是，郦道元败而不馁，竟无半点颓丧，光这份气度就足以令人心折了。

"郦大人，你见过本王誊抄的《水经注》了？本王另有些许浅见，不知大人如何看待？"元悦语态谦和，一改往日的傲慢态度。

"没错，我是见过。"郦道元没有放下戒备，但顿了顿，还是决定据实相告，"没想到王爷也精于此道，你的见解颇有独到之处。只是……它们来历有些蹊跷,《水经注》上并无这些内容,除非……"

"除非我也到过那些地方?哈哈,郦大人,我说得没错吧!"元悦好像突然被郦道元的话激怒了,像一头恶狼呜呜吠呜一般,他压低声音道:"郦大人,不是每个人都如你一般受到上天垂青的。我早就猜到,《水经注》所述范围之广,绝非人力可为。想来,你或有奇遇,或是天赋异禀,可将神魂以水为媒融于天地,通达四方。你可知我有多羡慕?又付出了多大代价才能勉强通灵?"

"什么?你也可以融入神识境!"元悦的话让郦道元震惊不已。但转念一想,早在自己初入神识境时,就感到过莫名的敌意,几位前辈水神也向他说明,神识境亦非绝对的乐土。后来他自己慢慢参悟,神识既然是天地万物意识的集合,那么在神识境中善恶共存就很正常了。而神识广袤,自己这样的人,普天之下也未必是唯一的。只不过,道理虽是如此,但在这尘世间真切地遇到"同类"还真是头一遭。按照元悦所述,他全靠自己摸索,郦道元也对其入境之法越发好奇了。

"神识境!这名字倒贴切。我自幼修道,浸淫日久,脱离肉体凡胎已成夙愿。成年后,我遍寻典籍,连遭人唾弃的邪魔外道也不放过。十余年下来,终于让我试出了两道法门。其一,是寻个如你一般,天生灵根敏慧之人,借其身为鼎,混入神识境中。丘念正是这样的人,否则我怎会对他百般宠溺?"元悦不无遗憾地摇摇头,"但没想到他竟敢背叛我,却不知身为修炼炉鼎已是将性命交到了主人手上。我既能以意念上其身,要毁灭他又有何难?郦大人,若不是你苦苦相逼,让丘念差点把那人抖出来,我本可留他一命的。可惜啊,没了他,今后我再要入神识境便难了许多。其二,水润万物,蕴含天地灵气,我天资不足,无法直接感知,但能否如炼丹一般,借助某些药引催发呢?我试过在水中加入水银、朱砂、金银,都不见成效。却在一次服食金丹后沐浴呕血,昏沉之际偶然得入。我最初以为是金丹发挥了效果，结果试了几次，无一成功。于是，我怀疑将死未死的状态是否才是入境的条件。此法过于凶险，为了验证，我差点将自己搭进去。直到最后，我才发现了一直被我忽略的因素——血。其实我早该想到的，血浓于水，人的感知能力大概就是身体内运行的血液带来的。而童男童女的血则是未遭尘世污浊，最为纯净的。现在，你明白我为何要圈禁那些孩子了吧？不止如此，神识境中如我这样的异端还有不少。它们也曾是人，但肉身早已消亡，只得与寄居于海底的太岁融为一体，互相吞噬。我的闯入让它们兴奋，像发现饵食的鱼一般争抢我。不过我说服了它们，留我在人间或许用处更大。于是它们教了我一种法门，便是经神识加持后，幼童血液的炼制及妙用……"元悦说及此处，露出回味的神情。

"畜生！"郦道元浑身发抖，但心中的震惊比愤怒更胜。太岁想来就是师父们所言天地恶念的爪牙；而元悦自己，便是它们在人间的化身！

"郦大人息怒。"元悦嬉笑道，"本王嗜血，实是迫于无奈。我有一计，若你答应，本王保证不再伤人性命。"

"说！"郦道元从牙关中挤出一个字。

"便由你代替丘念如何？我借你入神识，你靠我掌权柄，你我二人联手将天地人间统统操控在手，岂不妙哉！"元悦说完，大笑起来。

可他还未笑完，便感到颈下一寒，郦道元面沉似水，已用匕首抵住他的咽喉。

"郦大人！你身为御史，自己便要蔑视王法吗？"元悦急忙叫道。他清楚，郦道元与自己不同，这也是他唯一的弱点。

"哼！"郦道元果然恨恨地收回了匕首，转身大步离去。他在心底暗暗发誓，总有一日，要将元悦绳之以法！

16
困龙失水

转眼到了第二年十月。

寒风萧瑟,铅灰色的云层压在众生头顶。树叶都已落尽,黄河业已冰封,洛阳城内外,一片肃杀景象。清晨,天空开始飘起零星的雪屑,时至正午,细雪已然变成鹅毛大雪。纷纷扬扬的雪片从九天之外挥洒至人间,不过片刻,整个世界都变成了茫茫白色。

此时,洛阳城内,御史中尉府大堂中正进行着一场激烈的争论。

"兄长,此事必有蹊跷!"身穿青色长衫的郦道峻皱眉道,"依我看,这圣旨绝非太后本意,请务必三思而行!"

"是啊,父亲!"一个头戴漆纱笼冠、身着紧身袍褥的年轻人也急道,"那雍州刺史萧宝夤[1]素来多疑,今年又刚被削职,对朝廷心怀怨恨。我听闻,他平叛不力,担心朝廷责罚,已生反心!这关右大使,做不得啊!"

---

[1] 萧宝夤,南齐明帝萧鸾第六子,因南梁开国皇帝萧衍篡齐立梁,残杀南齐宗室,萧宝夤被迫逃亡北魏。

"伯友，慎言！"一身长袖黑袍的郦道元长身而立，喝止道，接着又拍了拍郦道峻的肩膀，"山东、关西叛乱不止，萧宝夤连年出兵，耗费甚大，心有惶恐也属正常。再者，如今萧宝夤复起为征西将军、雍州刺史、西讨大都督，足见朝廷对其十分看重，当初削职不过是权宜之计罢了。我此行虽有监督职责，但劳军才是目的。"

郦道峻长叹一声，显然未被说服。

"道峻，伯友，仲友，"看着为自己安危担心的弟弟和两个儿子，郦道元心中一暖，语气缓和道，"我也知此行凶险，稍有不慎就易引起误会。但适逢乱世，身为臣子理应为朝廷分忧……"

"父亲！"次子郦仲友也开口相劝，"叔父和兄长所言不无道理，你在朝中树敌颇多，此前又与汝南王结怨，偏偏此时委任你为关右大使，去那是非之地，恐怕别有所图。"

"此事定是汝南王与城阳王所为。"郦伯友忧心忡忡地说，"汝南王自不必说，城阳王此前诬告元渊，也因你力陈真相而诬告落空。这两人勾结，即使太后也不免被蒙蔽。那委任关右大使的圣旨多半就是这么来的！"

"元悦荼毒生灵，罪无可赦，当杀！元渊平定破六韩[1]有功，横遭诬蔑，当救。"郦道元沉声打断长子，"大丈夫有所不为，有所必为，当顺应天道人事，又怎可临阵退缩？"

郦伯友与郦仲友交换了一下眼神，齐声道："父亲既心意已决，儿子愿一同前去！"

两人话音刚落，郦道峻也拱手道："我亦当为兄长分忧。"

"你们这是何苦！"郦道元心中一时五味杂陈。他下意识地不想让亲人们深入险地，但他比谁都清楚，他们也是如自己一般不肯苟且退缩之人。

---

1. 破六韩拔陵，匈奴单于后裔，曾领导反抗北魏王朝的起义，后兵败被杀。

洛阳城西，汝南王府邸。

当郦道元的车队行至西门之外二十里之时，有三人正在他搜出过《水经注》的书房中密谈。

"王爷，郦道元已经出发了，两子和郦道峻随行。"弯腰禀报的正是那奸猾的老管家，言语中掩饰不住的得意，"咱们的人亲眼看见他的车队出了西门。"

"大善！"元悦满意地点头，但心中仍存疑虑，"但那萧宝夤……当真要反吗？"

"王爷不必担心，那萧宝夤连战连败，早已如惊弓之鸟。如他人前去雍州，萧宝夤是否起事尚不可知，但郦道元何许人也？城阳王早已修书一封，把他多年来对宗室豪族的惩治事迹一一罗列。萧宝夤出身齐国宗室，经此影射，怕是不反也得反了。"管家阴笑道。

两人就这样肆无忌惮地谋划着，丝毫不避讳书房内惶惶不安的另一人。

"郦道元既然不能为我所用，那也怪不得本王了。只是不知后世将如何评说呢？"元悦好像这时才想起还有旁人在，瞟眼看他，面带戏谑之色。

此刻，那文士装扮的人只感到后背冷汗涔涔。汝南王有请，他不敢拒绝，谁承想他们竟当他的面商议如何谋害朝廷命官。他明白，若自己的回答不能让汝南王满意，自己恐怕也难以活着离开此地。犹豫再三，他颤抖着身子挤出了几句话："禀王爷，郦道元行事素来严酷。来日若由我主修国史……便谓之……酷吏耳。"

"哈哈，如此甚好，如此甚好！"汝南王拊掌大笑，示意送客。文士连忙跟紧管家，逃也似的退了出去。

与此同时，端坐在马车中闭目静思的郦道元突然睁开眼睛，有些不安地看向窗外。车队现已远离城郭，进入荒野。目力所及之处，一派晦暗萧瑟,连片的衰草中偶尔可见一两棵枯死的老树。这是他第一次彻底地远离水源,因此与天地神识的联系也暂时中断了。正怅惘间,一只老鸦突然被车队惊起,发出嘎嘎的叫声远远地飞去了。

许是被这不祥之兆所扰,郦道峻再也按捺不住,拍马赶上,低声道:"兄长,我有一言,不知……"

"讲。"

"兄长,我知你不惧流言。但古人云,君子不立危墙之下,前方情形尚不明朗,不如派出两人乔装先行,打探虚实。如有异动,也可及时避险。"

见郦道元沉默不语,郦道峻恳求道:"兄长,你我安危不足为虑,但你放心得下伯友、仲友两位公子吗?"

"唉,便依你所言。"到底为人父母,纵使再古板,郦道元也终于松了口。

"好。"郦道峻大喜,拍手唤出两名精干士卒,显然早有准备。又好生交代一番后,两人换上常服,各乘一匹快马,先行向西而去。

郦道元微微叹息一声,将思绪转向他处。

他今年已经五十有七,年近花甲,腿脚多有不便,想必是年轻时艰难行路留下的暗疾所致。遥记那时,他刚刚从父亲手中得到《水经》,心中满是对域外之地的好奇和向往。他想知道,那居于西海之南、流沙之滨、赤水之后、黑水之前的昆仑山,是否真有神池与西王母,那佛国恒水又是否源自此处?

他不是只知空谈的腐儒,自此便收拾行囊,用双足丈量山与海、天与地。但地之尽为海,海之尽为归墟……归墟之下又是何种存在?人力有尽,这些问题可能穷极一生也无从知晓。对此,他处之泰然,人活于世,路在脚下,走下去便是了。

有道是:"天行健,君子以自强不息。"这一切竟都在青牛渊得到了解答。虽已经过去多年,但每每思及那日发生之事,郦道元的胸中都涌动着一股难以言说的澎湃之情。

一念及此，郦道元的心绪平静了许多。宇宙无穷无尽，朝菌不知晦朔，蟪蛄不知春秋，看似风云变幻的朝堂之争和那鸱得腐鼠又有何区别？

天上，乌云遮蔽了月光，车轮声隆隆，向未知的命运继续前行。

雍州。

集征西将军、雍州刺史、西讨大都督等诸多权柄于一身的萧宝夤近来非常烦恼。正光五年，羌人莫折大提聚众叛乱，称秦王；三月后，莫折大提死去，其子莫折念生率众称帝，建元天建，大魏皇帝遂令萧宝夤前去讨伐。这一安排别有深意，朝廷禁军未出一兵一卒，却押上了他从南方带来的全部家底。萧宝夤心里何尝不清楚，在大魏君臣眼中，他们如丧家之犬，是可以随时被消耗和抛弃的。可对他来说，这些追随自己多年的士卒就是他最后的倚仗，死一个便少一个。于是，所谓平乱只是做做样子，他的心思都花在向朝廷索要钱粮上了。但这场戏眼看着演不下去了——朝廷已派出了使者前来监军，而与这道命令几乎同时到达的还有一封密信。

当晚，萧宝夤彻夜未眠，他虽与城阳王素无来往，但信中所言不无道理，恰恰点中其心事。身为别国皇族，他多次欲引大魏之兵南征复国，朝廷焉能不忌？此番特意挑选以刚猛闻名的郦道元为使，只怕来者不善。

天色微明，萧宝夤急召谋士柳楷，共商对策。

"孝则，吾命休矣！"萧宝夤叹道，"朝廷派来御史中尉郦道元做关右大使，这是向我问罪啊。"

"大人莫慌。"柳楷道，"我听闻郦道元此行仅带了一百兵士，财物两车，且有两位公子随行，当为宣抚，而非治罪。"

"非也！"萧宝夤抓住柳楷双手，急道，"此乃有意示弱之举。先生请看。"他抽出右手,从袖中掏出城阳王送来的信。

"这……"看过信后,柳楷脸色微变,"丘念竟是被郦道元诱出汝南王府诛杀的。丘念其人虽无官职,但在洛阳名头倒也不小。我原以为他只因嚣张跋扈招来大祸,没想到其中还有如此曲折,郦道元确有些手段!"

"我难保不成为下一个丘念!"萧宝夤自心焦不已。

柳楷察言观色,已然心中有数,他心一横,决然道:"大都督乃大齐明帝之子,本应治关中,何以忧虑至此?当断不断,反受其乱!"

萧宝夤面色一凛,他终于听到了想要的回答。

"既如此,即刻令行台郎中郭子恢率兵前去截杀郦道元!"

半个时辰后,在夜色掩护下,两千兵士在郭子恢率领下出了雍州,向东疾行而去。

而在前往雍州的官道上,郦道元的车队仍照常沿着官道进发,浑然不知危险即将来临。

离开洛阳四天后,郦道峻意识到了不对劲。他急急来到郦道元跟前,附耳低语:"兄长,前几日我派出的探子仍无一人归来。萧宝夤那厮,恐已生变。"

郦道元思索片刻,问:"前方乃何处?"

"前方名曰阴盘驿[1],地形险峻,乃绝佳伏兵之处,不可不防!"郦道峻肃然道。

眼见形势危急,郦道元面色不变,沉声道:"传令,停止行进,就地扎营!"

郦道峻不解:"兄长,此刻扎营必引得伏兵按捺不住……何不就此折返?"

"若真有伏兵,以吾等区区百人之数,又携带行李辎重,如何逃

---

1. 位于今陕西省西安市临潼区。

得掉?军心一乱,士卒便难约束,不如摆开阵势,从容以待。叛军心虚,必不敢立即进攻。"

"但如此,兄长岂非自陷死地?"

"为国尽忠,理当如此。只要我在此多拖一日,来日朝廷便多一分胜算。"郦道元打断弟弟,决绝地说道,"速派人绕过阴盘驿,前往长安联络南平王与封伟伯[1],若萧宝夤当真敢反,请他们相机行事。至于你与伯友、仲友,你们本不必随我赴难,便一同离去吧。"

随着一声声号令传下,车队缓缓停止了行进。而郦道峻和郦伯友、郦仲友则换上了戎装,默默守候在郦道元的马车旁。他们放弃了生的希望,情愿与兄长父亲一起,捍卫郦氏满门忠烈的荣耀。

郦道元走下马车,车队正停驻于一片开阔的山谷之中。此路为淮水旧道,河道早已干涸,大大小小的鹅卵石堆积在道路两旁。远处,群山叠嶂,黑影幢幢,在月光下如一群远古巨兽般森然匍匐。郦道元负手而立,向前望去,群山逼近,山谷逐渐收缩为峡谷,一座小山峰矗立在峡谷入口,想必即是那阴盘驿了。

多年来,郦道元虽为文官,但也历经行伍,以他的学识,观山望水更是不在话下。他一眼瞧出,此处乃是绝地,一旦伏兵四起,靠这百余人绝难抵挡。思虑再三,他唤来郦道峻,指着前方山峰:"即刻起营,攀缘此山,若伏兵来袭,可据高而守。"

"兄长,凭高固守自是不错,但山上远离水源,若遭围困,我部恐将自溃啊。"郦道峻忧虑道。

"在谷中,我们根本撑不到缺水的时候。此处曾为淮水故道,地下潜水想必尚浅,山上应能打出水井。若无水,便是天意了。"郦道元摇头苦笑,郦道峻听他说得在理,亦无其他良策,唯有摇头叹息。

---

1. 南平王元仲囧,封大陇都督;封伟伯,济州刺史封轨长子,此时任关西行台郎中。两人均在之后平定萧宝夤叛乱的过程中起到了重要作用。

刚刚扎营的车队再次骚动起来，如长蛇般向阴盘驿开去。

而另一路人马也在此时陷入了两难之境。郭子恢已于几日前率军抵达阴盘驿附近，虽有主帅命令，但对方毕竟是朝廷使者，他心里也不免打鼓。再者，刚到此地设伏时，士兵抓到两个形迹可疑之人，他们自称本地山民，欲往长安谋生，严刑拷打下也不改口。

"将那两人带上来！"郭子恢下令，心中惴惴难平。

片刻后，两人被押至帐前，虽已血肉模糊，但仍勉力抬起头来。

郭子恢疑虑更重，寻常人等遭此酷刑，管他何罪都已信口认了，只求少些皮肉之苦，怎会如此硬扛？

就在这时，一名士卒飞奔而来："报！郦道元车队已丢弃辎重，登上山岗。"

郭子恢眼皮一跳，被抓住的二人脸上分明闪过一丝欣慰笑意。

"不必再审了。"郭子恢挥挥手，事情已经败露，埋伏再无意义。他心一横："传令下去，全军出击！"

行至阴盘驿，只有一条小路可以上山，周围尽是峭壁。郭子恢当即挥师猛攻，成群的兵士似麦浪般涌上，却迫于地形拥堵在山口，只有少数人挤入小路。无数箭矢乱石当头而来，如同进入磨盘，他们很快便被碾碎了。

山岗之上，在临时搭建的营帐内，郦伯友擦了一把额头的汗水，喘息道："幸而我等上山，那萧宝夤当真反了！"

"你可看清楚了，山下敌军是否乃白贼[1]？"郦道元面色凝重。

"父亲，山下兵士虽遮挡了旗帜，但军容煊赫，甲胄鲜明，远非白贼可比。看阵势，当是萧宝夤麾下精锐！"一同撤回的郦仲友也给出了肯定的答复。

听得两子之言，郦道元一时有些恍惚，最坏的局面还是出现了。

---

1. 时人对羌族叛军的称呼。

寒风瑟瑟，他的心也如浸入深潭。没想到，他走遍山川河流，阅尽世间繁芜，却终究参不透人心。

"死守！"郦道元下令，"只需三日，援军必至。"

军情紧急，帐中诸人纷纷领命而去。虽未言明，但他们都深知三日内等来援军的希望太过渺茫。此地险峻，易守难攻，却也难以突围。只要叛军封锁消息，不说三日，恐怕三十日之内，朝廷也无从得知萧宝夤的叛乱之举。现在只能寄希望于派往长安的使者了。

之后三日，叛军发起了数次冲击，均被郦道峻等人率众击退，但守方伤亡也不可避免地增多了。除了援军迟迟未到外，他们还要面对一个更严峻的问题——缺水。叛军显然也发现了这一点，开始围而不攻，意欲困死守方。

"掘井！"在将士们渐失神采的目光中，郦道元的语气仍然坚定，"地下有水。"

又是数日过去，叛军仍未啃下这支百余人的队伍，越来越多的人也因失水而倒下。

"兄长……"郦道峻的嘴唇业已干裂，声音沙哑，"将士们掘地十余丈，依然无水。"郦伯友与郦仲友则在叔叔身后互相搀扶着，情况也非常不好。

"十余丈？还不够深。"郦道元断然道。

"兄长，山体多石，挖掘十余丈已是极限，再难寸进了。"郦道峻无力道。

"不可能，一定有水的，我感觉得到。继续挖，要不了多久了！"郦道元恍如入魔，不断重复着。他并不惧死，却连累了随行士卒、弟弟和两个儿子。可叹他一生都在寻水，最后竟困死在这无水之地，上天当真给他开了一个莫大的玩笑！

见身边已无人可用，郦道元独自行至井边，此时井底已经无人挖掘。他张开双臂，要求为自己系上麻绳。

"父亲不可!"

"兄长不可!"

放心不下跟过来的三人急急阻止,郦伯友抢先道:"这井下幽暗狭窄,不能视物,父亲切莫为那无源之水冒险啊!"

"老夫遍寻天下之水,何人比我更懂水?"郦道元威严道,"绑上!"

三人执拗不过,只好含泪为郦道元绑好腰间绳索,目送老人携一把铁锹援井而下。

等下到井底,郦道元抬头望去,井口已如铜钱大小,井底狭窄,光线无法透入。他摸着铁锹,深深吸了口气。在这憋闷的空间里,郦道元嗅到了一丝甘甜,它若有若无,如波纹般荡漾。这里一定能挖出水来!他断定,地下不仅有水,还有暗流涌动、江河湖海。

郦道元开始奋力挥动铁锹。

一筐筐泥土被吊出井口,无水。

铁锹不断砸到石块,带出一溜火花,无水。

双手鲜血淋漓,染红了铁锹的木柄……依然无水。

他曾见过世间最浩渺的水,此刻却坐困枯井。他自诩超脱凡尘,最终却敌不过官场的倾轧算计。好在《水经注》已成,足以流传后世,造福万民,郦道元的心中已无遗憾。

纵使思绪万千,麻木的臂膀仍一刻不停地挥舞着。在力竭的最后一刻,他只感到足底蔓延出一股惬意的清凉,便头脑昏沉什么也不知道了。

郦道元是被几捧凉水激醒的,几名士卒簇拥着他,靠在井边,井中一汪清泉,正汩汩涌出。可惜,一切都晚了。虚弱至极的士卒们再无力阻挡叛军。道峻、伯友、仲友三人不见踪影,想来都已经以身殉国了。

身边的士卒一个个倒下,一名敌将在不远处策马游走,好整以暇地指挥叛军围拢上来。

郦道元自知生死已在旦夕之间，不无苍凉地用尽全力向那将领喊道："本官知你定为萧宝夤属下！当年，萧宝夤逃至寿春，大魏庇之！萧宝夤事魏已久，封官拜将，许以重任。然不思报国，反构兵叛魏，实乃不忠不信之匪类也！"

闻言，本就心虚的郭子恢顿时大怒。"杀！"他挥起长刀，下马向这位身处绝境却依然不屈挺立的老人冲来。

鲜血从郦道元的无头尸身中喷涌而出，如雨水般泼洒在荒凉的石山之上。很多时候，生命的轮回就是如此惨烈，或许来年春天，被血浸染过的地方会长满草木。

那颗阅尽天下之水的头颅则沉入了井底，仿佛卸去了全部枷锁，如婴儿般重归母亲的怀抱。郦道元的意识短暂地停留了一会儿，但纵有再多不舍，他也清楚重归神识境的时候已经到了。自己的记忆和思想都将随着伏流地脉，汇至九旋之渊。

时人评曰："道元之死，犹神龙失水而陆居兮，为蝼蚁之所裁。"

17
吞噬者

　　以往执行任务时,江河的注意力都是高度集中的。但"鲲鹏行动"显然是个例外。返航途中,他不时陷入沉思,目光总被牵引着穿过舷窗,看向那一艘艘巨轮。秦晴他们的研究进展到哪一步了?江河急切地想了解,但纪律不允许他随意打听。直到即将抵达母港之际,加密频道终于再次传来了消息。秦晴口吻严肃地要求江河亲自来油轮上一趟。作为同事和恋人,江河十分了解秦晴,她绝不是一个不分轻重的人,这次要说的事一定极为重要,刻不容缓。

　　直升机还在盘旋下降时,江河就远远看见胡炎在甲板上等候。胡炎的身材有些肥胖,此刻迎着螺旋桨带起的旋风,衣服被刮得紧绷绷的,却并不显得滑稽,反而让江河产生了一种惺惺相惜的感觉。

　　"江舰长,秦晴还在实验室忙着,抽不开身,就只有我来接你了!"胡炎热情地握住江河的手,看得出来,这完全不是客套,他很兴奋。

　　"对残骸的研究取得进展了?"江河试探性地问。

　　"何止是进展,是突破!当初我坚持把秦晴要来,果然没错。"

胡炎风风火火地走在前面,"很快你就知道了!"

通过升降机,两人下到了底层舱室。在这之前,他们接受了风淋消毒,换上了厚实的防护服。即便如此,当升降机打开舱门时,江河仍感到了一股扑面而来的寒意。好在防护服内置的空气循环系统已经过滤掉了这里的刺激性气味,一辆小巧的摆渡车适时停在了两人面前。军人的体魄让江河对此有些不以为意,但很快他就明白了这一安排的用意——随着摆渡车的开动,底层舱室一览无余地展现在眼前,它们已经被全部打通,构成了一个巨大的腔体空间,长度超过五百米。在这个实验室里,不同区域间的界限并不明显,研究员们的操作需要沟通,数据需要汇总,让他们穿着厚重的防护服来回奔走是不现实的。

一旁的胡炎看出了江河此刻内心的不平静,感慨地补充道:"说到底,不仅是这具残骸空前的体积,它的组织构造乃至化学成分都是前所未见的。另外,残骸本身含有大量胺类物质,其气味对人体有较大毒性。因此,对它所做的分割、检测、保存,以及过程中的人员防护,都是全新的课题。咱们摸索出的这套方案,说不定会在未来形成一个专门的学科。"

话音刚落,摆渡车缓缓停下了。与其他区域不同,这里悬挂了厚厚的幕布。随着他们的到来,幕布徐徐拉开,里面的实验室如同舞台般露出真容,一场大戏即将上演。

呈现在眼前的,是整个底舱内唯一一处全封闭设施。它用某种透明材料建成,外壁直达底舱顶部,除出入口外的部分,仿佛一体成型,光滑如镜,看不出一丁点儿接缝。数十名工作人员在这座"水晶宫"中有条不紊地忙碌着,其中调度指挥的人回头看了他俩一眼。尽管隔着面罩,江河还是一眼认出了秦晴。然而现在没人有闲暇寒暄,大家的注意力都被实验对象吸引了。

这是江河第二次见到它。如果说最初的冲击源自人类对巨物本能的反应,那么此刻的它就是一件绝美的艺术品。在形似巨型水族箱的容器内,残骸如根系般舒展垂落,纤毫毕现。这份融极致的精密与壮丽于一体的震撼,江河此前只感受到过两次。一次是大学辅修人体解剖课时,教授为他们展示了一套被完整地剥离出来的人体神经系统;一次是在参观三星堆博物馆时,仰视那古朴的青铜神树。这个未知生物和它们一样,都是源于生命而又超越生命的存在。

唯一有些煞风景的是,残骸中段膨大的部分密密麻麻地连接上了许多电极和导线。伴随嗡嗡的低沉噪声,它像一堆渐渐熄灭的篝火被重新点燃,幽蓝的光芒时隐时现。

"你们在给它通电?"震惊之余,江河自顾自地问。

"没错,虽然作为一个生物群落的巨兽死亡了,但其碎裂的部分仍保留了相当的活性。在我们模拟躯体向这个主脑发送电信号的同时,它同样会向我们传递指令。当这些简单指令积累得足够多时,就构成了我们解析更复杂信号的基础。"耳边传来秦晴的声音——防护服里已内置通信器,在同一个频道内,所有人的通信都是透明的。

"刚刚外面的幕布和高分子屏障都是为了隔绝可能的电磁干扰。理论上,'夺舍'已经收集到了足够我们了解这种生物的信息,现在解析工作到了最关键的时刻,绝不允许有任何差池。"胡炎的声音也传了过来。

"'夺舍'?"江河不明所以。

"这是我们给它起的代号。"秦晴指了指导线尽头接入的那台设备。

怎么会用上这么特别的名字?江河心想,其实自己刚才也看到了它,只是在残骸的映衬下,谁又会把注意力投向这台貌不惊人的机器呢?它是一个直径约两米的不规则球体,表面明暗不一,由于连接了太多导线,乍一看就像个乱糟糟的线团。

我们就是在靠它解析巨兽留存的信息?想到这儿,江河不自觉地走近了一些。直到这时，摆脱主脑如山般庞大的阴影之后，江河才发现"夺舍"表面的斑驳其实是一道道深浅不一的沟回，伴随着电信号的输出和导入，其中不断有光点涌现，有些区域稀疏，有些区域密集，它们此起彼伏，渐渐汇聚成一条光点之河。这是一颗大脑！江河猛然醒悟。而随着它的活动，主脑中残存的意识也被一点点转移了过来……

"江舰长，相信你已经看出来了，'夺舍'就是一颗电子脑。"秦晴的语气带上了些许骄傲。两人既是恋人，也是各自领域里顶尖的专家，偶尔还会像现在这样向对方展示一下军人的好胜心。

"了不起！"江河发出由衷的赞叹，"虽然我们很早就了解了大脑的基本结构及功能，但对于它是如何工作的，仍然知之甚少。通过刺激残余神经组织，收集反馈讯号来建立模型的思路很新颖，而且都没经过人体实验，你们居然就造出了能适配巨兽的型号……"

"啊……不是这样子的。"秦晴突然打断了江河的话。

"这个思路在早前的一款微型心脏起搏器中就得到过应用。它只有胶囊大小，通过微创手术安装后，在心脏失能时做出反应，实质上起到了模拟心脏放电的作用。当然，心脏的机械运动相对简单，对应的放电模式也很单一。大脑和神经的活动要复杂得多，但原理是相同的。而数量级所造成的鸿沟，已经有人用人体实验的方式跨越了。"胡炎解释得很含糊。

"你们到底做了什么？"江河突然有种不好的预感。

"还是我来说吧。"秦晴拍了拍江河的肩膀，比了个"放心"的手势。

"几年前，南方一座城市的红十字会接收了一具遗体，捐献者为一名罹患阿尔茨海默病的老年男性。捐赠的决定由患者女儿做出，所有流程都合法合规。

"但不久后，曾长期参与对该捐赠者进行治疗的医生向警方自首,交代了他进行违法医学试验的犯罪事实。具体来说,他受微型心脏起搏器的启发,研制成功了第一枚真正意义上的电子脑。这位医生认为大脑是一个自带程序的分布式电路,而放电程序就储存于脑组织的细胞里。阿尔茨海默病侵害的是人体的高级神经中枢,低级神经中枢则基本不受影响。如果有一个能够模拟大脑基础放电模式的电子脑,再在其中特定的存储单元中移植患者身上与意识、记忆相关的正常细胞,就可以模拟出特定的神经电活动。待体外培育成熟后,再接回低级神经中枢上,便可以恢复患者的意识和记忆,从而达到治疗阿尔茨海默病的目的。[1]

"从他保留的数据和影像资料看,这一方案在初期取得了极佳的效果,虽然该患者最终病情反复,但对于阿尔茨海默病的治疗来说已经是巨大的进步了。问题在于,他的医疗活动完全是非法的,没有报批,没有动物实验,甚至没有征得家属同意。警方怀疑,患者女儿开始时虽不知情,但在治疗后期至少是采取了默许和配合的态度。这名患者一次次恢复记忆,又在极短的时间内失去记忆。这名患者去世后,他们之所以选择捐赠遗体,一方面是希望积累的宝贵实验数据能应用于之后的研究,另一方面,他们也隐隐怀疑,该患者生前坚持治疗,到底是他真实意愿的表达,还是拥有他意识和记忆的电子脑在做决定?很不幸,根据我们的分析,后者的可能性更大。也就是说,他们培育了第一台真正意义上的人工智能。其中涉及太多伦理问题和应用风险,所以该项成果未被公开,但相关研究一直在继续。"

"现在,你明白'夺舍'的含义了吧?"秦晴沉声道。

江河一时无言以对。再看看有些粗糙的"夺舍",他只感到毛骨悚然。

---

[1]. 关于治疗阿尔茨海默病的具体情节,详见海漄创作的短篇小说《愿时间在此停留》。

几人不约而同地陷入沉默。就在这时,"夺舍"突然响起了一阵嗡鸣声,其表面的亮度陡然增强。持续几分钟后,声音渐弱,光亮也随之熄灭。

"数据解析完成了!"胡炎和秦晴齐声道。

所有人都好像接收到了指令,瞬间聚拢到了"夺舍"周围,无须指示便紧张地忙碌起来。

十分钟,半小时,一小时……时间飞快地过去,在有条不紊的键盘敲击和设备调试声中,江河帮不上忙,只能在一旁静静地等着。看众人紧张投入的样子,即使自己悄悄溜走,可能也不会有人在意,但他又不想错过任何有用的细节。其间,秦晴抬头看了眼他,略带歉意地说:"解析的数据量大大超出了我们的预计,请再多等一会儿。"

江河点点头,示意她不必管自己。同为走技术路线的军人,他完全能理解这次的发现对秦晴的意义。

不知又过了多久,秦晴长吁一口气,抱起一直在操作的笔记本电脑向实验室外走去。

"走,找个人少安静的地方,我先把大致的情况同步给你们。"

"另外,胡老师。"秦晴望向胡炎,"解析结果里还有很多地方是我一时无法理解的。巨兽超出了我们当前对生物学的认知。如果想彻底揭开这些谜团,我想可能需要调用一些你们部门内留存的保密材料。"

"没问题,你只要把大致的方向列出来就好。解密和协调的工作我来想办法。"胡炎没有犹豫,平静地应了下来。这让秦晴和江河都产生了一种感觉——他早已掌握了相关信息,目前所有的工作不过是进一步验证罢了。这个神秘部门所掌控的能量远超想象。

正说着,三人已经搭乘升降梯到达了上一层的舱室。脱下防护服后,他们总算摆脱了那股挥之不去的怪味。这一层空荡荡的,胡炎随机挑了间会议室，检查一阵后，示意秦晴开始。

"除了主脑的分析数据外，这里还汇总了一些有关这个巨型生物其他部位的解剖结果。我挑几个重点说一说。"秦晴打开笔记本电脑，迅速进入了状态。

"第一，构成它身体的主要元素是碳和硅，大致有碳酸盐和硅酸盐两大类。它们吸收海洋和大气中的水，形成溶胶，又在一定温度和湿度下转化为凝胶。最后再通过真空干燥等方式，生成带孔隙的气凝胶结构。经过测算，这种生物组织密度极低，在充气加热的情况下是很容易悬浮在空气中的。而另一方面，其组织强度却很大，我想这就是它能够以如此巨大的身躯在平流层中生存的原因。"江河和秦晴默契地对视一眼，都联想到了这在航空航天领域应用的巨大潜力。

"第二，和我们之前猜测的一样，与其继续把巨兽当作独立的个体，不如将它视为一个庞大的生物群落。数千种高度特异化的生物各司其职，共同维持了整个群落的运转，其中一种此前未被发现过的藻类占据了压倒性的优势地位。极端情况下，假如这个群落解体，理论上每一块碎片都是有可能分化出整套器官的。

"第三，通过分析主脑中的信息，我们得以对它的生命轨迹和活动做一个粗略的还原。几乎能肯定的是，巨兽是在海洋中诞生并度过幼年期的。最初它们可能还不如某些水母大，主脑或副脑那样的复杂器官也未形成，只有简单的神经节结构。所以这个时期解析出的信息非常模糊，跳跃性很大。我们很难确定具体的时间，但无疑是非常漫长的。海底火山口大概是它们较为集中的栖息地。在那里，它们以极高的效率攫取营养物质，逐步统合其他藻类和黏菌，群落初具雏形。以此为起点，为了争夺所需的稀有元素，个体间开始互相吞噬，加上其他一些未知的原因，能够发育至下一阶段的初级群落少之又少。"讲到这里，秦晴停了下来，又在电脑屏幕前察看了好一会儿。在江河的印象中,秦晴记忆力极好,做事条理分明。现在的情形只能说明,接下来她要揭示的信息将更加震撼。他和胡炎心照不宣地对视了一眼,都没有说话。

"不可思议的地方还有很多……"秦晴整理好了思路,用连自己都觉得缥缈的语调说道,"极少数群落,其个体体形会在某种刺激下急速膨胀。它们会从蜷缩收紧的球状形态慢慢舒展,就像分叉的柳枝一样。而随着体积和表面积的增大,它获得的升力也越来越强,直至可以蹈海飞天。相较于硕大无朋的体积,展开后的群落算得上极为轻薄。而为了适应高空环境,它不仅近乎透明,很可能还能利用群落内的藻类完成变色。尽管如此,我相信人类文明也曾目击过它飞升的画面。想想看,一座浮岛从海中缓缓升起,古人会如何描绘这幕神话般的场景?"

"这就是'鲲鹏行动'名称的由来?"江河扭头看向胡炎。果然,胡炎及策划本次行动的高层对此早已胸有成竹。

"请继续吧。"胡炎摆了摆手,没有正面回复问询。

"在一般印象中,天空相比海洋无疑是贫瘠的。但事实上,天空,特别是越过云层遮挡的平流层,其能量密度远超海洋。太阳辐射不但为巨兽群落提供了升力,还充当了最主要的能量来源。平流层稳定的气象环境也有利于这种巨型生物的舒展和飘行。不过,天空中缺乏一些巨兽所必需的重元素。尽管这些元素在巨兽体内含量极低,却对维持其生命活动至关重要。因此从食性上说,巨兽群落是彻彻底底的机会主义者,它们会利用硕大无朋的体形吞噬落入陷阱的一切猎物。在古代主要是同类,而到了近现代……各类飞行器所占的比例就越来越高了。甚至,通过对巨量水体和热能的吸收、释放,巨兽还拥有了改变局部气象条件、制造气象灾害的能力。台风、龙卷风、下击暴流,这些都有可能是。这或许就是它们的猎杀和伏击的手段。"

"这些只是猜测,还是有真凭实据?我们明明只打捞到了一个主脑啊!"江河不解道。

"前面我们有提到,巨兽本质上是一个生物群落,并且由一种藻类主导。到了这个阶段,不同群落间的斗争,与其说是吞噬和被吞噬的关系,不如说是一种融合。而这次主脑样本的生物电解析结果也表明,在遭到吞噬后,弱势一方所储存的信息大部分是可以被胜者继承和保留的。也就是说,存活至今的巨兽群落都已历经数代甚至数十代,这正是我们仅凭一颗主脑就能获取如此之多信息的原因。"

"这倒很像佛家所说的轮回转世。"江河若有所思。

"这个比喻很贴切。"秦晴笑了,稍稍缓解了一下紧张的气氛,但又很快恢复了严肃,"之所以向胡老师提出协调请求,就是因为在这颗主脑的其中两世中发现了异常。"

"其一,在最近一世,和我们此前预计的不同,LWAIS追踪到的两个互相靠近的气象干扰源——也就是巨兽群落,它们的目的并不是繁殖。这是一场巨兽间为了争夺空中霸权的战争。我们所打捞到的残骸属于失败者,原本它的尸体会被全部吞噬,连宝藏般的主脑也不例外。但这个过程被导弹袭击打断了。也就是说,至少还有一个体形更大,且对人造飞行器更具敌意的吞噬者存在。"不知不觉间,秦晴已经开始这样称呼巨兽群落。

"其二,除了这次坠落,好几世之前,这个吞噬者还曾遭受过一次毁灭性的打击。另一种巨型生物攻击了它,从还原的信息看,那种生物的体形比吞噬者小不少,身体密度却大得多。这意味着它的运动能力更强。这场争斗最终以爆炸结束,吞噬者遭到重创,好在保留了主脑,坠入海洋后获得了重新发育的机会。但这爆炸是怎么发生的,实在令人费解。至于攻击吞噬者的生物,它的形态与巨蟒有些类似,另外还有许多特征与神话中流传的一些生物相符。所以我想，胡老师，你们是不是也进行过一些神秘生物的调查？是否有可供验证的材料？"

秦晴和江河齐刷刷地把目光投向胡炎。就在这时，胡炎的上衣口袋中发出了声响。他掏出一个款式老旧、看不出品牌的手机，自顾自地接通了。大概，这是相关部门特制的安全机。

"人找到了？好的。立即保护起来，带他来青岛见我。"胡炎干脆利落地交代完，长舒了一口气，对两人说道，"我们马上就有很多工作要做了。不过秦晴，我现在就可以告诉你，那种攻击吞噬者的生物，是龙，中国神话传说中行云布雨的龙。至于其他的，江舰长，我们后续保持沟通。"说完，他做了个"请"的手势，表示今天的讨论到此结束。

18
飞龙在天

星星点点的光斑晃醒了郦逍。嗓子里有股腥涩的感觉，他用力咳了咳，吐出一串气泡，它们欢快地向上浮去，尽头是一片荡漾的白光。原来自己还在水下，这畅快呼吸的感觉真好！郦逍惊喜万分。青龙似有所感，兴奋地转了个圈，稍做调整，一人一龙便笔直向上。途中穿过鱼群，惊得鱼儿四散而逃。郦逍能感觉到，青龙正逐渐加速，无数激流扑面，白光也越来越刺眼，他们仿佛急速冲向一面镜子。当亮光占据全部视野的瞬间，郦逍只听到轰隆一声，眼耳口鼻的压力陡然一松，他们终于冲出了水面。

幽暗的地下是没有时间概念的，但郦逍颇有"山中方一日，世上已千年"的感觉。强光刺得他睁不开眼睛，伴随着龙身的旋转，周身越发清爽。等到逐渐适应了外界的光亮之后，郦逍睁大双眼，只见天似穹庐，滚滚云彩宛若流苏，触手可及。身边依稀有五彩斑斓之色晃动，竟是青龙的鳞片反光所致。

郦逍探出脑袋朝身下望去，只觉心旷神怡。一汪幽蓝色的水体映入眼帘，西向一望无垠，水波浩渺，东向则隐现湖岸，远处连绵的草原和雪山在蓝天下清晰可见。

这是哪儿？郦逍在脑海中努力搜寻着地理特征与之相符的大湖，正当他有了些许眉目，想要再远眺确认的时候，耳边风声突然一紧。青龙似已找好了方位，长鸣一声，硕大的龙头扭转向西南，身躯也不再盘旋，改作如过山车一般斜着向下俯冲。

不一会儿，前方出现了一座形如螺壳的乳白色石岛。郦逍凌空俯瞰，见石岛东、西、北皆为平缓滩地，一艘小巧的游艇泊在东岸，正卸下一个个小黑点。而岛南怪石裸露，裂为陡崖，间或有石墙、寺院分布其间。

这就是所谓离城市不远的地方。郦逍看到原本蠕动散开的小黑点又聚在一起，一点亮闪闪的反光也出现了——是望远镜。游客们都看到龙了吧？也都看到巨龙身上的我了吧？郦逍不禁莞尔。

"破坏天地秩序的异端出现了，我们得分头行动。"脑中传来青龙的声音，郦逍明白，它并不愿意过分靠近其他人类。

"那异端到底是什么呢？"郦逍不解道。

"马上你就会知道了。人类很聪明，你把这段时间的经历告诉其他人，他们自然能拼凑出答案。"

"好，那请再低一点！"郦逍和青龙的思维近乎同步，随着高度的降低，青龙有意放缓了速度，卷在郦逍手足、腰间的触须也渐次抽离。郦逍飞快地估算了下，此刻距离岛岸已经不远了，心中蓦地升起一股自信，他瞅准机会，纵身一跃。几乎与此同时，青龙鳞甲下也喷出数股气流，将它庞大的身躯重新抬升起来。

"后会有期！"

一人一兽就此道别，郦逍只来得及回头望一眼奔腾而去的青龙，就一头扎入了冰凉的湖水中。

甫一入水，郦逍就感到一股前所未有的畅快，他四肢并用，没有换气便冲出了百余米。岛岸已经近在咫尺，他可不想被当作怪物看待，于是又绕岛一周，找了个不起眼的角落上岸。他发现，自己的体力和水性已有了突飞猛进的增长。

郦逍暂时还没想好怎么完成肩负的使命，这段经历确实太过离奇了。他打算混在游客中，先联系上巡逻队，回到卓玛身边再说。大家肯定以为他已经死了……也只有卓玛，只有她才能无条件地相信自己所说的一切。

于是，他缀在旅游团的后面，但众人显然已经没有了游览的兴致，都在议论刚刚目击的奇景。

"真的是龙！而且龙背上还骑了个人！我看得清清楚楚！"一人挥舞着望远镜说道。

"骑龙的那个人后面跳下来了，就在那边不远！"另一人指着郦逍来的方向喊道。

"大家少安毋躁。我已经报警了，有关部门很快就会上岛，稍后请大家配合调查啊。"一个导游模样的人用力拍了拍手，示意所有人安静。

报警了？郦逍听得有些心虚，努力强迫自己把注意力转移到景点上去。现在他所处的地方是一座堡垒的遗址，虽然现在只剩下几道残缺的土墙，但从发掘出的地基看，当年这里也是一处规模颇大的建筑。

遗址旁有一块石碑，应该是考古队或当地文旅部门留下的。郦逍走到石碑前，见上书"唐应龙城遗址"几个大字，下面还有一行小字：

明年[1]，筑神威军于青海上，吐蕃至，攻破之；又筑城于青海中龙驹岛，有白龙见，遂名为应龙城，吐蕃屏迹不敢近青海。

——《旧唐书·哥舒翰传》

---

1. 第二年之意，即天宝七年，公元748年。

果然，自己没猜错，这里就是青海湖！而这个岛就是湖中的海心山，又因古代该岛盛产"龙驹"[1]，故旧时也称为龙驹岛。

郦逍想起来了，在父亲的笔记里，以及和杨天成的闲聊中，都曾对此有过描述，原来出处是在这里。早在唐朝时，青海湖就有见龙的记载，而目击者还是那位大名鼎鼎的将军哥舒翰。也是造化弄人，在雪域高原之上，哥舒翰尚能屡破强敌吐蕃，可不到十年后却在潼关一败涂地。或许从离开青海那刻起，他便失去了龙族的庇佑。

正感慨间，有游客喊道："警察来了！"郦逍回过神来，定睛一看，却见多艘快艇已经停在了浅滩边，粗略一数，上面下来的特警至少有三十人。

来得好快！郦逍顿感不妙。谁知更令他瞠目的还在后头，又过了几分钟，半空传来一阵嗡嗡的螺旋桨声，一架武装直升机降落在岛上。没错，不是民用或警用机，而是部队的武装直升机！

龙族蛰伏太久了，现在的人类社会相比几百年前，早已发生了翻天覆地的变化。就连郦逍都没想到事情会闹得这么大。

特警迅速封锁了小岛，从直升机上下来的两人开始逐一询问现场游客。问的多是些姓名、证件号、工作单位之类的基本信息，再就是要求大家对刚发生的目击事件严格保密。其中一人主导，气质沉稳，负责提问及沟通，另一人应该是助手，负责记录，还有几名特警在征得游客允许的情况下检查手机和相机。

郦逍心中忐忑，眼看就要轮到自己了，正考虑要不要说出事情经过，不料那负责询问之人却先开了口："郦逍？龙身上那人就是你吧。"

---

[1]. 据说古时有人在冬天湖面封冻时将牝马赶入此岛放牧，到第二年春天，马皆有孕，所生之驹号为龙种，必多骏异，因此被称为"龙驹"。

"你怎么知道我的名字?!"郦逍一时惊得有些语无伦次。

"别紧张,我是异常事件局西北局的周宁,我们是专门处理这类事件的政府机构。西北地区的那几个湖泊历来是我们监控的重点,所以一有动静我们就马上赶来了。从龙离开的位置看,我们判断跳下那人的目的地就是海心山。以我们的速度,我相信他大概率还在岛上。而且来之前我们就拿到了上岛的游客名单和照片,这不就把你筛出来了嘛。

"至于你的名字……"周宁指了指头顶悬浮的一架小型无人机,"它第一时间采集了人像,并与公安系统内的信息进行匹配。很快就找到了可可西里保护区管理局的报案记录。上面的信息显示,你在半个月前的一次追捕盗猎者的行动中失踪了。"

原来如此!周宁友善的态度让郦逍不再像最初那般紧张。况且,听周宁刚刚的叙述,郦逍觉得那个叫"异常事件局"的特殊机构,他们调动各方资源的超高效率也足以证明其专业及受重视程度,把自己知道的一切告诉他们再合适不过了。

"跟我走吧。"周宁上了直升机,向郦逍伸出手。见他还有一丝犹豫,周宁又补充道:"保护区管理局那边,我们会做好内部通报,先让你的朋友和同事们安心。当然,你没那么快能回去。根据我们掌握的一些线索,你经历的事不是孤立的,但还有很多缺失的环节需要验证。我们认为,当它的全景呈现出来时,整个人类历史都将发生改变。"

"好。"这一番宏大叙事震住了郦逍,他不再犹豫,跟着周宁登上了飞机。

随着直升机的爬升,几架无人机也一同出现,将郦逍他们所乘坐的直升机围在中间。郦逍看过一些新闻,知道这些无人机是僚机,是来保护他们的。现在,他们如同身处于一个空中堡垒,几乎是绝对安全的。

"我们去哪儿？"郦逍问。

"先到附近的军用机场转机，再去青岛。"周宁依旧坦诚，简明扼要地答道。

19
异常事件局

青海舰及其编队返港休整已近一个月了。这段时间，秦晴未再露面，倒是胡炎偶尔会出现在甲板上。那些油轮和LNG船仍停泊在港内，预示着"鲲鹏行动"尚未完结。夜里，直升机和其他船只来来往往，看似沉睡的巨轮中，又不知发生了多少惊天动地的大事。甲板上有个忽明忽暗的光点，不用说，肯定是胡炎，他已经连续几天这样了。可在这之前，江河从未见他抽过一支烟。

"黯凝眸，一点渔灯古渡头。"或许是在海上待太久了，江河心里蓦然闪过这句词，他自嘲地笑了。在工业时代，孤灯渔舟的景致不复再现，但无论人类造出了多大的船，那份面对苍茫天地孑然无依的情绪是永远不会消失的。等他再次抬头望去时，光点已经熄灭了，加密频道的指示灯却亮了起来。

"江舰长，还没睡？"胡炎低笑道，刚才他也看到了江河。

"是啊，你不也一样嘛，遇到麻烦了？"从回港起，江河就有一种预感，自己在鲲鹏行动中的作用绝不仅仅是护卫而已。

"前几天一个关键人物出现了，事情的来龙去脉很快就能串起来,但总局对行动涉及的合作范围还有顾虑。毕竟这些发现可能对国际形势产生颠覆性的影响。好在,我说服了他们,这或许也是检验人类文明共同体的最好机会了。"

第二天一早,江河依约再次来到了油轮。还是之前的会议室,胡炎和秦晴已经在等他了。短短一个月不见,秦晴明显憔悴了许多,两侧面颊凹了下去,眼底也带着血丝,但神情却是亢奋的。此外,这次还多了两人。其中一人应该早就认识胡炎,正与他低声讨论着什么。另一人则稍显拘谨,微微一笑后便埋下头去。相比来自军队及相关单位的其他三人来说,他多少有些格格不入。

"江舰长,这位是我们异常事件局西北局的同事周宁。刑警出身,也是我多年的老搭档了。"见江河到了,胡炎立即向他介绍。

"幸会,江舰长。"周宁起身与江河握了握手。

"你好,周老师。"江河不知他在本次行动中的身份,便沿用了对胡炎的称呼。他注意到,周宁身姿挺拔,但给人的整体感觉是松弛的,有一种泰山崩于前而面不改色的气质。另外,周宁的拇指与食指间、食指两侧都长了老茧,应该是长期握枪和扣动扳机造成的。这次行动中,胡炎负责的是协调及统筹,那么周宁多半就侧重于具体的调查和执行了。江河对他们所在的异常事件局早有耳闻,知道这是隶属于国家安全部的保密单位,但对它具体的组织架构并不了解。不过既然胡炎只是副总指挥,那么他俩身后必然还有更高层级的存在。经过近期的一系列接触,江河已经完全明白,这个神秘部门处理的绝不是常人想象中千奇百怪、形同儿戏的"灵异事件",而是那些真正关系国家安全,直抵现代科学最前沿的事件,并且,他们很可能已经取得了不少成果。

果然,接下来的事态很快就印证了江河的推测。

"这位是郦道。嗯……此前他是可可西里保护区管理局巡逻队的成员。实际上,我们面临的危机很久以前便在酝酿了,但直到他带来线索，一切才明了起来。现在，我们不妨称他为'御龙者'"。胡炎组织了下语言，又介绍了现场的另一个人。

"给大家添麻烦了。"郦逍笑笑，尴尬地挠了挠头，显然还不太适应这个称呼。

"一周前，我们安装在青海湖的监测设备和部分游客同时拍到了一条龙从湖中钻出的画面。"胡炎取出一沓照片，每人分发了几张。接着，又打开投影仪播放了一段视频。视频里能看到，那条龙在出水腾空的瞬间，刚好惊走了一只俯冲向水面准备捕鱼的大鸟，湖面激起的水花和大鸟因应激反应而炸起的羽毛在镜头里格外引人注目。以僵直着双翼的大鸟为参照，龙身如柱，直上高空。

"这只鸟是国家一级保护动物玉带海雕，是一种活跃于亚洲中部的大型猛禽，翼展超过两米。"

"这些都是真的？那这龙的体型……"江河眼皮狂跳，难以置信地问。

"千真万确。之前我就说过，在吞噬者的往世里，有被龙攻击的记忆。有很大可能，这两种巨兽在漫长的岁月中互为天敌。"

"追踪显示，这条龙一路向东、向北飞行，在俄罗斯境内落入贝加尔湖。第二天，它再次升空，竟出现了另一条龙相随。它们最后被观测到的地方是黑龙江河口湾，之后应该就进入大海了。"胡炎用平静到过分的语气讲完了这些匪夷所思的事，以至于江河感觉自己像在一场梦中。谁知紧接着，胡炎又投下了一枚重磅炸弹。

"实际上，除了这次记录外，新中国成立后我们已经多次观测到龙了。而异常事件局成立的缘起，也是因为它——这种曾经被我们认为只存在于神话传说中的生物。

"一九四九年春，山东全境大部解放，仅余青岛、即墨及海上的长山列岛为国民党军占据。五月三日，青即战役打响，至五月底，经反复争夺，解放军攻克驯虎山、铁骑山，逼近青岛市区。六月二日，青岛解放，国民党军残部自沧口乘船南逃，一艘大型货轮为我军截获，其中装载了大量生物骨骸标本。

"这批标本随即被转交给青岛市军事管制委员会。最初，因为数目众多，体积巨大，管委会一度以为这是一批抢运的珍贵化石，但此说法很快就遭到了相关古生物学家的否定。显而易见，这些标本的制作时间不过几十年，完全够不上化石的标准。但依据编号进行清理后，专家们很快得到了一个匪夷所思的结论——这些标本，都属于同一个巨型生物！并且，拼接完成的骨骼形态每个中国人都能一眼认出，可它又完全颠覆了现有的生物学常识。参与这项工作的专家，大部分都是我国在古生物各个细分领域的奠基者，他们一致给出的意见，可想而知分量有多重。很快，事件被上报中央，管委会之下成立了专门负责调查这一事件的应急行动小组。这就是异常事件局的前身。

"据随货船被俘的押运军官供述，龙骸自抗战胜利后从日本人手中接收。他们的上级更多是将其当作龙脉、气运的象征进行保管，还未来得及开展任何研究。至于日本人又是如何得到这具龙骸的，就不得而知了。

"凭借这仅有的线索，调查立即铺开。为扩大搜索面，调查组以其他名义向社会广泛征集日本侵占时期的相关信息。不久后，其中一条引起了他们的注意。它来自一位本地市民，其父在生前对他多次提起，自己曾在三十多年前遭日军强征，参与修复一条密道。事主描述，这条密道的起点位于原德国总督府地下，一路向青岛山的德军要塞延伸。要塞连通总督府，这本不稀奇，一战时德军失利，要塞失守后炸毁密道也属正常。但可疑之处在于，日本人为何要花大力气去修复它？果然，调查人员进入密道后发现了一批档案，详细记录了一八九八年初，一条巨龙坠于胶州湾海域，尸体被德国远东舰队打捞并解剖的全过程。至此，龙骸的来历就清楚了，它先是由德国人偶遇并打捞，日本侵占青岛后又成为日军的战利品，而之后的事我们刚刚已经讨论过了。说起来，今天我们重回青岛，又在这里揭开所有的谜底，也许是冥冥之中早就注定的吧。"

说完这些，胡炎稍做停顿，瞧了瞧其他几人。不出所料，没有人发表意见，他们还来不及消化这一切。

"已经没有太多时间给大家了。"一直没说话的周宁站了起来，胡炎如释重负地点点头，任由他加快了节奏。

"从德国人留下的解剖档案看，他们基本知晓了龙的飞行原理。简而言之，龙是一种可以操纵电能的生物，体内有两类囊泡。一类存储水，在海洋中充作压舱石，同时以自体放电的方式电解出氢气，提供升力。一类则可在短时间内吸入或喷出空气和海水，产生推力的同时，还可以调节身体密度，控制升降。此外，龙升空后还可以通过主动触雷的方式快速补充体内氢气，维持飞行状态。值得注意的是，在档案最后，德国人特意提到，一名中国人全程参与了对坠龙的解剖并在其中发挥了巨大的作用。

"很幸运的是，这名中国人并非无名之辈。通过国家设立在香港的贸易公司，调查组联系上了他的家人——他本人已经去世。在他的遗物中，有一册笔记，所述内容基本可与青岛发现的档案相呼应。此外还有一片龙鳞，应该是他当年参与解剖时私藏的。

"这是异常事件局第一次真切地接触到龙。又过了十年，全国范围内的监测网逐步建立。除了追踪目击记录外，上一辈的先行者还花费了大量精力摸排了古籍中的见龙记载。事实证明，古人远比我们想象得严谨，大部分记载都对后面调查起到了积极的指导作用。在考据的基础上，青海省被划为监测的重点地区之一。此前的研究表明，除了海洋，龙大部分时间是在地底伏流中活动的。很可能，青海特殊的地理环境造就了许多连通地表与地底的通道，所以自古以来，龙在此处出没的频率就远高于其他地区。二十世纪八十年代，西北局在昆仑山雪线上的冰川中发现了一具几乎完好的龙尸，又让我们对龙的了解大大跃进了一步。龙的大脑极其发达，应是孕育出了不亚于人类的智慧。但其发声器官严重退化，估计只能发出单调的嘶鸣，无法形成复杂的音节，更遑论语言了。那么龙在种群内是如何进行交流的？是气味，还是其他什么？在那具龙尸上还发现一种未知藻类，它们聚集在龙首、龙颈、龙尾处，呈细丝状。我们认为这是一种共生关系，这种藻类高度特异化，在龙的信息传递中一定起到了非常重要的作用。"

周宁一边把目光投向郦道，一边把整理好的笔录传递开来："这么多年来，郦道是我们唯一一次观测到的龙与人类互动的特例。他的经历为我们补全了最后一块拼图。可以肯定的是，龙主要是通过高强度的脑电波，也就是所谓心灵感应的方式进行交流的。但在个别情况下，它们还是需要借助某些物理手段，实现'直连'的。"

"那种藻类起到了天线和外接神经的作用？"看完材料，秦晴最先反应过来。得到周宁肯定的答复后，她又突然想到了什么，向胡炎追问道："胡老师，前几天你让我检测的样本……难道不是来自吞噬者？"

"样本是从那具龙尸上提取的。"胡炎给出了答案。

"天哪！虽然不同方向的特异化让它们的形态天差地别，但若如你所说，那么我敢肯定，在龙和吞噬者身上都起到重要作用的藻类是同一物种！"秦晴双手撑桌，站了起来，完全无法抑制自己的激动。

"这恰恰是我们需要你研究证实的。"胡炎和周宁对视一眼，还是周宁继续道："按理说，龙和吞噬者在生态位上不存在激烈的竞争关系，但这无法解释它们千百年来不死不休的冲突。这些不起眼的藻类，可能正揭示了其背后深层次的原因。而现在，吞噬者和龙又同时出现了，这意味着什么？关于这点，我们机构内部已经有了初步的猜想，但还太模糊和笼统，还需要郦逍进一步的帮助。"

"给我一点时间，我会尽量把自己领悟到的，用科学或者其他大家能理解的方式表述出来。"郦逍连声应道。

"今天先到这儿吧。这次事件是全球性的，联合会议很快就会召开，这次也是为了先和大家交个底，到时就可从容一些。分歧估计是少不了的，但好在有青海舰，一切都是可以商量的。"胡炎适时总结。

由此，江河算是明白了自己所起的作用。随即，他敏锐地抓住了一处容易被忽略的细节："除了从吞噬者残骸中解析出来的，它几世前被龙攻击的那次，你们还掌握了其他案例？"

"明朝天启年间的北京王恭厂大爆炸，一九零八年发生在俄国西伯利亚的通古斯大爆炸，一九九四年贵阳发生的空中怪车事件……这些都是基本能确认的。"周宁直截了当地回答。

"为什么是爆炸？"江河追问。

"嘿……别忘了，龙的体内充满了氢气。"周宁笑笑，带着郦逍和胡炎一起离开，留下了目瞪口呆的江河和秦晴。

江河返回青海舰时，秦晴一直送他上了甲板。这段时间，两人的距离明明很近，却又来去匆匆。直到最近几天，秦晴参与的研究取得了阶段性的成果，她才算有了稍许空闲。一路无话，两人肩负重任，各有所思，但始终默契地在心底为对方保留着一片空间。在见识过吞噬者和龙这样的巨物后，饶是心智坚定如他们，也会生出渺小之感。世界渐渐露出了陌生的真面目，未来肯定不会再如曾经规划的那般平稳，但他们注定要共同面对一切危险和挑战。

"我走了。"江河回头，与秦晴四目相对。

"注意安全。"

"你也是，别太累了。"

"鲲鹏行动"联合协调会议比他们预计的来得更快。第二天一早，江河收到上级指令，让舰队防空网对一组目标放行。没过多久，借着晨曦的微光，目标迅速进入了视距范围，是一支由多架战斗机和一架运输机组成的编队。

江河举起望远镜，瞳孔猛地睁大，是F-57和C-17M。对于它们，江河实在太过熟悉了。自从他成为青海舰舰长以来，双方在西太平洋已经发生过数次对抗。江河做梦也没想到，自己有一天会亲手将它们放进母港腹地。显然，同样的情绪也蔓延在这群访客中，F-57组成一个菱形方阵，严阵以待地将唯一的C-17M护卫在正中央。不过，最近的经历大大拔高了江河对庞然大物的认知标准。现在，这款美军最新的战略战术运输机在他眼里就像一只肥美的烧鹅。当编队即将飞越青海舰上空时，同等数量的J-60相向而来，曾经的对手悄无声息地完成了交接。F-57掉头返航，J-60则引导C-17M前往机场。当晚，一架武装直升机从机场方向飞来，降落在了油轮上。

会议的进程如胡炎所料，双方都有备而来，各自交换了目前对吞噬者的研究成果。北约和日本获得了残骸的绝大部分，在其中发现了部分被分解的飞机残片，确认了吞噬者与空难的直接关系。同时，通过建立吞噬者的整体模型，他们模拟了吞噬者的各类活动：它可以吞噬雷雨云，引发异常放电；也可以调节高低气压，释放冷热空气……简而言之，足够巨大的吞噬者完全有能力控制局部气象环境，制造气象灾害。而如果吞噬者的种群数量超出一定规模呢？共同协作下，它们甚至可以影响整个地球的气候。有迹象表明，中国明末的小冰期就与之有关。这些证据还不够完善，但已经足够坐实吞噬者对人类的巨大威胁，也说明"鲲鹏行动"是完全必要的。同时，进一步的研究还指向了最极端的一个结果，即吞噬者群落通过几何式的增殖分裂，最终将占领天空，把整个地球完全包裹起来。果真如此的话，吞噬者就垄断了地球生态系统最根本的能量源——

太阳。届时，全球生态系统必然遭遇剧变，人类文明还能否延续都要画个问号了。

经过短短的一天一夜之后，郦逍的气质竟发生了巨大的改变，整个人都散发着强大的自信。看来，在异常事件局的帮助下，他已经唤醒了沉睡的记忆。以点连线，由线及面，跨越千年的传承，一系列事件的前因后果，终于全景般在他脑海中呈现。由他和秦晴主讲，胡炎、周宁补充，深入神识境的经历、吞噬者主脑中的信息、龙与吞噬者的关系，一切都在他们口中娓娓道来。

双方所掌握的信息一经碰撞，地球生态的真相便昭然若揭了——从未被主流科学界严肃论证过的盖亚假说，该假说认为地球就像一个超级有机体。而古人早已通过盘古开天地的神话描述了地球意识的诞生。

包括人类在内的所有生命，相对地球而言不过是一个更高层次生命体的组成部分。万物生生不息，微观生命的活动无时无刻不影响着它，但只要整体的平衡不被打破，它的意志就不会进行干预。可人类改变了这一切。随着智慧的开启，个体意识的觉醒，曾经天人感应的原始崇拜不复存在，它只能借助一代代水神勉力感化自己的子民。所以才有了大禹、邹衍、李冰和桑钦，以及郦道元、徐霞客、郦卫国和郦逍。但贪婪和杀戮永不停息，水神式微，越往后，如元悦、安禄山、史思明、魏忠贤这样的混入神识境的野心家就越多。地球病了，少数细胞无序增殖，如同癌变。与之对应的，它也有一套免疫系统和白细胞，那就是龙。于是，便有了吞噬者与龙这一对死敌。表面上看，这两个物种的冲突毫无道理可言，但究其本质，它们分别代表了地球自毁与自净的力量。

会议进行到最后，中方总指挥提议双方立即进入战备状态。频繁的袭击，突然活跃的龙族，体型远超前代的吞噬者……种种迹象表明，地球的"癌变"已经到达了一个临界点。曾有美方与会者质疑，郦逍的出现太过巧合，他会不会就是"癌变"的诱因？胡炎驳斥了这一说法，从发掘的历史资料上看，吞噬者的活跃是周期性的，这已经不是第一次了。再者，从简单的逻辑上讲，与吞噬者有关的空难、海难及各种气象灾害，早在郦逍进入神识境前就大量发生了。于是才有了"鲲鹏行动"初期那波导弹攻击。与其互相怀疑，现在人类更需要担心的是那个扛过了导弹攻击的吞噬者。它一定会展开报复，而且谁又知道会不会还有第二个、第三个吞噬者呢？人类必须尽快团结和行动起来，赶在吞噬者壮大之前，消除它们对生态系统的威胁。

这是中方总指挥第一次露面，居然是江河非常熟悉的一位首长，异常事件局亦由他直接负责。不过想想"鲲鹏行动"的重要性及牵扯的范围，这一安排也实属正常。

但北约和日本对此显然还缺乏准备，与会人员未获得授权，无法做出承诺，只能待其回国后再议。

"唉，按他们那套麻烦的决策流程，这事儿怕是得拖上一段时间了。"散会后，总指挥不无遗憾地说道。

"首长，能够促成'鲲鹏行动'就已经是巨大的胜利了。"胡炎说道。

"如果不是我们打捞到了吞噬者的主脑并解析出其中的关键信息，恐怕今天的协调会议也是开不了的。"周宁也赞同道。

"是，你们做得很好。也罢，你打你的，我打我的，我们自己先动起来吧。各位还需要继续努力。"总指挥亲切地和每一个人握手，到郦逍时，他显然看出了这个年轻人所承受的压力，用力拍了拍他的肩膀："小伙子，顶住了！"

20
幽灵航母

结束了例行的巡航任务,"加菲尔德号"航母编队掉头向西返航,"加菲尔德号"航空母舰舰长比尔·麦克福特上校百无聊赖地打了个哈欠。散心之旅结束了,这让他不太高兴。尽管舰队的基地还在横须贺,但背后实力的此消彼长早已让岛链封锁失去了意义,再回到那儿只会让他感到憋屈。再者,当前双方关系的基调是合作与共存,舰队已经很久没有执行过像样的作战任务了。因此,在不久前那场规模空前的打捞行动中,麦克福特率领着航母编队铆足了劲,抢先打捞了大部分残骸。可没等他高兴太久,参谋总部就传来消息,中国人打捞到了吞噬者的主脑并破译了其中的信息。而那只呼风唤雨的巨兽也并非死于导弹袭击。在不久前举行的协调会议上,麦克福特了解到了更多的内幕。

连导弹也杀不死它?地球具有意识和智慧?吞噬者是生态的毁灭者,而那什么……龙,是守护者?他才不信那些中国人的话呢。不过,麦克福特对那位名叫"JIANG HE"的年轻舰长印象深刻。早前的情报中,他不止一次见过此人的照片,却是第一次与对方展开面对面的对话和交流。他是个思维敏捷、不好对付的家伙,这是麦克福特得出的结论。

不知不觉间,乌云遮蔽了太阳,阴冷的海风渐渐大了起来,海浪也一浪高过一浪。放眼望去,天边隐隐有电光闪动。

"加菲尔德号"可不会在乎这些小风小浪。有那么一瞬间,麦克福特幻想自己化身为了勇闯台风之眼的哈尔西[1],比起自己枯燥乏味的海上生涯,那才是真正的职业军人应该有的体验啊。

一道淡紫色的亮光在"加菲尔德号"前方一闪而过,打断了麦克福特的胡思乱想。他揉了揉眼睛,如果是闪电的话,它似乎过于笔直了。突然,眼前一片璀璨,一个奇亮无比的光斑停在身前,散射出如皮肤皲裂般的纹路。但只短短几秒,它就停止了蔓延,接着汹涌的海风便涌了进来。他的身体,自肩往下,和舷窗玻璃一样,被完美地切割成了两半。麦克福特只闻到一股若有若无的焦煳味,并不感觉太痛。动脉暂时被封堵,但血液随即化为蒸汽在他体内爆开。哪怕到了意识消散的最后时刻,麦克福特也没弄清楚自己的敌人到底是何方神圣。

顷刻间,数十道淡紫色的辉光从天而降,罩住了"加菲尔德号"航母,时而黯淡,时而闪耀。据离"加菲尔德号"最近的护卫舰上的一名船员事后回忆,在扭曲的空气中,"加菲尔德号"就像一只被活活钉住的昆虫,微微颤动着。

"啊!"郦道猛地从噩梦中惊醒。与龙族在一起时,他们的思维是互通的,交流几乎毫无障碍。可回到人群中,他仍是那个不善言辞到有些自卑的人。这段时间,他老老实实在基地待着,周宁和胡炎不时会来找他聊上几句。聊天内容看似随意,但郦道明白,他们

---

1. 美国海军上将,在第二次世界大战中拥有极高威望,绰号"蛮牛",曾两次指挥航母战斗群开入台风眼。

所说的每一句话、每一个字都被完完整整地记录了下来,再交由专门的情报人员去反复分析。对此郦逍没有抵触,在可可西里的这几年里,他已经学会了控制情绪,担起属于自己的那份责任。眼下,他正试图在周宁面前把梦中的片段用常人能理解的语言组织起来。

"你明白我的意思吗?"郦逍急得满脸通红,"我看到了,我真的看到了!有一艘军舰被攻击了!跟青海舰差不多!"

"什么叫和青海舰差不多?它好好的啊。"周宁不解。

"不不,我的意思是,那艘军舰和青海舰很像。船上有战机、跑道,还有一个安装了烟囱的单体建筑。"郦逍连忙解释。

"那叫舰岛。你说的军舰,是航母吗?"

"应该是吧?这不重要,现在赶紧去救,还来得及!"

"这些都是在梦里看到的?你如何肯定它就是真实的呢?"

"是这样的,和龙族分开后,我的大脑还经常能和它们连通,时不时就能以它们的视角看到一些断断续续的画面。那种感觉……怎么说呢,就像看一场直播,但网络信号不稳定,画面有延时和卡顿。"郦逍好不容易才想到了一个比较贴切的比喻。

"这个倒好理解。我们分析过,由于大脑天赋的原因,你可能比一般人更能感应到强烈的脑电波。而且你已经进入过地球集体意识,也就是你说的神识境,又与龙进行了链接。就好比你曾经用密码登录过某个无线网络,等你再次接近它时,网络信号就会自动连上一样。"

"对,就是这么回事。"郦逍一拍大腿,"所以我梦到的一定是真的!不过当时的视角有些奇怪,不太像是龙……我也是第一次遇到这种情况。"

"既然如此,你还获得了其他信息吗?比如那艘航母的位置坐标?"周宁也不由得认真起来。

"其他的就没有了。"郦逍面露窘迫,但双眼仍恳切地盯着周宁,不愿放弃。

"老周,不用问了。郦逍说的是美国海军第七舰队的航母'加菲尔德号'。就在刚刚,它在关岛以西海面遭到了不明攻击。美国人的质询已经发来了,说起来有点绕,他们中一些人怀疑我们内部存在不受控制的激进派,为了破坏合作,用某种新式武器对'加菲尔德号'下了手。"实时开启并录音的骨传导耳机里,传来了胡炎的声音。

"你先休息一下。我去跟胡炎、江河、秦晴碰个面。如果还吃得消的话,就尽量仔细回忆回忆,到底是什么攻击了航母?是不是龙?"周宁镇定地点了点自己的太阳穴,说的话却让郦逍心惊。

"不可能,绝对不可能是龙!"郦逍当即反驳。

"嗯,我相信你。你一开始就说了,梦里的残影和以往龙的视角完全不同。"

"但这可能意味着更大的威胁。"周宁说着便转身离去,一步不停。

不到十分钟后,四人再次聚到一起。

"你们怎么看?"胡炎看起来累坏了,往椅子里重重一靠,仰头揉了把脸。

"美国人疯了?不要把他们自己那套政治斗争的腌臜事儿安到我们头上!在这个节骨眼儿上,我们怎么可能攻击他们的航母?'加菲尔德号'的舰长咱们刚见过,麦克福特上校,一个傲慢的鹰派。就因为这?"

"具体损失怎样?"江河问。

"整个航母战斗群只有'加菲尔德号'受到了攻击,持续时间非常短,编队的其他舰艇都来不及反应。我们的卫星也没发现异常。'加菲尔德号'没沉,但显然已经失去控制了,卫星观察到它正随海浪漂流。至于具体的伤亡情况,大概得等到我们洗清嫌疑后才能知晓了。首长已经出面稳住了美方,这是关系人类团结的大事,我们必须尽快给出结论。"胡炎不禁苦笑。

江河听罢直摇头:"只打航母?这也不符合作战原则啊!"

"但不可否认的是,我们确实是地球上唯一有这个能力的武装力量。"周宁道出了问题的关键,即使处处透着不合理,可这一点始终是没办法绕过去的。

"其实我有个猜测,江舰长,也是要特别提醒你的。"周宁突然说道,语气前所未有的凝重。

"我们排查的范围是人类的武装力量,但人类之外的呢?"

"你是说吞噬者?"胡炎被一语点醒。

"嗯。首先应该排除龙的可能性。我们对龙的研究已经持续一个多世纪了,龙虽然具备强大的攻击能力,但即使在漫长的历史中也极少与人类发生冲突。而它已知的攻击方式中,无论是肉搏式的冲撞、扑击,还是放电或吐出体内氢气引火,都不足以对航母这种体量的军舰产生威胁。要在短时间内重创航母,对于龙来说只有一种方式——自爆。目前我们掌握的情报有限,但基本可以确定'加菲尔德号'遭遇的不仅仅是爆炸这么简单。其毁伤效果大大超出了常规武器的范畴。"

"对郦逍的监测也证实了他确实还和龙保持着某种感应或联系,并且对象不是特定的。我倾向于认为,他可以选择与任何一条或是同时与几条龙连接脑电波,只是这项异能还没被他熟练掌握。但哪怕是这样,龙如果真弄出了这么大动静,也不太可能瞒过他。"秦晴补充道。

"但奇怪的是,郦逍几乎第一时间就感应到了'加菲尔德号'遇袭。当然,他一再强调这次与以往和龙的感应区别很大。现在看来,他不但能感应到龙,也能感应吞噬者。这在理论上有可能吗?秦博士。"周宁提出了自己的疑问。

"完全有可能。而且,它恰恰为我们关于地球集体意识的猜想提供了有力的证明。从理论上来说，龙和吞噬者不过是地球集体意识的一体两面，本系同源。而在生物层面，我们之前不是发现，与龙达成共生关系、充当它们外接神经的藻类，在吞噬者群落中也大量存在吗？理论和物质上的条件都满足了，现象被发现只不过是早晚的事。"秦晴肯定道。

"我明白你想提醒我什么了。"江河沉吟道，"那波导弹导致一个吞噬者舍弃了唾手可得的战利品。我们都见识过那具残骸有多庞大，如果能成功吞噬，极可能意味着巨大的蜕变。所以，逃走的那只吞噬者一定记住了人类。航母是最显眼的目标，这是一次警告。下一次，很可能就轮到青海舰了。所以如何防范是个问题，'加菲尔德号'的战例至少说明，传统的舰队防御体系对它是无效的。"

胡炎分析道："新中国成立前的案例都太久远了，找不到太多线索，但共同的特点是龙最后都选择了自爆。可见在与吞噬者的斗争中，龙未必是强势的一方。参考一些海洋生物，例如章鱼、大王乌贼的行为特征，我怀疑吞噬者主要是依靠巨大且可变色伪装的身体来裹缠猎物，进而直接生吞。不过，一九九四年，在贵阳市北郊十八公里处的都溪林场，异常事件局的前辈们在现场获得了大量第一手的物证。其中就有散布在整个林场的生物残骸，它们都属于龙。结合现场松树林成片折断以及五公里外贵阳车辆厂内火车车厢位移数十米的情况看，这次爆炸的当量相对较小，破坏主要是下沉气流到达地面时产生的辐射强风造成的。考虑当地的气象条件，当年的调查者认为，在这次战斗中，吞噬者在龙即将自爆的最后一刻将它'吐'了出来。同时通过吞吐压缩雷雨云，急速冷却空气，凝结成了大雨和冰雹，它们在下降过程中又对冷空气施加了拖曳力，最终形成了下击暴流。这股强大的气流卷着龙急速下坠，不但拉开了双方的距离，还干扰了氢气反应，使得爆炸不完全，那个吞噬者最后多半存活了下来。

"其实通过'空中怪车'事件,我想说明两点。第一,吞噬者的变形能力被我们低估了。通过变形,它可以制造出我们难以想象的灾害乃至奇观,而且其规模是和它的体型成正比的。袭击'加菲尔德号'的吞噬者可能是有史以来最大的个体,有足够多的手段完成致命一击,只是我们还没猜到具体方法。第二,越是进入近现代,龙与吞噬者的强弱之势逆转得就越明显。这多半与地球生态的恶化有关。人类是造成这一切的元凶,但龙族已经庇佑了我们太久,以后恐怕只能靠我们自己了。"

"天啊!"江河和秦晴异口同声,彼此交换着震惊的眼神。反观周宁和胡炎,他们在异常事件局接触到了太多惊天秘密,早已锻炼得处变不惊了。

"现阶段我们必须两条腿走路。首长会继续与美方沟通,整件事疑点太多,应该还有一些转圜余地。我负责跟进,随时和大家同步最新情报。另外,秦博士,'夺舍'最近的运行状态如何?"胡炎话锋一转。

"一切正常。吞噬者主脑的解析工作已经完成了,目前都是些日常的运维工作,压力不大。"秦晴答道。

"很好,你准备一下,我们近期要对它进行一次改造。"

"什么改造?"秦晴不明所以。

"'夺舍'诞生于人脑,又在吞噬者主脑中得到了应用。现在我们有了郦道,如果将二者结合,他感应的稳定性和准确度必定会得到大幅提升。这或许会是我们仅有的先机。"胡炎说明道。

"技术上倒不难,可是……功率放大这么多倍后,郦道的大脑能扛得住吗?大概率,我们得到的不是什么先知,而是一个疯子或植物人。"秦晴当即反对。

"局势已经很严峻了。航母、客机……都时刻处在未知的威胁下,我们得对海军官兵和无辜群众的生命负责,有些险必须得冒。

我相信江舰长也会理解我的做法。"胡炎望向江河，对方点头表示赞同。

这下秦晴也没什么可争辩的了，她从未忘记自己的身份——军人，而军人以服从命令为天职。

"放心，我们一定会客观地将利弊及风险告知郦逍，尊重他的个人选择。"周宁声音有些发闷，起身就走。

原来周宁也不是永远冷静和克制的，秦晴想。她与江河先后离开，只留下胡炎一人，独自思考，独自承受。

周宁回到郦逍舱房时，他正仰躺着泡在满是冰水的浴缸里冥思苦想。据郦逍自己说，他曾经做过多番尝试以提升感应能力，而这是最简易、效果也最好的方式。尽管周宁刻意地没发出声响，但当他经过时，郦逍还是瞬间清醒了过来。

该怎么跟他说？周宁来回踱步，心中总有一丝不忍。

"周宁，我同意你们的计划。请尽快安排我接入'夺舍'吧。"郦逍缓缓坐起，平静地说道。

"你都知道了？"周宁吃了一惊。郦逍太重要了，也太特殊了，像他这种接入其他智能意识的案例，在异常事件局的调查历史中可谓绝无仅有。经过一系列检查，胡炎和局里其他专家认为，短期内，这应该不会对他的身体造成伤害，但更令人担忧的是心理方面的冲击。毕竟，意识是个极为复杂和微妙的系统，仅仅是个体自身都可能产生无法逆转的紊乱。为此，周宁一直避免给他施加太大压力，局里的指示，很多时候都先经由自己和胡炎斟酌后再转述给郦逍。启用"夺舍"的想法明明是胡炎刚提出的，连自己和江河、秦晴事先都毫不知情，郦逍怎么会知道？

好似窥见了周宁的疑惑，郦逍学着他的样子点了点太阳穴："别忘了，人类的大脑也是会产生脑电波的，只不过比龙和吞噬者弱很多罢了。"

"原来如此！周宁顿觉悚然。从郦逍受到保护以来，无论是他，还是胡炎和自己，都在有意无意地强化他的感应能力。现在效果凸显，可能所有人的所思所想在郦逍眼里都是透明的了，也不知这是福是祸。

"那么，你也一定明白其中的风险，真的考虑清楚了吗？"周宁没忘记自己的承诺，跟郦逍确认道。

"嗯，我决定了。在传承的记忆中，我看到了郦道元为国赴难，看到了徐霞客走遍千山万水，也看到了祖父……他至死无悔。我原本放弃了自己，是保护区的人把我给救回来的。现在，轮到我来保护其他人了。"郦逍轻声答道，语气坚定，没有一丝迟疑。

这一瞬，连阅尽人世沧桑的周宁都被郦逍的从容打动了，不自觉地松了口气，他知道，无须再强调了，这就是郦逍发自内心、不可动摇的答案。

周宁所不知道的是，郦逍感应的范围已经大大超出了他的想象。除了感知青海舰上几人的思维外，他还心系着远方的另一个人。因为航母基地管制颇多，自打到这儿后，郦逍就再没同她联络过。穿越密集的意识乱流后，在那片人烟稀少的高原，信息也变得如山间小溪一般，并不汹涌，而是清澈透亮。很快，郦逍就分辨出了要找的那条，其中的星星点点正是他自己的影子。

"卓玛，我很想你，也很想大家。"进入集体意识的洪流后，郦逍一直是以一个旁观者的身份存在的，这是他第一次主动发出信息，并不奢望能得到回应。但溪流明显受到了某种扰动，像电弧一样扭曲起来，越发明亮。

"郦逍，是你吗？"脑海中传来那个让他牵挂已久的声音。

"卓玛！是我，没想到真的可以找到你！"抑制不住内心的激动，郦逍立即回应。

"这不是做梦吧？我正在想你，你就出现了。"

兴奋不已的郦逍平复了一下心情,又花了一些时间向卓玛解释了自己当前的处境。出于保密的需要,很多细节郦逍讲得很模糊,但他相信,卓玛与其他人不同,她是雪域高原的女儿,对世界自有一番独特的感悟。天父地母,万物有灵,这本就是在她所成长的环境中流传了千百年的观念。

果然,卓玛用对待朋友的态度淡定地接受了发生在郦逍身上的巨变。只要确认郦逍平安就好,那些技术细节上的事,在她看来并无深究的必要。

"你失踪以后,老杨很自责,带着我们找了好一阵,但所有人都知道在无人区这意味着什么,慢慢大家也不抱希望了。有人说,这是你把欠索南的命还回去了。可我不这么想,索南大哥肯定也不会这么想。从他救起你的那一刻起,你就和以前的你不一样了,生命的意义从来不是交换,而是成长。小时候爸爸在时,他经常带我去野外。他告诉我天上的每一颗星星都是我们逝去的亲人、朋友,他们舍不得离开,会永远守着我们……现在我就在看星星呢,爸爸、索南大哥,我好想他们。但你还在,我就很开心啦。"

若非两人正相隔千里以意念相通,郦逍怕是早已泪流满面了。他也不舍,但有些选择必须做。

"卓玛,现在我要去挽救很多人的生命。但有些危险……如果出现意外,我可能就没法回去找你了,我会变成天上的星星。"

"如果这是你的责任,就不要犹豫。无论结果如何,我都会在可可西里等你。"

脑电波的直接交流赋予了郦逍某种类似于通感的能力。简单的一句话,千回百转,包含了太多感情,他都完完整整地感受到了。这一刻,父辈陨落的人生,因救自己而死的索南,全部的枷锁终于卸下,郦逍与自己达成了和解,他也知道未来该怎么做了。

三天后,两个好消息同时传来。一方面,持续不断的外交斡旋终于取得了成果，美方掌握的线索显然也排除了中方袭击的可能，他们发来了"加菲尔德号"遭受攻击后的救援影像，以及附近舰只少数目击者的证词。另一方面，"夺舍"已经完成了升级改造，郦逍身体的各项指标也一切正常，只待胡炎拍板，连接就可以随时开始。

作为航母舰长，江河虽然参与了异常事件局主导的行动，但他毕竟还有许多指挥和训练的工作要做。胡炎拿到视频影像后，便迫不及待地喊来周宁和秦晴一同观看了起来。至于郦逍就不必通知了，他的能力大家已经很了解了，可以说，整个青岛舰上的人都是他的耳目。他们听到的、看到的，乃至一切所思所想，郦逍都会第一时间知晓。

等江河赶到时，三人已经耐着性子听完了目击者们的讲述。因为超出日常的认知太多，目击者的叙述就像一个黏糊糊的噩梦，游离而冗长，让人完全抓不到重点。就在这时，救援队视角拍摄的视频开始播放了。四个人目不转睛地看着，紧张得说不出一句话。

江河一眼看出，镜头来自无人机，它从低矮的救援船上起飞，垂直爬升。"加菲尔德号"的船舷就像倒悬的山峰一般横亘在它前方。直到越过山巅……错落有致的战机、舰炮和导弹，迎接这小小信使的不是奥林匹斯山上威仪四方的众神，而是地狱般的屠杀现场。

镜头好似受惊的瞳孔般猛地一颤，后台的飞手发现了异常，旋即抬升了无人机的高度，俯瞰全局。以海面为背景，铅灰色的甲板上纵横交错着无数条分割线，如同一个不规则的棋盘。可怕的是，疯狂中又透着绝对的理性，每一条分割线都近乎平直。它们从停放的F-57机队中穿过，把这些锋锐的武器像烤鸭一样细细片开，再整齐地码在一起。不少分割线的周边散落着星星点点的暗红色印迹，乍一看就像宴席中掉落在纯白桌布上的油渍。但当镜头拉近，那竟是一具具碎裂的人体。再往远看，舰岛也被削去了一大半……

这恐怖的画面静止了数十秒后，多米诺骨牌终于被推倒了。伴随着吱啦吱啦的金属摩擦声,分割线越来越宽,变成了一道道深不见底的裂缝,里面冒出黑烟和火花。原本浑然一体的甲板终于支撑不住,像浪花一样此起彼伏地波动起来,最后在腾起的烟尘中归于死寂。看来,虽然甲板已经坍塌了,但"加菲尔德号"的整体结构,特别是最重要的龙骨,依旧是完好的,短时间内还不会有沉没的风险。就这样,它成了人类航海史上最大的一艘幽灵船,也是唯一一艘幽灵航母。

"应该有不少生还者吧?"咽喉仿佛被无形的绞索缠住了,江河嘶吼着问。山雨欲来,他不禁去想,如果遭受攻击的是青海舰,自己该如何应对?

"根据美方通报的结果,'加菲尔德号'核载五千余人,包括航空兵部队、舰载机飞行员、海军陆战队等。本次袭击中,自舰长比尔·麦克福特上校以下近两千人罹难,另有数百人被掩埋在垮塌的舱室内,暂列为失踪人员。幸存者主要集中在底层舱室。'加菲尔德号'船体损伤的结果表明,未知攻击切割了上层甲板和舱室,引起了小规模的爆炸和火灾,只是未曾穿透底层结构。值得庆幸的是,核反应堆未受波及,没有产生任何泄漏。但无论如何,人员伤亡过半,舰载机全军覆没,'加菲尔德号'已经完全丧失了战斗力。"胡炎手中攥着报告,神情前所未见的凝重。

"更严重的问题是,不管是美国人还是我们,到目前为止都没弄清楚攻击是如何发生的。这样的话,谈何防范下次攻击?"周宁表达了与江河同样的忧虑。

"只能靠郦逍了。"秦晴低声道,没再继续说下去。但所有人都明白她话里的意思。

"老周,走吧。咱俩去找郦逍。秦晴,你留下来调试'夺舍'。没想到,这么快就要走到这一步了。"胡炎叹道,又看了一眼江河,"江舰长,一切小心。"

如周宁所料，等他们到达时，郦逍已经准备好了。他洗了头，刮了胡子，整个人看上去清爽了不少，轻松得像是要来一场说走就走的旅行。

"周宁，等这件事结束后，帮我把这个转交给我在可可西里保护区的朋友卓玛。"临走前，郦逍从抽屉中取出一个信封，似乎早就写好了。

"为什么不自己给她？"周宁有些错愕，但很快反应过来，心中又多了一分歉疚和敬意。

直到躺上特制的座椅，浑身上下特别是头部连上大量导线，郦逍仍是沉着淡定的。从最初接触他时起，周宁就通过各种手段详细了解了郦逍的过往。再加上近一段时间的相处，周宁自认为已经很了解他了。但最近，他不断刷新着周宁固有的认知。或许，他是真的想通了，放下了吧。

"能把'夺舍'挪到我面前吗？"郦逍突然问。

"什么事儿总要面对面地沟通才好。"他自言自语道。

"好。"秦晴无奈地摇头，对于一个能侵入自己大脑的机器，任何人都应该有本能的戒备吧？谁知郦逍却反其道而行之，这到底是莽撞还是勇敢？她也不知道。

"深呼吸，一会儿可能会有眩晕和恶心的感觉，注意放松。"秦晴边说边看向一旁站着的胡炎，只见他郑重地点了点头。

"准备好了吗？好……开始。"秦晴心情复杂地按下了启动键。

电力一级级开通，"夺舍"缓缓亮起了红光，导线连接的各类仪表也开始产生数据。闪烁的"夺舍"像一个独眼巨人，郦逍努力将自己的思维发散开来，静候着它的诱惑。念头刚起，无数斑斓的色块涌入了大脑，它们碰撞、融合，渐渐旋转，越来越快，最后如旋涡一般把郦逍吸了进去……

21
天基切割机

在所有人紧张地注视下,郦逍缓缓闭上了眼睛,眼珠却越发剧烈地转动起来。他正在进入随时可能吞没自己的异世界。

"接入进度30%、45%、70%……"秦晴轻声默念着,攥紧的手心止不住地冒汗。所有仪器设备都有专人盯守,此外还有数名医生守在郦逍身边,严阵以待。

"100%,接入成功!"秦晴极力抑制着情绪的波动,通报着最后关口的突破。

"心率70、100、140、190,升得太快了!"还没来得及高兴,一名医生焦急地喊道。

"呼吸频率也在飙升!"

"脑电波紊乱,存在大量异常放电!"

警报声此起彼伏,但作为高度保密的军事项目,现场只要没有上级下令,谁也不敢擅自行动。

"心率已经220了,情况不妙!"那名医生忍不住警告道。

"准备盐酸维拉帕米[1]推注！"救人心切的秦晴做出了决定。

"再等等。"胡炎沉着脸，制止了众人。

"老胡，你疯了！"周宁一把揪住胡炎的衣领，厉声道。

"老周，这么多年了，你是知道我的。信我这一次！也给郦逍一点信心！"胡炎的语气极为克制，眼睛却紧盯着跳动的各项指针。

郦逍急促的呼吸像秒表一样叩击着在场每一个人的心。肉眼可见的，他的身体极度紧绷，手臂和额头上都凸起了青筋。这是一场身体与精神的双重考验，没人知道他面对的是什么，也无人能施以援手。

"降了！降下来了！"医生激动地大喊，但很快又脸色一变，"血压也在掉，但是太快了！有呼吸衰竭的迹象！"

"上肾上腺素。"这次胡炎没有丝毫迟疑，果断地下了命令。

周宁扭过头，用看陌生人似的眼神瞪着胡炎。

"'夺舍'放大了郦逍的感应能力，他的大脑和身体要尽可能地维持兴奋状态才能与之适配。刚刚是他挖掘自身潜能，接纳海量信息冲击的过程，我们不能干预。但现在身体的保护机制被触发了，就像强制关机，当然需要我们再逼他一把。"胡炎承认。

"可他是人，不是机器！"周宁竭力压抑着自己的怒火。

"是，但我需要把自己变成机器。"胡炎很坦诚，没有要为自己辩解的意思。

好在郦逍的各项生理指标终于稳定了下来，"夺舍"也开始解析传回的数据，这意味着郦逍已经恢复了意识，开始执行任务。众人爆发出一阵欢呼，暂时缓解了胡、周这一对老搭档之间剑拔弩张的情绪。

这次测试持续了三个小时。尽管各项指标正常，但秦晴心里没

---

[1] 常用于阵发性室上性心动过速，也用于心绞痛、高血压和肥厚型梗阻性心肌病。

底,一度想主动切断郦逍和"夺舍"的连接,谁知郦逍竟适时地苏醒了过来,自行下线。这绝对是个好现象,说明郦逍不但未在纷乱的意识洪流中丧失自我,某种程度上还占据着主动。

"你感觉如何?有没有什么不舒服的地方?"秦晴急忙问。

"一切都好,'夺舍'的功能果然强大,我感应到了许多以前没有的东西。"郦逍状态不错,流畅地说出了众人最关心的问题。

"要不要先休息一下?"秦晴仍不放心。

"没关系,没关系。"郦逍脸上呈现醉酒般的潮红,但精神还不错,他摆摆手,挣脱了过来搀扶的医护人员,自己坐下,梦呓似的低语着:"我看到了龙……成百上千条龙。整个地球上残存的龙族全部出动了,聚集在大海深处。这次,它们面对的敌人前所未有地强大。"

"它们的敌人……是吞噬者吗?"胡炎问。

"当然,龙和吞噬者自古以来就是势不两立的仇敌。但……呵呵,龙族内部对于我们人类的看法并不统一。"郦逍面露难色。

"为什么呢?"周宁不解。

"龙族的埋骨地龙冢位于青藏高原三江源地下,那里发达的地下水系构筑了它们如今最大的栖息地。依托水神传承,这支龙族与人类的接触一直持续到近现代。虽然这种联系已接近中断,但它们对人类的态度依然是亲近的,也因为这样,才有了现在的我。但那些散布在世界其他角落的个体就不一样了,它们的身体脱离了种群,连精神也与地球集体意识若即若离。在它们看来,论起对生态系统的破坏,人类并不逊于吞噬者。"

"郦逍,请一定向龙族传达我们的善意。人类做错过很多事,但绝不是龙族的敌人,也永远不会放弃自己的家园!"周宁抓住郦逍的肩膀,用力摇了摇。

"好……"谁承想,郦逍刚说完这一个字,身子竟慢慢软倒。

"郦逍，你怎么了？医生，医生！"周宁大惊失色，赶忙招呼医生，心里不住地懊悔，都怪自己太急了！

好在医护人员早已在现场待命，各类设施也齐全，医生很快便做完了检查。

"不要紧，就是太累，脱力了。血糖有些低，补充点葡萄糖和电解质，不要做剧烈运动，休息一阵就好了。"医生飞快地说完，和众人一起松了口气。

"这几天我们都别去打扰郦逍了。"试验结束后，胡炎说道。

周宁和秦晴不约而同地对视一眼，都对胡炎的态度转变感到意外。但胡炎并没有多做解释，说完便转身离开了。

看着胡炎的背影，周宁忽然意识到，直到这次任务前，他们这对老搭档已经有好几年时间没见了。虽然不太愿意承认，但从自己调到西北局之后，两人实际上就渐行渐远。西北局所辖地域偏远艰苦，却隐藏了无数有待探索的秘密，倒很适合大展拳脚。华北局生活条件较好，但包含京畿要地等人口稠密区，牵一发而动全身，工作开展就必须顾全大局、小心谨慎。不知这些年胡炎到底经历了什么，又独自承担了多少事儿。人终究抵不过时间和环境的改变，或许他们再也找不回昔日那份默契了。想到这儿，周宁莫名地感到一丝怅惘。

第二天，郦逍悠悠转醒。甫一清醒，他便立即要求再次连接"夺舍"。秦晴和周宁可不会由着他，更何况胡炎都默许了，他们又怎么能让郦逍去冒险呢？于是给他安排了个强制休假。

整整一周，郦逍每天的作息和饮食都有专人负责。习惯了永不停步的他整日无所事事，吞噬者的威胁又像一柄利剑一样悬在心头，感觉度日如年。周宁和秦晴见他状态不错，身体各项指标也与连接"夺舍"的要求十分契合，在请示后，胡炎总算批准了第二次试验。

连接前，郦逍向一脸严肃的秦晴和周宁比了个胜利的手势，逗得两人哑然失笑。他真的变了。曾经痴迷于徒步穿越的郦逍有过太多茫然无措的时候,但现在的他终于找对了方向,他坚信自己可以一直走下去。

这次连接进行得非常顺利,之前的"排异反应"完全没有出现。从"夺舍"实时读写的数据看,郦逍只一瞬间便进入了地球集体意识,又以相当快的速度联系上了龙族,之后便开始了对吞噬者的搜寻。半小时后,连接被郦逍主动断开。下线后,他记忆清晰,思维敏捷,看来已经完全适应了成倍放大的感应。他的身体里到底还蕴藏着多大的潜能?胡炎一时有些恍惚,或许郦逍已经脱离了"人"的范畴,而向"神"迈进了。

郦逍有些失望地告诉几人,对"加菲尔德号"遇袭的成功感应可能只是一次偶然。他已经尽力搜索,却没有发现一丁点儿吞噬者的踪迹。而龙族告诉他,吞噬者的身体虽然庞大,但极其善于隐藏,只有在骤起发难时才会释放出强烈的脑电波。历史上,即使同样以脑电波为交流手段,感应灵敏的龙族也曾多次被它伏击吞噬。

对于郦逍的说法,胡炎思考片刻后表示了赞同,这与对吞噬者残骸的研究结果是相符的。从生物进化的角度上说,龙基本已经达到了兼顾运动能力的体形极限。大个体的龙与成年蓝鲸体形相仿,但吞噬者的体积足以比肩许多岛屿,二者完全不在一个数量级。虽然构成吞噬者群落的气凝胶结构赋予了它极高的躯体强度和相对极轻的质量,但它的运动速度总归是迟缓的。这也解释了它为何倾向于设伏捕食,因为过于频繁的剧烈运动和变形对它也许是致命的——群落将在自重和风阻的影响下解体。并且,基于降低能量消耗的考虑,吞噬者群落的高级神经中枢,例如主脑和副脑,大部分时间可能都处于休眠状态。只需要依靠低级神经中枢在平流层中维持躯体的舒展姿态以便飘浮,同时利用群落内的藻类进行光合作用,不断生成富能有机物即可。所以它极难被脑电波探查发现,这对躲避龙的猎杀也有积极意义，不排除是长期在龙的攻击威胁下进化出的一种生存策略。原本，人们还能通过LWAIS搜寻异常气象干扰源，从而追踪到吞噬者，但遭遇导弹袭击后，吞噬者明显改变了策略。它们很可能变化了身体形态，也不再主动干扰天气，就像变色龙一样把自己藏了起来。所以现在即使在LWAIS的监测下，它们可能也和一大片云彩没什么区别。

"不过，对于这两个物种的关系……当吞噬者群落增长的体积和龙族减少的数量的比值超过一个临界点后，形势必然发生逆转。从我们的调查来看，这个临界点早在明末就被突破了。"胡炎面沉如水，但随即又挤出一丝笑意，"至少有个好消息，青海舰暂时是安全的。攻击'加菲尔德号'的吞噬者起码还要冷却一段时间。"

众人的情绪在胡炎的洞见中渐渐平复。现在，他们放下了人类主宰地球的傲慢，也战胜了面对未知的恐惧。在困境中保持乐观，一直是这支军队的优良传统。周宁无法想象，从当初那名纯粹的学者走到今天，胡炎经受了多少考验。隔着会议桌，两人目光交错，对于彼此的认可和支持尽在不言中。原来，即使一东一西，但遍阅九州山河，他们的默契仍在。

"我要再试一次！我想到了一个新思路。"郦逍突然冒出一句。

"身体能承受住吗？"胡炎对郦逍安全的担忧发自真心，但同时，他又隐隐有一种强烈的期待。

"没问题。"郦逍态度温和，行动上却丝毫不见犹疑。

这次，没人再提反对意见了。

郦逍轻车熟路地上了躺椅，深吸一口气，他和胡炎有同样的感觉。

龙是通过脑电波交流的生物，并以此追踪了吞噬者上万年，那么它们对吞噬者的感知和经验就绝非自己一个人类新手可比。既然如此，何不调动龙族的力量？这是刚刚胡炎带给他的启发。

一念万里，沉寂在深海中的龙族逐渐苏醒和活跃起来。事实证明，神识的选择没有错，那个年轻人觉醒的能力让它们惊喜。更何况，囿于语言和文字这类低效沟通方式中的人类尚可为了共同的目标而努力，心有灵犀的它们还有什么好争论的呢？去吧，最后的遗孤，为地球的明天而战吧。

上穷碧落下黄泉，数千年来第一次聚集起来的龙族再度奔向地球的每一个角落。以往，郦道都是被动地接受龙给予自己的信息，但从这一刻起，他成长为一名真正的御龙者。

经过短暂的适应，郦道越发游刃有余。这一天他连续进行了三次接入，时间从最初的半小时、两小时，一直持续到创纪录的五小时。最后一次接入时，他已经能做到一心两用，在不下线的情况下保留一部分本体意识，向守在身边的胡炎等人直接通报龙族在全球范围内获取的情报。借助"夺舍"的加持，郦道事实上成了人类与龙族沟通的桥梁。人类面临突发状况时的反应速度由此获得了质的飞跃。

"在最近几十年里，只有察打一体[1]和蜂群无人机对战争态势产生过类似颠覆性的影响。"目睹这一切后，江河私下对胡炎说。

胡炎当然明白江河指的是什么，作为身处一线的指战员，他的直觉不会有错。国际局势波谲云诡，双方在力量平衡中延续数十年的合作互信会不会因此而改变？是否意味着新一轮的紧张和冲突即将到来？胡炎也难言乐观。但眼下还有更迫切的危机需要人类去应对，只希望经过它的洗礼，人类文明不仅在物质上，而且在精神上也能获得一次升华吧。

出乎所有人的意料，对吞噬者的搜索工作并没有立即取得进展。如同神话传说一般，这硕大无朋的空中群落就好像突然降临到人类

---

1. 指武器系统或平台能够同时具备侦察和打击功能。

世界，又在顷刻间消失得无影无踪，好像从来就没有"来"过一样。

只有一两次，最强壮的龙群在经过雷雨云时嗅到了一丝吞噬者的危险气息。对于其他生物而言，雷雨云无疑是生命的禁区，但龙不一样。它们通过电解水获得的宝贵氢气提供升力，但自身放电的效率太低，极少数的优秀个体会通过进入雷雨云中触雷的方式快速补充氢气，以维持长时间的飞行。当然，盗取天火不是那么容易的，汹涌的雷电能量让龙短暂处于"断连""失能"的状态，这是龙最脆弱，也最容易遭到吞噬者偷袭的时刻。可龙族天性中的骄傲不允许它们退缩，这几条龙相继钻入了雷雨云，甚至在氢气还有富余的情况下主动触雷。但即使它们以身为饵，吞噬者仍未出现。雷雨云消散后，一切痕迹都不复存在了，唯一能肯定的是，确实有吞噬者曾在此处停留。

在分析这条唯一的线索时，所谓"吞噬者的气息"一直让胡炎和周宁无法理解。它显然有别于脑电波，但龙族没有语言，它们知道那是什么，却无法通过郦逍表述出来。

这是所有人都没想到的状况。郦逍的作用太大，以至于大家忽略了人类与龙族这两种智慧生物在进化之路上早已选择了截然不同的方向。最后还是秦晴想出了一个折中的办法。她设计了多组问题，其限定条件是龙和人类都能理解的简单概念，比如水、空气和电。再通过限定条件的组合变换，不断缩小集合，最终逼近包含复杂概念的答案。像上面的例子，就可以推导出氧气和氢气。就这样，通过几天的反复尝试，几人逐渐摸索出了几个高频相关的限制条件。

"我知道了！"再次试验时，郦逍突然喊道，"是二氧化碳！"

"你确定？"秦晴设想了许多种可能，却没料到答案竟是一种如此常见的物质。

"没错。通过一系列的问题可以推测出，它毫无疑问是一种气体，于人类而言无色无味，却能被龙所感知。它大量存在于空气中，但又不同于氧气,不会在吞噬者潜伏飘行时大量产生。这意味着,它可能是吞噬者某种特殊反应的产物,而不是日常进行的光合作用,因此才难以发现。"

"这样一来,答案就呼之欲出了。"郦逍仍连接着"夺舍",一面接收着潮水般涌来的信息,一面思路清晰地和几人讨论着。

这超现实的一幕让秦晴一时间有些恍惚,思维也莫名地出现卡壳:"可是我们以往怎么没发现呢?龙提到那是一种特殊的气息,但二氧化碳在空气中明明无处不在啊!"

"撇开剂量谈检测是没有意义的。要验证这个推论,需要全天候、全球无死角的气候监测系统。得靠美国人的LWAIS才行,老胡,能搞定LWAIS的光谱数据吗?我想查查二氧化碳的浓度变化。"周宁问道。

一语惊醒梦中人,胡炎瞬间懂了,当着几人的面就拨通了电话。

"首长,我明白难度很大。请您尽力协调。"胡炎挂断了电话,一言不发,几人也默契地不插话。过了快一个小时,电话响起,只听胡炎答了一句:"好,我马上当面向您汇报。"

"我现在就要去趟北京。下午,最迟今晚,一定回来。替我照看好大家。"胡炎对周宁说道。

"怎么,有麻烦?"周宁问。

"没什么,美国人对开放LWAIS核心系统数据有所保留。这是我们早就预料到的事。想办法去解决就好了。"

周宁把胡炎送上军机,回来后,发现大家都有些茫然无措。胡炎啊胡炎,你已经是这支队伍的主心骨了,一定要给我们带来好消息啊!周宁在心中默念,索性让这几人先回去休息。可大家都没这个心思,就这么待在一起,互相传递着焦虑,但也彼此依靠。

临近黄昏时,胡炎终于在所有人的期盼中赶了回来。他语态轻松,看不出一丝疲惫,周宁把他拉到走廊转角,低声说:"辛苦了,这一趟不容易吧？"

"唉……"同样只有在老搭档面前，胡炎才敢露出自己真实的情绪。他眉头紧锁，抿着嘴角，又因为背光，仿佛一下子老了十几岁。

"老周，我这次可是背了军令状回来的。"他苦笑道。

"什么军令状？"周宁一愣。

"美国人同意开放LWAIS的核心权限给我们，但要价很高。郦道和'夺舍'的最新进展是我们的底牌，总参认为不宜轻易亮出来。但我始终认为，突破口就在这儿。"

"最后我的意见起了作用，后面技术交换的具体细节我没资格参与了，但既然走到了这一步，不取得点儿成果是说不过去的。总参那边，我做了保证。"

"不过这些和其他人没关系，是我一个人的责任。你要替我保密，免得影响大家的心态。"说到最后，胡炎还不忘叮嘱周宁。

"如果这是我们的责任，就不要犹豫。"周宁说道，"这是郦道告诉我的。也许他们不如你聪明，不如你想得长远，但他们并不像你想象得那样脆弱。我们必须互相信任，因为我们是同一个战壕里的战友。"周宁在这时反倒成了胡炎的精神支柱。

"好！我马上把LWAIS的结果告诉大家。看试手，补天裂！"颓丧的情绪只在胡炎身上停留了一小会儿，他再次变回了那个永不退缩的精神领袖。

两人一前一后踏入船舱，胡炎看了看身边的周宁，后者点了点头。

"同志们，通过总参，我们获得了美国LWAIS的数据和核心系统权限。现在，我们需要先验证之前周宁提到的光谱数据。"随行的几名技术员迅速完成了设备安装，将其连接到了用于分析"夺舍"数据的大型计算机上。调试片刻后，示意胡炎可以开始了。

"要是结果和我们猜想的一样，那么我们就很可能找到了另一种搜寻吞噬者的方法。"他说完，按下了绿色的启动键。

很快，电子作战屏上就显示出了大大小小的色块，它们像俄罗斯方块一样不断变化形状，忽明忽暗，模拟着变幻莫测的大气气象。

胡炎报出一个坐标，正是龙族发现吞噬者气息的位置，又调整到相应的时间，色彩纷呈的屏幕慢慢凸显出了一小块明亮的光斑。接着，他又在同样的坐标位置，选取了不同时间，但光斑再也没出现。

"我把二氧化碳设置为这次搜索的主要标志物。考虑到它在大气中无处不在，利用光谱数据，我们可以区分出它们的浓度。也就是说，刚刚的光斑反映了高浓度富集的二氧化碳。"

"老胡，调到'加菲尔德号'遭受攻击的位置和时间！"看到这个结果，周宁心中一阵激动，只需要再验证一次就能说明问题了！他立即催促道。

"嗯。"胡炎也想到了这层，飞快地输入了早已熟记的参数。

仅仅沉寂了几秒，光斑就如同病毒复制一般爆发了，很快便占满了整面作战屏。刺眼的亮光连成一片，让人有些无法直视。

"是高浓度的二氧化碳没错了，而且范围很大。"胡炎关掉作战屏电源，明晃晃的舱室瞬间黯淡了下来。但几人一时间还处于愣怔的状态，仿佛那些光斑如同活物一般，仍停留在上面推挤、扭动着。

"看来，我们可以把高浓度的二氧化碳作为一个重要标志物引入识别吞噬者的LWAIS模型中了。并且，在吞噬者发动攻击前，高浓度二氧化碳的体积还会骤然剧增。其中有什么关联暂时还不清楚，但一定是个非常危险的信号。"周宁有着不逊于胡炎的冷静，当其他人还在消化眼前信息时，他已经考虑到了下一步。

"胡老师！"周宁的话让秦晴突然回想起了什么，"还记得吞噬者残骸中含量极高的胺类物质吗？"

"当然，那味儿实在太上头了。等等，你是说……"

"工业上，就有以胺液吸收空气中的二氧化碳，再加热释放后通过冷凝去除水蒸气，从而获得高纯度二氧化碳的工艺！"秦晴急忙道。

"这说明，高纯度的二氧化碳不是普通的代谢物，而是吞噬者主动生成的。它一定是吞噬者发起攻击的必要条件！"

胡炎完全没想到，他们竟这么快就取得了突破。现在他相信周宁是对的了，当大家团结在一起时，奇迹是会发生的。此时，他们离揭开"加菲尔德号"遇袭的真相只剩薄薄的一层窗户纸了。

"不如我们出去透透气吧。"从胡炎回来起，江河就没说话，一直在埋头研究"加菲尔德号"的遇袭报告，特别是将它受损的甲板照片不断定格放大，反复比对。看来他已经有了一些新想法，但思路纷繁凌乱，还需要换个环境好好梳理一下。

反复接入"夺舍"对郦逍的精力损耗很大。况且在一定范围内，所有人的思维都能被他实时感知，所以当郦逍提出要回房休息时，胡炎也没勉强。他的思维上天下海，身体却越来越深居简出。胡炎和周宁都明显地感觉到他的行为渐渐沾染上了龙的习性。

于是，胡炎、周宁、秦晴、江河四人，难得地离开了军港，在太阳落山之际来到了青岛山下。青岛多山，也多公园。崂山山脉自东向西，延伸至胶州湾畔，在市区内形成十山头公园，青岛山便是其中之一。这时公园已经闭园，游人散去，胡炎出示证件后，一行人才得以上山。恰好，他们正需要这份远离人群的宁静。

青岛山不高，但一面俯瞰内陆平原，一面扼守海湾，地理位置十分险要。清末时，章高元曾在山体西南坡设置兵营布防，后德国强占胶州湾，以时任"铁血宰相"之名将其改为"俾斯麦山"，又在山南修建了两座永久性炮台，即"俾斯麦炮台"。这也是他们此行的第一个目的地。

几人都是接受过军事训练的年轻人，在山路上健步如飞，很快就到达了炮台遗址。曾经的克虏伯大炮已不复存在，只留下黝黑的钢制炮座。

"第一次世界大战末期,日本对德国宣战,联合英军以数倍兵力包围青岛,迫使德国殖民军投降。投降前,德国人炸毁了炮台。"江河与青海舰长期驻扎青岛,算得上半个"土著",虽然在岸上的时间不多,却熟知这段历史。

"是啊,炮台被炸毁了,但水泥炮室和深入花岗岩山体的掩蔽部分是完好的。极有可能,当年德国人解剖那条坠落的龙,就是在这里进行的。"胡炎出神地说道。

如果说江河、秦晴了解的是历史呈现给普罗大众的明面,那胡炎和周宁求索的就是它不为人知的暗面了。便如天下水脉,除了日益喧嚣的地表江河外,还同时存在潜藏着龙族的地下暗河。一明一暗,繁华与隐秘,这才构成了这个真实而庞杂的世界。

天渐渐黑了下来,他们继续向山顶走去。一路无言,几人各自沉思,周宁领头,江河却出乎意料地落在了最后。山顶建有一座凉亭,他们径直走入亭中坐下,几分钟后,江河的身影终于出现,大家都长舒了一口气。夜行青岛山当然不至于让他们感到疲惫,但人类是否做好了迎接真相的准备?每个人心里都没底。

"其实我早该想到的。从看到无人机拍摄的'加菲尔德号'遭受攻击后的影像起,我就有一种莫名的熟悉感,却始终想不起它的源头在哪里。直到不久前,我们用大面积的电子作战屏演示了LWAIS的运算结果……这东西,我在兵棋推演、部署演习和作战计划时常常用到。"江河说着,仰头望天,一道红色的光束随之从他掌中出现,笔直地射入夜空——是激光笔。正如江河所说,它和电子作战屏都是日常要用到的工具,他身上总备着一支。

"在青岛舰上,也有这样一支激光笔。我反复比照过了,'加菲尔德号'上有大量高温烧融的痕迹。"江河冷笑道。

"舰载激光武器系统?"周宁惊道,"可是……"

"我也有过疑问。青海舰上的高能激光武器,主要用于拦截导弹、蜂群无人机和自杀式无人艇。虽然最大功率达到了兆瓦级,射程超过二十公里,但基本是靠烧毁敌方电子元器件来实现防御的。以现有的技术,它对大型水面舰艇尚不具备杀伤力。因此,当前各国激光武器的研究方向也是以防御及干扰为主。要达到像科幻电影中那样所见即摧毁的效果,还有很漫长的路要走。"说到这儿,江河顿了顿,如同最后确认一般,接着抛出了自己的结论,"但我记得,胡炎说过,吞噬者的变形能力可能超出我们的想象。它们体积庞大,曾在雷雨云中留下踪迹。但我们的想象力还是太局限了,假如,某个吞噬者大到能吞下整片雷雨云呢?"

"用雷电激发?"胡炎骇然。它的原理并不复杂,自己怎么没想到呢?但……这也太疯狂了!

"当吞噬者将自己蜷曲为管状时,它体内的二氧化碳就派上了用场。再加上释放海量电能的雷雨云,不就是一个活生生的二氧化碳激光管吗?

"每一道闪电,都能带动吞噬者激光管发光。在它体内估计已经异化出了类似于反光镜和聚焦镜的结构,通过几个反光镜折射,再由聚焦镜汇聚为一点,激光就产生了。此激光束的温度高到足以直接气化人类所制造的大部分材料。也就是说,吞噬者把自己变成了一台规模和功率都空前巨大的激光切割机。要知道,人类的激光武器只有陆基和海基两种,而它,是真正凌驾于众生之上的天基大杀器。"

等到江河说完,凉风习习的山顶空气骤然凝固,好像一个看不见的穹庐将整座青岛山扣了进去,隔绝了外界的一切。

半响,秦晴才小心翼翼地打破了沉默:"那为什么吞噬者没把'加菲尔德号'彻底击沉,抑或采用更高效的点射来制造杀伤呢?"

"大概率是功率和精度的问题。"同为军人,但毕竟方向不同,江河在一线接触武器的经验比秦晴丰富得多，无须思考太久，他马上想到了答案，"一般情况下，雷雨云距离海面大约六至二十公里，经过层层损耗，吞噬者用激光切割航母甲板所需的能量已经是个天文数字了。完全斩断航母舰体，恐怕超出了它的极限。至于为什么不选择点射也很好理解，雷雨云蕴含的能量太大，就像我们的战斗机引擎，能量输出会在点火的瞬间达到峰值，之后再缓慢降到较低的范围，而反复开关机，负荷的剧烈波动对机体的损耗是非常大的，倒不如一次性激发的长时间运行来得平稳。另外，虽然激光精度极高，但并不意味着吞噬者的视觉就能与之匹配。它在几十公里的高空锁定航母不成问题，但要瞄准航母上的战机和人员，多半就很吃力了。以吞噬者所处的生存环境看，它也确实没必要进化出发达的视觉。

"你们看，假设这就是'加菲尔德号'。"江河意识到自己因为激动讲得有点儿太快，想了想，手一挥，将激光笔指向了凉亭另一边的立柱。朱红色的立柱上，一串蜿蜒移动的黑点左探探，右探探，缓缓移动着，是一群蚂蚁。

"它们就是'加菲尔德号'上的船员。我能看到立柱，也能看到它们在立柱上爬行，但没法看清和锁定每一个个体。这个时候，如果我要最大限度地杀死它们，应该怎么做？"

"像这样。"秦晴不由分说地握住江河的手，用力摇晃起来，激光也跟着一次次扫过蚁群。

"好了，秦晴，停一停。"江河能感受到她冰凉的掌心和歇斯底里的动作，柔声劝道。

"对不起，我有些失态了……但他们不是蚂蚁啊，一条条人命，就那样被'犁'掉了。"秦晴咬牙道，终归还是平静了下来。

"是啊，人如蝼蚁，但站在吞噬者的角度，这又再正常不过了。"胡炎叹息道。几人相顾默然，一同走出凉亭，循着激光束的指引，回望深空。

暗夜无星。青岛山位于闹市，一面是繁华的城区，一面是亚洲最大的海水浴场汇泉湾。在人造灯光的映照下，夜空呈现出一种光怪陆离的扭曲，恰如这个疯狂而不甚真实的世界。

"你们说，吞噬者会不会感应到我们这一刻的脑电波？"周宁突然问道，直让人后背发凉。

"这倒不必担心。"胡炎勉强笑笑，"世界人口已经超过了一百亿，人类的足迹几乎遍布地球上的任何一个角落。每个人都有自己的思想，这本身就是个巨大而复杂的干扰源。郦逍之所以能锁定和感应大家，还是基于对我们的熟悉和了解。但对于吞噬者而言，芸芸众生又有何区别？我想它是不屑于探究某个人类个体的想法的。"

话虽如此，却无法克制内心中油然而生的恐惧。熟悉的夜空变得陌生，他们窥探天机，又怎知深渊是否也在凝视他们呢？几人飞快地下了山，似乎这样就能与那个高悬于头顶的存在拉开一些距离。

22
亢龙无悔

返回基地后,由人类顶尖科技铸就的舰队总算给几人带来了一丝安全感。夜已深,他们各自回舱休息。明天,太阳还会照常升起。

五人小组除郦逍外,都保持着军人的严格作息。而郦逍直到第二天下午才醒来。现在他的生物钟已经完全紊乱,时常连续几天不眠不休地接入"夺舍",近期还同步并联了LWAIS,又在下线后一次睡上几十个小时。也许他真的就是那个拯救世界的天选之人吧,周宁不止一次感慨,郦逍的大脑相当于在大多数时间里都处于高强度的多线运行状态,这在他看来,早已超出了人类所能承受的极限。

周宁能做得不多,只能为他安排最好的生活和医护资源。饶是如此,郦逍还是以肉眼可见的速度消瘦了下去,但好在,他始终神采奕奕,有些凹陷的双颊和凸出的颧骨更衬得双眼明亮清澈。他的眼睛闪烁着慈悲和智慧的光芒,仿佛不属于人类,周宁只在敦煌的佛陀像上见过。而随着越发自如地接入地球集体意识,以及对"夺舍"和LWAIS的纯熟运用,郦逍提供的情报质量也越来越高。

而这回,在时隔数月后,郦逍终于再一次发现了吞噬者。这个吞噬者群落位于南太平洋，澳大利亚与新西兰之间的塔斯曼海上空，正朝西北方向运动。

看着电子作战屏上用旋涡标注出的吞噬者以及模拟的飞行轨迹，胡炎面色铁青地拨通了电话。

片刻后，周宁对胡炎附耳说道："都通报到位了。"

"全部停飞或召回了吗？"胡炎问。

"那是澳大利亚最繁忙的一片空域，有多条国际航线穿过，在机场的一概取消，刚起飞的立即返航，但有几架客机已经出发有一段时间了，不确定是否来得及。"

"澳方还有什么动作吗？"

"澳大利亚空军的两架F-57已经前往护航，但能起到多大作用，我很怀疑。"

"那只能祝他们平安了。"

一阵巨大的无力感包围了胡炎。

终于要回家了！伴随着客机加速的轰隆声和起飞爬升时瞬间的失重感，赵澜畅快地想。他属于含着"金汤匙"长大的新一代中国年轻人，出生于沿海发达地区，自小便享受着优渥的物质条件。父母对他的教育很宽松，舍不得他经受国内升学制度的层层重压，早早便把他送到了澳大利亚。经过预科、本科，他本打算在读完研究生后回国，但骤然紧张的国际局势让留学生群体的处境在一夜之间跌落到了谷底。他们被严密地管控起来，回国受阻，被迫滞留当地，时刻遭受着周围"间谍"和"蝗虫"的非议。那是一段极其艰难的时光，有家不能回，赵澜第一次感受到这里并不是那么美好，所谓的轻松和友善，更多只是一张虚伪的面具罢了。在这种形势下，汇款自然也受到了极大限制。从没吃过苦的他在经济上很快便捉襟见肘，只好在社区学校找了份中文教师的工作勉强糊口。

困境下的人们会选择抱团取暖，也往往会在这个过程中发现许多曾经忽视的美好。赵澜认识了一个东北女孩，两人彼此依靠，从相知到相恋，再结婚、生子，过上了故乡长辈们期望而从前被他们自己所排斥的生活。

就国际局势的周期而言，紧张的对峙仅仅持续了很短的时间。背后的力量在意识到它们无法阻止东方大国的崛起后，迅速与其缓和了关系。自然，急先锋的角色便失去了意义。可对于裹挟在时代中的个体而言，每一次错过都可能是永远无法弥补的遗憾。

整整十年了，赵澜的父亲在这期间因突发心脏病去世。现在，只有妈妈一个人留在他记忆当中的旧房子里，慢慢老去。她是个传统温良的女人，一生都在守候，以前是丈夫，现在是儿子。等见到明媚爽朗的儿媳和孙女，她一定会很高兴吧？旁边座位上，妻子搂着女儿安然入睡，母女俩有着几乎一样的长睫毛，弯弯的就像故乡的月亮。

正当赵澜沉浸在幸福中时，客机突然抖动了一下，这是飞机高速下降，从平流层进入对流层时常有的现象。紧接着，播报声响起："各位旅客，我们非常抱歉地通知您，因特殊原因，本次航班将紧急备降至凯恩斯国际机场。"

"怎么啦？"飞机的颠簸惊醒了妻子，她迷迷糊糊地问。

"我也不知道……"赵澜话未说完，就透过机舱窗户看到一架战斗机正从侧面向驾驶舱靠近，他甚至瞥见战机飞行员做了一个手掌平伸下压的动作。

"是它们让飞机下降的！"赵澜大吃一惊，连空军都出动了？难道客机上有恐怖分子，他们已经劫持了飞机？

目睹这一幕的可不止赵澜一人，跟他有相同想法的也不在少数，顿时，质问声、叫骂声、哭泣声连成一片，整个客舱都沸腾了。

"请大家安静，安静！坐在自己的座位上，系好安全带，不要乱动！客机一切正常，我们的飞行员没有失去对它的控制。战机是来护送我们降落的！"乘务长站出来安抚乘客。

她的话起到了一些安抚作用，乘客们暂时压抑住了躁动的情绪，但细碎的议论仍然不绝于耳。

"听乘务长的意思，不是飞机本身的问题？"

"机组一定知道了什么，但他们选择了隐瞒！"

"谁能保证战机就一定是来保护我们的？也许……"

向来胆大的妻子紧紧握住了赵澜的手，女儿哭了几声，但毕竟太小，不懂大人们在紧张什么，吮着奶嘴很快安静了下来。赵澜下意识地将刚刚那些阴谋论从脑海中赶走，只留下了一个念头：一定要带着老婆孩子平安回家。

窗外，传递完指令的战机开始拉开与客机的距离。伴飞本没必要贴这么近，附近可能存在某种干扰，才迫使战机冒险贴近。但这至少说明，他们在尽力救援吧？想到这儿，赵澜心中稍定，注视着给予自己安全感的战机，它正侧旋九十度，穿过一片云彩。

就在尖锐的机头刚刚冒出，机身即将冲出云层的刹那，异变陡生。战机仿佛被定住了一般，突然就停止了前进。透过阳光的照射，赵澜看到了它云层后的影子，好像一块被裹在果冻中的果肉。诡异的一幕只持续了一两秒，战机的引擎并没有关停，而是飞行速度从每小时一千余公里的高速直降为零，它在恐怖巨力的挤压下变形，瞬间解体，如礼炮般炸开。更离奇的是，周围似乎有个看不见的旋涡，几乎所有碎片都被席卷而回，只有溅射最远的几块挣脱了。

咔！赵澜分明听到头顶传来什么东西断裂似的声响。接着，杂志、报纸、丝巾……巨大的吸力带飞了身边所有轻薄的物品。连声尖叫中，氧气面罩自动脱落，机舱正在急速失压！他抬头看去，机舱顶部是一道亮晃晃的裂口。为妻女和自己戴好面罩后，赵澜温柔地抱住了惊慌哭泣的她们。现在，命运已不受控制，这是他唯一能为爱人和孩子做的了。

与大多数乘客抱持的怀疑态度相反，机组人员对突如其来的变故也毫无准备。事实上，他们知道的并不比乘客多。原本在奥利弗机长看来，这只是一趟再普通不过的国际航班，只需要按部就班地飞完它，就可以去海边享受自己的假期了。

这天天气非常好，风和日丽，能见度很高。仅仅十几分钟前，奥利弗还在优哉游哉地哼着小调，副机长托马斯则在一旁昏昏欲睡，一切看起来都那么正常。但一通无线电打破了这份宁静。它可能是奥利弗这辈子收到过的最莫名其妙的指令了，没有任何解释和原因说明，地面直接用命令式的口吻要求他立即降落！奥利弗以为自己听错了，可很快出现了两架战机，飞行员也向他传达了同样的指令。

"上帝啊！"来不及抱怨，透过驾驶舱挡风玻璃，奥利弗同样目睹了战机解体的惨况。但因为所处的位置不同，他拥有更开阔的视野，另一架战机的行动也尽收眼底。只见在客机右下方的F-57如蝰蛇般蹿起，越过客机，向刚刚僚机出事的地方射出两条火舌。是航炮！奥利弗也曾是空军的一员，在他那个年代，信息化浪潮的推进已经让超视距空战成为绝对的主流，传统的狗斗几乎退出实战舞台，航炮的使用场景也所剩无几。他不明白，战斗飞行员开火的目的何在，他的敌人在哪儿？

"那是什么？"托马斯大叫道。

"闭嘴……"狂躁的奥利弗生生噎回了下半句脏话，顺着托马斯手指的方向，他看到天空突然"活"了过来。原本浑然一体的云彩突然像电影掉帧一样，暴露了魔鬼的影子，但只一眨眼的工夫，缺口弥合，它又消失不见了。

"地狱之门关闭了？"托马斯念叨着。

"我好像看到了……一段触手？很长，很长。"奥利弗扭头问托马斯，指望他给自己两耳光，摆脱这个疯狂的念头，但托马斯不假思索地点了点头。

"砰砰砰!"重重的砸门声惊醒了两人。是乘务长,她戴着面罩,趴在舱门上竭力稳住身体。在她身后,是大大小小乱飞的杂物。

"不要开门!机体破损,客舱失压!"乘务长拼命边打手势边大喊。

"切换人工驾驶,下降!"体内的肾上腺素飙升,飞行员的本能被唤醒,奥利弗反而沉着下来,开始用稳定的节奏推动升降杆。

"哗……"一阵细碎的擦碰声从头顶传来,好像遭遇了一场冰雹。奥利弗和托马斯面面相觑,转眼间,又一块F-57机翼碎片擦着客机机头坠落。

另一架战机也完了!奥利弗的大脑飞速运转,却找不到一个万全的办法。乘务长已经被掉落的旅行箱砸晕了过去,客舱只怕更糟了。更何况,他面对的不仅是失压受损的客机,还有一个潜伏在空中,能够轻易摧毁战斗机的魔鬼。身为一名飞行时长超过一万小时的资深飞行员,面对驾驶台,奥利弗第一次感到了迟疑。

"终于找到你了!往东南方向速降!立刻,马上!那边还有一个缺口,它很快就要合拢了!"

脑海中突然炸响一个声音,直接震醒了奥利弗。他猛然意识到,从现在起的每一秒都是决定生死的关键,来不及自怨自艾了!

那个莫名出现的声音仿佛给予了他无穷的力量,奥利弗好像又变回了二十年前的自己。那个骄傲莽撞,却又无所畏惧的年轻人。

"机长,你疯了!下降速度太快,乘客受不了,飞机也会失速的!"托马斯被奥利弗吓坏了。在托马斯还是个菜鸟时,奥利弗就是他的教官,他怎么也想不到,一向稳重的机长竟然会做出如此疯狂的举动。

"你们这帮小崽子都被AI惯坏了!"

"目前客舱情况不明,低温失压,大部分乘客很可能已经昏迷了，这个时候多耽误一秒就多一分危险。而且，战机的下场你看到了，这不是模拟驾驶，想活命就得突围！AI解决不了这种突发状况，我们只能靠自己，大家一起扛过去！别告诉我你的身体训练都是做做样子的！"奥利弗吼道。

承受完老家伙一通猛烈的输出后，托马斯终于认清了眼下的形势，开始全力配合奥利弗操纵客机。在精密的AI和手把手教导自己的前辈之间，托马斯选择了信任后者。他那早已被AI摇篮磨灭的斗志，也重新被激发了起来。

"哞……哞……"两声长鸣竟在万米高空中穿透了客机。驾驶舱突然一暗，随即又洒满了阳光，有什么东西从上面飞过去了！

"不要分心，加速下降。"尽管那个声音在脑子里不断地提醒，但奥利弗还是忍不住向上看了一眼。只见一道庞大的蛇形黑影以不可思议的高速飞过，紧接着，如极光一般的蓝黄光芒就映满了天际。

然而，就是这片刻的失神让奥利弗犯下了致命的错误，机体倾斜角瞬间失控，飞行姿态随即卡死，客机开始失速下坠。

"完了！"异口同声的惊呼过后，两人都在对方眼中看到了绝望。

"帮帮我们！"奥利弗心中呐喊。这究竟是出于对那个神秘声音的信任，还是只为了在离开这个世界前求得一丝安慰？他不知道，或许两者都有吧。

然而，没有回应。一切仿佛都是他的幻觉，那个声音真的存在吗？

"求求你，说点什么！"奥利弗眼睁睁看着仪表盘疯转，客机飞行高度急降却无能为力。等待他们的只有机毁人亡一个结局，不会再有奇迹了。

咚！一声闷响伴着震动从脚下传来。

"什么声音？"托马斯神经质地想解开安全带，被奥利弗一把摁住。

241

"稳住，别动。速度好像降下来了！"奥利弗狂喜，试着推了推操纵杆——可以动了！

"准备好了吗？我们再试着托举一次。"那个声音终于出现了，但明显虚弱了许多。托举？难道说，刚刚是他减缓了飞机的下坠？

咚！不等奥利弗反应，第二次巨响接踵而至，力道也更大。他能清晰地感到客机被什么东西"垫"了一下。不管这有多么离奇，但奥利弗终于把握住了机会，修正飞行姿态后，飞机重新获得了升力。

"我们的氢气快耗尽了，只能帮你们到这儿了，有缘再见。"在奥利弗他们全神贯注操作时，那个声音淡淡说道，几不可闻。奥利弗甚至来不及与他道别。

"机长，你看那是什么？是它救了我们？"托马斯摇了摇奥利弗的肩膀。远处的云层中，一道长长的黑影摆动着，向下滑翔而去。

"Loong。"奥利弗嘴中蹦出一个连他自己都有些陌生的单词。

转眼间，蔚蓝的大海已出现在视野内。

"托马斯，客舱内情况如何？"

"报告机长，有多名乘客和机组人员受伤，但海拔和速度都降下来了，大部分人已经苏醒了。"

"客舱失压解决了，但我们的高度也不够了……飞不了凯恩斯。"奥利弗很快确定了客机所处的方位，他斩钉截铁地说，"附近有个小岛，必须迫降到小岛上，这是我们唯一的机会！发送MAYDAY信号，报告机型，请求搜救。提示客舱机组人员，准备水上迫降！"

"是，机长！"

大部分空难都发生在飞机起飞或降落阶段，而大型客机高空迫降更是极具风险的小概率事件。但此时奥利弗充满了信心，那股神秘力量扛着他们挺过了最凶险的阶段，接下来要靠自己了，他没有理由放弃。

目标岛屿已经出现在可视范围内了，在它南岸有一片连绵的沙滩，正是降落的绝佳跑道。问题是，客机太大，沙滩偏窄，硬着陆风险过高。奥利弗权衡后，还是决定在靠近沙滩的水面上迫降，这就要求他计算好距离，利用水面滑行至沙滩上。太远了，乘客们很难安全上岸；太近了，飞机则可能中途解体。

计算好距离和速度后，奥利弗驾驶飞机沿小岛不断盘旋，尽量消耗燃油，减小接水速度并增大浮力。

"机长，还要多久？"托马斯紧绷的神经已经快承受不住了。

"再等等！"奥利弗面色不变，手上更稳，依然谨慎地评估着。

又过了一个多小时，他终于下达了决定机上三百余人生死的操作指令："准备迎风，平行于波浪接水！"

接下来的时间就没法用感觉估算了，奥利弗的大脑进入了一个短暂的空白期，直到剧烈的颠簸和如瀑布般覆盖机头的浪花将他拉回现实。奥利弗果断将两个发动机手柄置于CUTOFF位置，以关闭燃油活门，防止泄漏；同时，打开驾驶舱风挡，确保座舱压差不会妨碍舱门或紧急出口打开。间不容发地做完这些，银白色沙滩将将扑面而来。

在沙滩浅水区，客机就像燃料耗尽的火车头，终于在轰鸣声中停下了。

成功了！奥利弗尽情喊了一嗓子，身边传来喜极而泣的哭声。哈哈，是托马斯这个嫩雏儿！

有些出乎奥利弗意料的是，几乎是下机的第一时间，救援就赶到了。直升机接走了受伤的乘客，剩余的人也分批乘救援船离开了。没有预想的等待和孤岛求生，一切都堪称完美，仿佛他们早就知道客机会迫降在这儿一样。

"奥利弗机长，你完成了航空史上前所未有的壮举，拯救了数百条生命，你是一位英雄，请接受我们对你的敬意！"救援队的队长走来，紧紧握住了奥利弗的双手。救援队、机组人员和剩下的乘客们纷纷鼓掌致意。

这让刚刚在生死边缘走了一遭的奥利弗一时有些眩晕,感觉好像穿越了一道门,门那边还是缺氧低温的高空险境,而这边则是祥和的沙滩派对。

"谢谢,我……不只是我……"奥利弗竭力搜刮着词汇,不知该如何把那个神秘力量帮助客机脱险的离奇经过讲述清楚。

"不必多解释了,你值得一切荣誉。至于其他的,我们完全知情,也会妥善处理,请放心。"奥利弗这才注意到救援队队长救生衣下的肩章,再看看救援队其他人利落的身手,他似乎明白了什么。

因为带着孩子,赵澜一家是继伤员后最早乘船撤离的人员之一。客机急速下坠时,极高的过载让妻子晕了过去,赵澜也陷入了半昏半醒的状态。比起经历那段在数千米高空中惊心动魄的折磨,这未尝不是一件好事。更令人欣喜的是,他们的女儿身体无碍,小家伙全程几乎一声不哭,还在登上救援船后咯咯地笑出声来。

"嘿,这孩子胆儿不小,大难不死,必有后福。"说话的是来接他们的大使馆工作人员。这趟航班从悉尼飞往香港,有许多中国籍旅客,中方参与救援倒也合情合理。但赵澜听他们的介绍,似乎连客机迫降的位置坐标都是由中方提供的。

不过这些已经不是赵澜该关心的问题了。碧海蓝天下,夫妇俩靠在一起,看着怀中美好的小生命,心中不由得感慨——终于,我们终于可以回家了。

世间的一切美好当然值得守护,但这守护从来都是需要付出代价的。

那天沟通完情报后,胡炎再次乘机离开了,想来还是去协调军事和外交方面的事务。周宁折回作战指挥室,发现郦逍已经不声不响地接入了"夺舍"和LWAIS。对此周宁都有些麻木了,自己和胡炎虽未当着大家的面明说,但什么都瞒不过郦逍。只是,就算他知道了又能怎么样呢？人力有时尽，尽管在短短的时间内就获得了超凡的异能，但他终究不是神啊。于是，周宁就默默地守在郦逍身边，经过这段时间的相处，他们已不仅是单纯的合作关系，更是能把后背放心交给对方的战友。

刚开始一切如常，郦逍闭上眼睛，呼吸平稳。但渐渐地，周宁就感到不对劲了。郦逍的脸慢慢憋成了猪肝色，又仿佛被人扼住了喉咙，每一次呼吸都极为困难，连带着额头和手臂上的青筋也根根凸起。奇怪的是，除了心率稍快，监测设备上的其他各项生理指标还算正常。

"郦逍，有什么不舒服吗？千万别硬撑。"周宁忍不住问道，郦逍没有回答，只摇了摇头。周宁悬着的心依然没放下来，他还想再多叮嘱几句，却被郦逍一把抓住了手腕。周宁注意到，虽然力气大得出奇，但郦逍的手在颤抖。他再次缓缓地摇头，额角冒出一层细汗，似是在恳求什么，又好像在忍受极大的痛苦。

也许他能自己搞定？周宁犹豫了。这样的情形不多，只偶尔出现过几次，通常是郦逍在与龙交流时加载的信息过多、频次太密产生了不适，类似于排斥反应。但他之前都处理得很好。

谁知，就这么片刻的迟疑，形势便急转而下。郦逍突然大叫一声，全身如筛子般抽搐起来，持续了十几秒后，凶猛的阵挛[1]也随之而来。监测脑电波的仪器在他身后警报不断，屏幕里的曲线呈现剧烈而陡峭的起伏。

"是癫痫发作！"二十四小时不间断守护的医疗组发挥了作用，主治医生只一眼便做出了诊断，开始进行急救。

"毛巾！"医生头也不回地伸手，护士立即递上。医生接过，小

---

1. 急剧地用外力使骨骼肌伸展时，其间出现节律性的伸张反射，因而骨骼肌反复收缩，称为阵挛。当锥体路发生损伤，从而解除了对反射中枢的抑制，或是由于中枢的兴奋性异常增高时会出现此种现象。

心地垫入郦逍口中，防止他不受控制地咬舌。紧接着，又把他的衣领解开，让其保持呼吸顺畅。

"需要用什么药物吗？如果这儿没有，我立即协调全青岛的医疗系统进行支援。"周宁在一旁帮不上忙，焦急地问道。

"暂时不用！癫痫发作一般不会超过五分钟。病人情况非常特殊，他的大脑耐受力已经在一次次接入中被锻炼出来了，应该能自行缓解。"主治医生颇有把握地回答，周宁却感到一阵心酸——郦逍本不必这么拼命的。

秦晴和江河也赶到了，周宁完全靠掐着表熬过了五分钟，但郦逍的症状不仅不见缓解，甚至还越发严重，身体已经出现了僵直的迹象。

"怎么会这样？"秦晴还不清楚这短短的时间内发生了什么。

"我也没遇到过这种情况！"主治医生声音微微发颤，"突发癫痫肯定与他大脑接入外部信息网有关。在之前连入'夺舍'时，为以防万一，我们就准备了一种强力镇静药，可以强行断开病人意识与外界的联系。"

"那还不快用！"江河一拍桌子，吓得医生一个哆嗦，小声嗫嚅道，"但这是临时为他研发的特种药，还没经过人体试验……事实上，除了病人自己，再也找不到第二个合适的试验者了。所以……如果没有上级批准，我们是绝对不敢用的。"

一瞬间，周宁感到所有人的目光都集中了过来。

"用。"他直截了当地说，不带半点犹豫。责任总要有人承担，郦逍已经豁出去了，现在该轮到自己了。

就在针尖扎入手臂，药物即将推注时，郦逍喉咙里突然发出了嘀嘀的声音。仿佛心有所感，周宁把耳朵凑了过去。

"不要……"

"什么？郦逍，你说什么？"周宁一惊，直接叫停了注射，把身子伏得更近了。

"不要打断我……还有很重要的事……给他们一个机会。"

不等周宁明白这句话的意思,郦逍牙关紧咬,勉强报出一个坐标后,声音在不间断的抽搐中渐不可闻。

"现在怎么办?"秦晴忍不住问道。

"我相信郦逍。但记住,所有决定都是我一个人做出的。"周宁抬起目光扫过在场的几个人,很坚定,又透着些许悲凉。随后,他拨通了胡炎的电话,报出了默记下来的坐标。其实,在郦逍说出坐标后的片刻,周宁就隐约猜到了他在做的事。可要如何实施呢?他真的能成功吗?

漫长的一小时后,癫痫发作终于步入了尾声,郦逍的身体不再紧绷抽搐,而是像烂泥一样瘫软下来。他身下的躺椅被汗水浸湿了一大片,胸口一起一伏,如同干涸池塘的鱼儿重新回到水中,有气无力。

"不可思议!"主治医生反复检查了数遍,总算确信郦逍已经恢复了正常。更应该庆幸的是,至少目前看来,他不会留下什么后遗症,对一般人而言,超过三十分钟的癫痫发作就足以致命了。

"没事了,一切都会好起来的。"郦逍睁开了双眼,愣愣地流着泪。周宁完全理解他身体所承受的痛楚,却只能眼睁睁看着他饱受折磨,唯有无力地安慰。

"我这算得了什么?"郦逍苦涩地笑了。接着,在他悲戚的叙述中,几人才逐渐了解了一场生死救援的来龙去脉。

在得知有客机将与吞噬者遭遇的第一时间,郦逍就将消息传递给了全体龙族。短暂的族内商议后,两条沉睡于大堡礁深处的龙被唤醒,奔赴它们早已不再熟悉的天空。郦逍的意志影响了龙的活动,但他还没意识到自己掌握了多么强大的力量,并没有周密的计划,他只知道,绝不能坐视不管。

当郦逍费尽心力在人海中锁定客机驾驶员的意识时,情况已是千钧一发。吞噬者摧毁了两架战机,正逐步扎紧"口袋",准备将这架搭载着三百多名乘客的飞机整个吞下。宿敌相遇,一场大战无法避免,两条巨龙当即对吞噬者展开了攻击。这已经是铭刻在它们基因中的本能,郦逍无须干涉,便专心引导客机逃离陷阱。

就在客机即将逃出生天之际,郦逍莫名地觉得一阵胸闷心慌,有点像强烈的高原反应。可紧随其后的痛苦让他明白,这不过是危险来临前的第六感。在毫无防备的情况下,窒息、撕裂、灼烧,几乎同时施加在了郦逍身上,真切的濒死感顷刻间便将他吞没。毫无疑问,这就是他留在基地中的躯体突发癫痫的原因。

然而意识的分身立即在另一具躯体上苏醒。客机在下坠!这个念头一冒出,郦逍就反应过来刚刚发生了什么——一条龙被吞噬者吞噬了。因为意识相连,他确实算得上感同身受。无所不能的龙族成员就这样陨落了,郦逍甚至不清楚灾难是怎么发生的。他只得强忍悲痛,让幸存的另一条龙两次用身躯托起失控的客机,直到帮助它调整好飞行姿态,重获动力。

最终,客机上的人得救了,但有一条龙付出了生命的代价。这是人类欠它的。所有人都沉默不语,他们都意识到,这惨烈的牺牲或许只是个开始。

23
龙战于野

灾难比预想来得还要快，仅仅几个月的时间，袭击次数便呈几何式增长。以澳大利亚客机遇袭事件为标志，吞噬者开始在全球范围内肆意攻击人类。不只是高空，在海洋，甚至在人类最为熟知的陆地，灭顶之灾都随时可能降临。

面对前所未见的危机，各国展开了多轮磋商，主流意见认为，吞噬者可能已经处于再次蜕变的节点，攻击行为正是其爆发的前奏。一旦放任其发育，它的终极形态必将改变整个地球生态。但反对的声音也有不小的市场，尤其在底层民众中传播甚广，隐隐有后来居上的态势。在反对者看来，根本不存在所谓的灾变，这不过是少数大国危言耸听、裹挟世界的阴谋。在灾难尚未摧毁文明之时，人类内部便已分裂了。

航空业首先遭受重创，人类最初将发生过疑似吞噬者袭击的空域设置为禁飞区，但很快禁飞区就像拼图般连成一片，曾经最安全的交通方式俨然成了事关生死的豪赌。如果说航空运力的丧失还不至于影响整个人类社会的运转，那么频发的海难对全球贸易的打击却称得上是釜底抽薪了。先是资源贫乏、生产体系不够完备的岛国,再到以资源输出为经济支柱的大陆国家,危机不断扩散。

终于,有国家尝试用军事手段解决问题,结果却发现自家那孱弱的海军根本无法平安地驶出港口。吞噬者如同爆发的赤潮,无处不在。应当说,此前研究对成功升入高空的吞噬者数量的估算大致准确,不过却严重低估了其海中子代的规模。吞噬者显然具有与龙类似的交流方式,一旦族群内达成统一,它们能造成的破坏将是全体人类都无法承受的。

这段时间里,郦逍也更忙碌了。以往,他就像一台极度敏感的声呐,在海底竭力搜寻着如幽灵般的潜艇。但突然之间,这个问题不存在了,目标实在太多,嘈杂的噪声令他有些无所适从。

"它们在掩盖什么!"郦逍恼怒地断开了连接。

"你的意思是,那些吞噬者是故意暴露自己的?"江河看向他,两眼布满血丝。为了清除作战半径内疯狂扩散的吞噬者,他和青海舰已经超负荷工作了很久。虽然战果颇丰,但渐渐也有了疲于奔命的感觉。

"吞噬者一定也发现了我的存在。它们不断抛撒诱饵,企图转移我们的注意力。看来,它们通过自然选择或族内竞争的方式产生了统一的族内核心。为了确保它的目的得以实现,其他个体都是可以舍弃的。也只有它,才能调动族群来施展这种战略欺骗。"郦逍肯定道。

"对了,多点位采集的数据显示,大气中的二氧化碳浓度在近期显著升高,其幅度已经不能用地球正常的周期来解释了。我怀疑这也和吞噬者有关。甚至,不排除最坏的可能,就像吞噬者在数量上具备的恐怖爆发力一样,它们同样有能力短时间内引起大气成分更剧烈的变化,由此引发粮食危机和物种灭绝都是可以预见的事。之所以还没发动,不过是时机尚未成熟罢了。"胡炎也带来了一个坏消息。

种种迹象表明，解决吞噬者威胁的时间窗口正在迅速关闭，人类需要毕其功于一役。在这一点上，当其他国家还在犹豫不决时，中美竟率先达成了一致。如果说中方是基于理性分析得出的结论，那么对于睚眦必报的美方来说，"加菲尔德号"遇袭就像当年的珍珠港事件一样，罕见地凝聚起了其内部共识。能让两国携手对抗的敌人已多年未见了。而当务之急，是找到吞噬者业已形成的族群核心。

郦逍有种强烈的预感，这个加速吞噬者进化的神秘核心与最初逃过人类导弹袭击的吞噬者脱不开干系。即使不是它，多半也是它的子代。因为只有它，才会对人类抱有刻骨的仇恨，也只有它，才具备在人类面前耍弄障眼法的经验。经过长时间的追踪，加上最近冒出来的大量样本，郦逍渐渐发现每个吞噬者群落都有自己独有的生物电特征，与人类的指纹一样，通过遗留的生物电信号，是可以对它们进行甄别的。于是，郦逍对已发生的多起袭击事件进行了复盘，不出所料，其中最严重的"加菲尔德号"遇袭，正是由他的怀疑对象——代号"共工"的吞噬者群落所为。但颇为意外的是，自此之后，"共工"便再未出现过。莫非它已经在激烈的族内竞争中被取代？吞噬者的生存模式决定了它如果被同类吞噬，其储存的信息是可以被胜利者继承的。最近在澳大利亚攻击客机、吞噬龙的那个家伙尤其活跃，它们之间是否存在这种关系？

基于这种假设，郦逍开始将注意力集中到这个被称为"欧申纳斯"[1]的群落上。自袭击客机并成功吞噬龙后，它一直在澳大利亚东海岸上空徘徊，仿佛食髓知味，不断攻击过往的交通工具。一时间，这片大陆形同孤岛。忍无可忍的澳大利亚政府出动了海空军，试图在联合作战中将其绞杀。然而，人类还是低估了吞噬者。攻击开始前，它将自己分裂为多个子代，以其中最大的"欧申纳斯-2"冒充

---

1. 希腊神话中十二泰坦神族之一，为水神大洋神。

本体，吸引人类火力，当澳大利亚的海空军主力进入埋伏圈后，其他子代才暴起围攻。是役，激光武器再次出现，似乎更印证了郦逍的猜想。毕竟能制造高能激光的吞噬者群落少之又少。澳大利亚海空军在无死角的攻击下近乎全军覆没，仅有少量战机和小型舰艇逃离战场。此战在民众中引发了巨大的恐慌——虽有"加菲尔德号"的惨痛教训在前，但这是发达国家主动出击后的首次惨败。人类在地球的霸权，开始动摇了。

危机发展到这一步，已经完全可以称之为战争了。而郦逍则身处所谓的战争迷雾中。他可以追踪吞噬者的踪迹，还原和模拟它们的行为，却很难提供准确的预测。吞噬者似乎找到了某种方法，能有效排斥郦逍对它们思维的窥探。双方就如电子战覆盖下的无人机飞手，需要在战场纷乱的干扰中找出对方破绽，一击致命。

好在，依托碾压其他各国的军力，再加上郦逍的指引，中美在对吞噬者的作战中暂时还处于上风。甚至在少数危急时刻，郦逍会直接呼唤龙族来助阵。从身体结构到智慧，龙族犹如进化成了一台台针对吞噬者的杀戮机器，轻易便能保持对中小型吞噬者的优势。但如今龙族凋零，吞噬者壮大，对付大型或超大型吞噬者，它们也越来越吃力，世界各地陆续出现了龙被吞噬的案例。这种事不断发生，就意味着郦逍以凡人之躯一次又一次地承受着龙族走向死亡的痛苦。

不顾周宁等人的劝阻，郦逍顽强地挺了过来。沉浸在地球集体意识中，不断与龙链接的经历让他几乎与龙融为了一体。即便种族已经衰微至此，它们仍然坚守着自己的使命。正常情况下，龙的寿命极长，但死于吞噬者之口的龙再没机会回到龙冢，意识便如一缕游魂消散于天地之间。这是少数几件能让龙感到恐惧的事之一。为了保护地球生态的平衡，一条条龙不惜形神俱灭，与之相比，自己在精神和肉体上所受的折磨又算得了什么呢？龙族给郦逍带来了更宏大、更悲悯的视角,他看世界、看众生,将个人安危抛之脑后。

这些牺牲意义重大,能够吞噬龙的大型吞噬者群落并不多,郦逍根据噬龙事件发生的时间和地点,绘制了一张反映大型吞噬者出没区域的热点图。将这张热点图导入"夺舍"和LWAIS进行推算,相继锁定了包括欧申纳斯在内的十二个大型吞噬者群落[1]。最近,它们似乎有了共同的目标,从四面八方向同一个地方聚拢。郦逍无法判断它们的意图,于是向龙族请教。虽然历史上从未有过如此大规模的吞噬者聚集,但龙族凭借它们的经验判断,这很可能是吞噬者完成蜕变的最后一步。但它们具体会做什么,是繁殖更具破坏力的子代,还是竞争出新一代的种群内核心,谁也猜不出来。

在龙族的帮助下,人类对吞噬者的了解已今非昔比,它们基本的生理结构、行为模式已被摸清。但除了互相吞噬外,不同群落间是否还存在更高级的、可以被认为是"社会关系"的互动?理论上,既然龙族与吞噬者分别代表地球集体意识对立的两面,那么龙族有的,吞噬者大概率也有。只是在过去漫长的岁月中,吞噬者被龙族追杀得形单影只,迟迟不具备构建复杂社会关系的条件罢了。然而,人类对地球生态的破坏,给了它们这个机会。郦逍甚至提出了一个设想:吞噬者内部可能已经形成了类似于元老院的权力机构,正在聚集途中的大型吞噬者群就是代表不同氏族的长老,而作为"共工"的继承者,"欧申纳斯"极有可能就是它们的执政官。

这个设想过于大胆,又没有实证支持,胡炎和周宁始终持怀疑态度。但可以肯定的是,目前这十二个吞噬者群落就是对人类最大的威胁,不管它们因为什么目的聚集到一起,这都是一次千载难逢的"斩首"良机。

在两国高层的推动下,中美海空军的联合作战计划很快提上了

---

1. 后文中,十二个吞噬者群落都将以希腊神话中的十二泰坦神之名命名。

议程。与人们固有的认知相反，历史上越是决定人类命运的大事件，其决策链条往往越短。下至文明交替，上到斗转星移，事物发展的规律莫不如此，总在必然中带着些许偶然。之后作战细节的敲定就是军事专业领域的事了，这方面不是胡炎等人所擅长的，只有江河作为中方代表团的一员参与了讨论。第一轮磋商结束后，江河更忙碌了。会议已经确定由航母作为主力参战，青海舰性能优越，作战经验丰富，自然当仁不让。关于这点，周宁曾提出疑问，在他看来，对于吞噬者这样一套"天基武器"，航母实在是个太显眼的目标了。为何不大量使用更小、更灵活的舰艇来分散吞噬者的攻击呢？对此，江河解释说主要有两个原因，其一，吞噬者已经不是单靠某件武器就能消灭得了的，对它们的攻击必须全方位、多频次。目前，只有航母才能满足本次战役对平台化和体系化作战的要求。其二，通过前期的多次遭遇战，人们大致测算出了吞噬者激光攻击的功率极限。结果表明，即使以最大功率输出，吞噬者要直接击沉航母也是非常困难的。"加菲尔德号"巨大的伤亡主要还是毫无防备下的偷袭造成的。只要对人员进行有效掩蔽，航母的生存能力将显著高于一般中小型舰艇。对此，秦晴就指出，激光攻击很可能是这一世代的吞噬者才具备的能力，是针对工业文明的特异化突变。现在看来，它们迟早会在功率上取得进一步的突破，留给人类的时间已经不多了。

接着，依据获取的吞噬者残骸，中美两国的科学家建立了它们的运动模型。显而易见的是，如山如岛的体积使得吞噬者群落的运动模式相对单一，且有很大惯性。在高空，它基本保持匀速运动，飞行方向的改变是通过缓慢调整姿态来实现的，极少发生剧烈的偏转。也就是说，通过数学模型，大型吞噬者的运动轨迹在很大程度上是可以预测的。以此为基础，联合作战指挥部拟定了具体的歼灭方案。首先，从十二个吞噬者群落的运动轨迹看，它们最终将在赤道偏北、日界线偏东的太平洋上空会合。其次，十二个吞噬者群落的距离和速度存在差异，那么它们就不会同时抵达，而是存在一个时间差。所以，中美计划以赤道与日界线的交会点为圆心，在半径一千一百公里的广阔海面上提前截击部分吞噬者群落。这里有地球上最厚的对流层，或许能在一定程度上削弱激光的威力。同时，截击点与会合地的距离也恰到好处，人类只需尾随剩余吞噬者，就既能保证斩首行动继续，又不至于当真让十二个超大型吞噬者聚齐。毕竟，没人能预料它们完整会合后，将会造成怎样的后果。

至此，联合作战计划的推进还算顺利，这场预计横跨国际日期变更线、决定人类未来的战役，在两军高层中被戏称为"明日之战"。然而，当美方将兵力信息与中方同步时，却出现了意想不到的阻碍——在美方参战的核潜艇上，竟部署了一枚核弹！

"老天，美国人疯了吗？"江河大吃一惊。

"他们倒没隐瞒核弹的存在，只是强调要确保摧毁。现在皮球踢到我们这儿了，跟不跟？"胡炎叹了口气，不等其他人回应，直接拨通了首长的专线。已经没有和大家讨论的必要了，这不是他们能决定的。

几天后，胡炎和江河收到了参照美方携带的核弹头当量对等部署的命令。尽管首长的语气依然平静，但胡炎知道这肯定是首长力排众议的结果，连他都已经赌上了自己的政治生命。

大战已如箭在弦，所有人都没法回头了。经总参批准，胡炎、周宁、郦逍、秦晴四人，连带着"夺舍"和LWAIS一起搬入了青海舰，并在舰岛下另行改建出一间宽敞的指挥室，与江河并肩作战。尽管青海舰极可能成为吞噬者优先攻击的目标，但为了让海空军指挥和前来助阵的龙族无缝对接，这是必须承受的风险。

在一个月明星稀的夜晚，青海舰悄然离港。为了保证反攻的突击性，除了搭载着"巨浪-4"潜射洲际弹道导弹的099型战略核潜艇，舰队的其他舰只早在数月前便化整为零，分头驶向目标海域。

郦逍在甲板上漫无目的地走着，绕过一架架战机，从舰首来到舰尾，他已经很久没有在室外呼吸过新鲜空气了。在纪律严明的青海舰上，这是江河赋予郦逍的唯一特权。城市的灯光一点点远离，青海舰仿佛进入了无边的虚空，唯有舰尾卷起的浪花，亮白亮白的犹如实质。蓦地，一个纯黑物体如海豚般从海水中浮出，又缓缓下潜，最终看不见了。内置的磁流体推进器和壳体外粘的吸声层让099型潜艇几乎无法被声呐发现，但当郦逍闭上眼睛，它就在那里。他轻易捕捉到了水面下艇员们紧张和亢奋交织的思绪，这些年轻人正掌握着毁天灭地的力量。而在更幽深、更广阔的海底，一道道巨大的长条形身影陆续从独守了数百年的巢穴中离开，赶赴同一个目标。它们是这个世界上硕果仅存的龙族。而江河，他也没睡，正在舰岛上的指挥室里看向这边，生怕自己出什么意外。

"放心吧，我很好。"郦逍张开双臂，迎接着湿冷的海风。海天之间远比陆地宁静，个体与集体意识不再纠缠纷扰，他终于得以全身心地去感知。

基于与孤舰远征相同的原因，青海舰并没有采用最短的航线，它大体向南，却不时掉头往北，航速也忽快忽慢。整整二十天后，青海舰才到达指定海域。稍做休整，仅仅两天后，它便与途经此处的吞噬者"许珀里翁"如期遭遇。

相比"欧申纳斯"，"许珀里翁"体积较小，而青海舰的战力也远胜澳大利亚海军主力舰艇，对吞噬者的了解和作战经验更是大幅领先。在J-60带领下，早已等候多时的数千架无人机立即展开了攻击。一时间，恍如东风夜放花千树，绚丽的燃烧弹如星如雨，清晨昏暗的天空被点亮，潜藏在云层中的巨兽再也无处遁形。对于以高强度气凝胶组织构成身躯的吞噬者而言，这样的攻击并不致命。它体内的二氧化碳可以用于灭火，即使伤害超过了承受阈值，还能舍弃一部分躯体来保证整体的安全。不过，也恰恰是这庞大的身躯限制了它的反应速度。吞噬者拥有极高的智慧，并以一个主脑和多个副脑来控制和协调群落活动。但远距离的神经传输毕竟有所延迟，它要完成变形，构成激光发射器需要不短的时间，而不断损耗的二氧化碳也在干扰这个进程。利用这个宝贵的窗口期，人类的第二波攻击随之降临。

这波攻击是全方位的，既有从青岛舰上发射的导弹，也有无人机和J-60投掷的大当量航弹。它们的共同点在于临战前都经过了针对性地改造。为了防止高空缺氧环境导致的燃爆不充分，这批高爆炸药中添加了大量助燃剂。除此之外，一种新研发的纳米弹簧丝也得到了应用。这种纳米弹簧丝极细，如鱼线般被编织成一团一团地埋入弹体。这时，它的物理性质还是柔软和可塑的。一旦弹药被引爆，在冲击波和高温的作用下，它们顷刻间便会以网状展开，裹挟沿途的一切。当动能耗尽，被挂住降温后，它又会收缩，强度和韧性大幅提升。既然人类无法制造足以捕捉吞噬者的天网，那就用无数这样锋锐的蛛网将它撕碎吧。

两轮饱和式攻击完全覆盖了"许珀里翁"，为免"加菲尔德号"的悲剧再度发生，进入战斗状态后，除了极少数战斗人员，青岛舰的甲板几乎清空。但作为舰长，江河哪儿也不能去，此刻，他坐镇指挥室，仅凭肉眼便能清晰地辨认出"许珀里翁"被大火映照出的轮廓。它如一只在高空中燃烧的凤凰，虽然没发出任何声音，但那滔天的愤怒和不甘却有着让人心神俱震的穿透力。江河敏锐地发现了什么，又拿起望远镜确认了一下，随即下令："全速前进，蛇形机动。飞行编队，继续轰炸！"

"怎么回事？"胡炎和秦晴也来到了指挥室，周宁则留在第二指挥室中守着郦道。

"'许珀里翁'正在以其极限速度变形，很快就要发出激光了。你俩别在这待着，到底层堡垒里去。"江河顾忌着战友的安危，自己却燃起了熊熊战意,"来吧!让我见识见识!"

"不,我要留在这儿,亲眼看你打败它。"秦晴上前一步,把手放在江河撑在控制台的手背上。

"天,还是你们军人的浪漫带劲儿啊……"胡炎调侃着,话音未落,天空中突然闪过一道紫光,犹如盘古开天地,世界被劈成了两半,上清下浊。霎时天地无声,静默几秒后,便是排山倒海的雷鸣。

三人不约而同地仰起头,只见附着在"许珀里翁"上的大火已经连成了一片,红彤彤的宛若焚天。在看不真切的更深处,不断有爆炸和电光闪现,犹如太阳耀斑,每爆发一次就引得大批无人机失控坠海。这显然意味着电磁干扰极其强烈。

"不用担心激光了,我们的攻击破坏了吞噬者的躯体结构,它的内部电场已经开始紊乱了。反复的激发失败正在加速它的毁灭。"郦逍和周宁不知什么时候也来到了指挥室,他一定感应到了什么。

最后一次闪光格外刺眼,"许珀里翁"发出一声惊天动地的轰鸣,如蘑菇云一般膨胀,直至炸裂。在这之前,江河已经在郦逍的示意下撤回了所有战机。他们就这样静静地看着,"许珀里翁"碎成无数块,在方圆数十公里的海面下起了一场壮丽的火流星雨。

人类初战告捷。

一天后,联合作战部也传来好消息,美国航母"麦金莱号"在青海舰以东约一千二百海里的预设伏击海域内,成功摧毁吞噬者"泰西斯"和"摩涅莫绪涅"。至此,"明日之战"第一阶段结束。在中美航母赶往会合点的途中,郦逍借助"夺舍"和LWAIS再次进行了侦测,与之前模拟的结果基本一致,剩余的九个吞噬者群落并没有因同伴的毁灭而改变行进轨迹,只是速度加快了不少。这也从侧面证明,此次聚集对它们的意义非比寻常。当然,对人类和龙族而言同样如此。也就是说,决定三个种族,乃至整个地球生态圈命运的时刻即将到来。

兵贵神速，在剩余吞噬者完成聚集前，人类还有一次削弱它们的机会。据测算，九个吞噬者群落将分为两个批次到达会合点，打头的是"克洛诺斯""伊阿珀托斯"和"忒亚"三个群落。而青海舰与"麦金莱号"及潜艇部队已赶在它们之前，在附近海域集结完毕。一个多世纪以来，东西方两个巨人之间的关系跌宕起伏，似乎总摆脱不了从对抗走向合作，又从合作退回对抗的循环。近十余年来，此消彼长带来的均势让双方重归务实和理性。倘若两国合作的势头能因处理这次危机而延续，那无疑是全人类的福祉。毫无疑问，中美联合的海空军是如今地球上最强大的武装。然而，航空母舰和飞机崛起不过百余年，除此之外，介入"明日之战"的还有一支古老得多的力量——地球上残存的龙族。它们的数量仅数百条，仿佛来自神话时代的最后一抹余晖。

对于龙族在这场危机中的作用，中美双方意见不一。美国军方的主流观点是，龙在前期侦测和预警上发挥了很大作用，但进入大规模的战役阶段后，舞台便只属于人类科技了。龙族数量太少，凭借漫长历史中进化获得的尖牙利爪、高压氢气喷火，乃至最后的自爆，在无人机、高爆航弹、高超声速导弹等等面前都显得效率过低了。在追求杀戮的道路上，人类已将地球的其他生物远远甩到了身后。战斗进程似乎也证明了这一点。青海舰和"麦金莱号"各自搭载有一百多架舰载机，每两架双座舰载机配置大约二十架无人"忠诚僚机"，这样只需四名飞行员就可以组成一支飞行中队，一支飞行中队就能发起多轮千余架次的无人机蜂群攻击。两舰编队联合后，三个超大型吞噬者群落甚至来不及变形，便被漫天的无人机淹没了。它们如同浮在空中的朽木，飞舞的无人机就像孢子，用炸弹给它们播种下一朵朵疯长的"蘑菇"。"克洛诺斯""伊阿珀托斯""忒亚"此前已经吞噬了数十条龙，如今在人类的攻击下却不堪一击，几乎未做有效抵抗便陆续坠海。

"我们赢了！"通信频道内传来英语的欢呼声，"这就是第二个中途岛！"听得出来，美军上上下下都对接下来的战斗充满了信心。

他们的乐观不无道理。现在十二个吞噬者群落已去半数，而"麦金莱号"和青岛舰尚未遭到强力反击，舰载机队有一定损失，也远比预想得轻。只有无人机消耗较大。哪怕接下来需要同时面对六个吞噬者，但在海空主力接近无损，外围海域还有大量舰艇和预备队支援的情况下，人类似乎已经立于不败之地。

站在中方的角度，经过近段时间的相互了解与磨合，江河对郦逍和龙族能力的认知要比没有直接接触他们的美方深刻得多。在制定关于吞噬者的作战计划时，郦逍的意见始终是非常重要的参考。江河本就是个谨慎的性子，总感觉目前的局面有些太过顺利了，而这种感觉也在郦逍处得到了印证。

"不可能，一定有什么被我们漏掉了……"在第二指挥室见到郦逍时，他正揉着凌乱的头发，神经质地重复着这句话。周宁在一旁努力安抚，看到是江河来了，勉强一笑，算是打过了招呼。差不多过了半个小时，郦逍的声音才渐渐变低，气息也均匀了，头一歪，他昏睡了过去。

"这两天他都这样。对了，就是从消灭'许珀里翁'后开始的。"周宁无可奈何地说。

"抱歉，江河。我们不是要质疑你在作战指挥上的判断，但郦逍的状态算不算一种预警？"事关重大，胡炎也不敢妄下结论。

"都一起经历这么多了，我们之间还有啥不能直说的？"江河明白胡炎的顾虑，他早把几人当成了一个团队，索性挑明了，"我和大家的想法是一致的。"说完，他把目光停在了秦晴身上，她是沟通军事和技术的桥梁，更是最理解自己的人，她的意见是最重要的。后者则笃定地点点头，给了他一个赞许的表情。

"从表面上看，目前确实局面大好。'加菲尔德号'被攻击时，人类对吞噬者和它的攻击手段了解得还太少，临场反制自然无从谈起。而澳军的失利，更多是自身的原因。说到底，世界上拥有完整且独立军事体系的国家就那么几个，他们肯定不在此列。而最近两场战斗似乎表明，随着吞噬者逐渐褪去神秘的面纱，我们此前对它们的破坏性存在高估。"秦晴先简要陈述了一番，接着话锋一转，"但我们忽视了一个最基本的事实——吞噬者是一种智慧生物。可迄今为止，一切都是按照人类的计划进行的，它们貌似只受本能支配，不做任何改变。这符合生存的逻辑吗？指望吞噬者坐等自己被消灭，人类是不是太一厢情愿了？"

"那我们还有什么能做的？"胡炎知道时间已经很紧，但还是不甘心地问道。

"再过一晚，另外六个吞噬者就到了。我会继续安排侦查和气象模拟，至少做到掌握海情。除此之外，我们恐怕就只能寄希望于郦道了。"江河说完，定定地看了昏睡中的郦道很久。

他能行吗？所有人都不免忐忑。

拂晓时分，大雾弥漫，这片位于低纬度地区的洋面竟也有了一丝寒意。决战就在这灰黑色的背景下毫无征兆地打响了。负责东部战区的"麦金莱号"首先报告发现了"克利俄斯""科俄斯"和"福柏"。短暂交锋后，"克利俄斯"被击落，但借助它所拖延的时间，"福柏"完成了变形，分别击沉和重创了两艘前来增援的驱逐舰。赶在它把第三次激光攻击指向"麦金莱号"前，舰载机终于全部升空，可是已经来不及带上所有的无人机了。失去了这些触手，舰载机本身携带的远程武器是无法满足作战需求的。不得已，这些宝贵的航空兵只好抵近攻击。

在付出巨大代价后，"福柏"裂解为数块。谁知"科俄斯"竟吞下了其中一块，然后向西逃窜。不可否认，这一场遭遇战刷新了太多人类对于吞噬者的认知。它们第一次展现出了某种程度的协作能力,又在同伴垂死之际迅速改变了策略。同类相食的现象最早是在初代超大型吞噬者"共工"身上被观测到的,在自然界其他生物中也并不鲜见。但要知道,"科俄斯"正面临着人类的围追堵截,这时它仍优先吞噬而非逃离,到底是受贪婪本能的驱使,还是另有原因?"麦金莱号"无暇顾及这些,唯有继续追击。殊不知,调动者与被调动者的角色已发生了对换。

直至正午,"瑞亚""忒弥斯"及"欧申纳斯"也相继被青海舰发现。与"麦金莱号"那边的情形不同,它们毫无战意,未见任何停留和变形,只以飞行姿态高速掠过防区。江河自然不可能坐视不管,那样压力将全部传导给"麦金莱号"——解放军历来就没有这样的风气。于是,青海舰也加入了追击。

低纬度海区的阳光炙热而明亮。三个吞噬者施展变色隐匿的本领,几乎与蓝天及云朵融为了一体。但它们实在太大了,就像一头大象即使是透明的,被塞入冰箱还是会被轻易发现一样。它们的躯体对阳光的折射率与空气和云层不完全一致,在高速飞行中就会呈现出类似肥皂泡的视效。

在江河眼中,它们就像三条拖着无数触手的鲸鱼。只是吞噬者仿佛已经庞大到连海洋都无法容纳了,比海洋更广阔的天空才是它们的遨游之所。只见三个吞噬者群落依次掠过太阳,一时竟分不清到底是太阳照出了它们,还是它们吞下了太阳。此等情形,就算是上古时居于日中的三足金乌也要逊色不少吧?

在吞噬者之后,有诸多如萤火虫一般闪烁的光点,那是追击的舰载机尾焰和无人机爆炸产生的火花。这让江河脑中闪过一个词——白虹贯日。可即便如此,吞噬者奔袭的势头仍未有丝毫减缓。

"郦道醒了,正在重建与龙族的感应。周宁和秦晴就留下监测他的状态了。"不用回头,江河就知道是胡炎来了。他嗯了一声,静待对方下文。

"吞噬者的行为不太正常。它们……好像在竭力避开我们。"胡炎字斟句酌地说。得出这个结论并不难,但它确实有悖常理。莫非在吞噬者看来,"麦金莱号"要比青海舰更好对付?

"原来你也这么想,看来不是我多虑了。"江河几不可闻地叹了口气。

"你早就知道了?"胡炎惊讶道。

"不算太早,从'许珀里翁'开始吧。战役初期,'麦金莱号'遇到了两个吞噬者,我们只有一个。当时我就怀疑'许珀里翁'只是一路用于试探虚实的偏师,真正的主攻方向在'麦金莱号'那边。"

"现在三个吞噬者群落的反应更坐实了怀疑。当然,这都算不上证据,但军人的直觉告诉我,事实就是如此。"

"可是为什么呢?"胡炎又把问题拉回了原点。

"我本来也想不通。特别是'欧申纳斯'这个人类的老对手,它没理由怕我们。直到秦晴提醒,我们忽视了吞噬者拥有智慧的事实。再看看这景象,不管立场如何,都不可否认其恢宏,我突然想通了。"江河指着天边露出轮廓的吞噬者,目光深沉。

"吞噬者是懂得趋利避害、掩盖自己真实意图的。它们确实害怕我们,因为我们有'麦金莱号'没有的东西。准确来说,它们怕的不是我们,是郦道!现在就与我们对决,会提前泄露它们的计划。"

江河一席话说得胡炎冷汗直冒:"那我们明知是个陷阱,还要闯进去?"

"哼,不要忘了我们千里迢迢来这儿是为了什么。如果不是这次群落会合有太重要的意义,避无可避,吞噬者何必拿自己做饵引我们上钩?如果我们退缩,人类以后恐怕都无法再聚集起如此强大的力量了。即使这是场局中局、计中计,但不入虎穴,焉得虎子?"江河目光凛然,声音却听不出情绪上的任何波动。

"原来如此。"连见多了大风大浪的胡炎也不自觉地低下了头,倒不是因为胆怯，而是直到这时他才重新认识了江河。在他以往的印象中，江河是新一代典型的高知将领，年轻，专业，谦和。但有那么一瞬间，他仿佛流露出了一种……杀气。

"郦逍这边有情况，请两位快过来！"呼叫突如其来，两人对视一眼，快步走入直通第二指挥室的升降梯。

"融合要开始了。"刚一见面，郦逍就没头没脑地说。江河疑惑地看向秦晴和周宁，但两人都摇了摇头。好在此时郦逍的目光是澄澈的，应该不是精神崩溃下的胡言乱语。

"是龙族告诉我的。"几人差点儿忘了郦逍透视思维的能力，看大家反应过来了，他继续解释，"这就是吞噬者群落聚集的目的。和它们互相吞噬不同，融合对每个吞噬者而言都是主动的，规模也大得多。"

"融合的结果是什么？"周宁问。

"不知道。"郦逍苦笑着摇摇头，"在龙族的记忆中，吞噬者发生融合的事件屈指可数，这次是有史以来规模最大的。而上一次融合是由三个小得多的吞噬者群落进行的，在那之后，吞噬者就从海洋走向了天空。"

"或许可以认为，吞噬者每次融合进化，本质上都是为了提升攫取太阳能量的规模和效率。这对地球上其他生物也是同样适用的。那么之前部分专家关于吞噬者最终将把地球包裹起来，垄断太阳能，并依据自身需要调节地球生态的预言就可能成真了。"胡炎总结道。

一时间，众人都陷入了沉默。

"我们要做的就是阻止它的发生，当务之急是支援'麦金莱号'，大家都做好准备吧。"江河率先行动起来，其他人也迅速回到自己的岗位上。

在战场另一端，"麦金莱号"却没把青海舰发出的警告当回事，一路穷追猛打，肆意倾泻着火力。这也是美国人一贯的战术，简单、粗暴，但已被无数次战斗证明有效了。很快，两艘航母进入视距范围，遥遥相望，而剩余的四大吞噬者群落也完成了会合。两大阵营的最强战力一时齐聚，于双方而言都已没了退路。无须协同，青海舰和"麦金莱号"立即发起了攻击，而此前就被炸得遍体鳞伤的"科俄斯"则迎头撞向了"欧申纳斯"。

这是一幕天地为之变色的奇景。两个吞噬者如巍峨群山，横亘天际。与"科俄斯"只是吞噬"福柏"的残块不同，双方体型在此时并没有太大区别，它们就像开天辟地时那鸡子中的蛋清，透明而黏稠，伴着碰撞和挤压，渐渐融为一体。毫无疑问，下一阶段就是孵化了，江河看到，两团难分彼此的胶状物中分别出现了一个幽蓝色的光点，如同受到吸引般，它们游移着，迅速向对方靠近。

"那是吞噬者的神经中枢！快阻止它！它们就要融合成功了！"脑海中响起一个声音，江河知道，这是郦道在提醒自己。

"立即调集无人机蜂群进行饱和攻击！"江河一面下令，一面不忘将消息同步给"麦金莱号"。但显然，"麦金莱号"的反应慢了一拍，直到青海舰完成第一批次的无人机轰炸后，它们才姗姗来迟。令人揪心的是，在这个火力空档期，本已被迟滞的融合陡然加速。远远看去，两个吞噬者的表面犹如海浪般翻涌，刚开始两者间的节奏还有差异，但很快便趋于统一。此时，这个更加庞大的新生群落就像一台巨大的加速器，那波涌就是一环接一环的加速线圈，推动着两个神经中枢如高能粒子般对撞。

刹那间，光芒大盛，直刺得人睁不开眼。江河戴上护目镜勉强望去，只见神经中枢已合二为一，大了数倍，正一收一缩地"呼吸"着。

难道新的神祇就要诞生了？江河一激灵，将不祥的预感从脑中赶走。

"轰！"一声雷鸣响彻云霄，吞噬者体内有电光闪烁。江河的心猛地攥紧，但预想中的激光扫射并未到来。再用望远镜对准"麦金莱号"，它也一切如常。江河不禁疑惑地四下观察，似乎没有任何舰艇被击中。不等他搞清楚状况，雷声顿挫，竟密集地炸响起来。吞噬者在利用体内的雷雨云持续放电，但它的形态没有发生任何改变！江河这才反应过来，吞噬者压根儿就没有激发哪怕一束激光！

它的目的究竟是什么？

"有麻烦，郦道说，他在这个吞噬者上同时感应到了'科俄斯'和'欧申纳斯'的生物电信号。"身后传来胡炎的声音。他来得正好，如果还没有头绪，江河都打算自己去找他和郦道了。

"这是第一次观察到吞噬者如此频繁地放电。看起来，它并不是为了制造激光。"江河把望远镜递回给胡炎。

"嗯……确实奇怪。它会不会是在为变化出某种新形态而蓄力？"胡炎嘀咕道，"不过，倒不如抓紧眼前的机会，先把它打下来再说。"

"我知道，但现在无人机消耗太大，形成火力压制还需要一段时间。"江河也清楚机不可失，奈何无人机的库存已经见底。

"无人机数量不够了？"胡炎诧异道。

"是，这是以前没有过的。青海舰上的无人机数量是按极端情况的标准配置的，在此基础上还预留了大量冗余，从理论上说就不可能被突破。"

"吞噬者，尤其是这个合体后的吞噬者，显然不在你们原有的理论范畴内。"

"是我陷入思维惯性中太深，之前几乎没考虑过无人机耗尽的风险。"江河脸色铁青，"'麦金莱号'那边问题更甚。虽然我在使用自杀式无人机时大手大脚，但对返回式无人机还是有所保留的。但吞噬者反复放电，被干扰失控的也不少……"

"等等……不对！我再看看！"江河好像突然想到了什么，脸色更差了。

望远镜里,随着吞噬者每发出一次炫目的闪光,就有无数无人机失控坠海。吞噬者就像一蓬悬于海天之间的妖火,无数无人机被它吸引,如飞蛾扑火般成批赴难。

"这是一个电磁陷阱!"江河大喊一声,心脏一阵狂跳,自己也许犯下了大错!

"什么意思?你是说吞噬者放着价值大得多的航母不管,专门攻击我们的无人机?"胡炎还没意识到问题的严重性。

"航母和舰载机上的精确制导导弹、高爆航弹当然都可以对吞噬者产生威胁,但这些武器和蜂群无人机根本不在一个数量级上。吞噬者和我们拼消耗的意图已经很明显了,它绝对还有后招,那才是真正要命的!"

"召回所有无人机,其他单位保持安全距离,谨慎开火!"江河惊而不乱,立即调整了战术。谁知吞噬者随之变形,几束激光下来,舰载机也接连损毁。

"嘭!"江河狠狠一拳砸在了控制台上,这是胡炎第一次见他如此外露情绪。

"既然吞噬者能生成足以杀伤航母的巨型激光器,那对付舰载机这类目标的小型激光器自然也不在话下。这样下去我们只会更加被动……"胡炎说的是事实,可连他也没有太好的办法。

"让我来帮大家吧。"郦逍淡淡的声音在江河脑中蓦地出现。几乎与此同时,通信频道中也传来周宁的声音:"郦逍告诉我,龙族最后的力量已经集结完毕了。"

"龙族最后的力量?"江河与胡炎面面相觑,话音未落,海面竟卷起了无数旋涡,肉眼可见地越转越大,越转越急。幽深的水面下,似有巨物活动。

"留心观察,注意避开它们。"江河急忙下令。在自然界中,几乎没有什么灾害能对青海舰造成威胁,但近来种种突破认知的事件早已让他舍弃了自己引以为傲的经验。只见那些旋涡每个都和青海舰差不多大小,这本就不多见了,而它们居然还一个挨着一个,像气泡一样层层叠叠。一旦卷进去,天知道会发生什么。

"哞……哞……"水下绵密地响起悠扬的长鸣,有点像鲸鱼的歌声,却又比鲸群合唱更加恢宏。它并不高亢,相反还有些低沉,但所谓大音希声,整个海平面仿佛都随着这奇妙的频率共振起来,如同一架无与伦比的管风琴,而那些旋涡也瞬间变得轻柔,成为这组乐章上最灵动的音符。

渐渐地,乐曲进入了高潮,浩瀚的大海好像被纳入了一个隔绝了重力的异度空间。旋涡摆脱了束缚,形成了一道道如漏斗般的水龙卷。值此奇景,所有目击者都短暂地丧失了思考能力,即便是理智如江河、胡炎,也目瞪口呆地看着眼前这宏大而梦幻的一切,浑然忘了自己正执行着关系人类未来命运的任务。

直到一个水龙卷向青海舰逼来,江河才猛然转醒。他急忙下令转舵避让,但为时已晚,水柱席卷而来,距离青海舰最近时连指挥室内都能听到激流轰隆隆的响声。好在乐章在这时迎来了最壮怀激烈的尾声。一道巨大的黑影顺着飞旋的水流扶摇而上,行至浪潮之巅,它蜷曲如弓,在一声炸响中直冲云霄。失去动力的水龙卷随之解体,在青海舰上降下一阵骤雨。

只见黑影在云层中急速穿梭着,就像一列高速行驶的蒸汽列车,所过之处尽是磅礴翻涌的白气。与此同时,还有更多的黑影现出真身,源源不断地从海中跃出,总数恐怕有数百条之多。

"是龙!"江河和胡炎异口同声地高呼。原来这就是郦道提到的它们最后的力量。这个在人类崛起前曾繁盛一时的种族,如今竟已凋零至此。

只一眨眼的工夫,龙族便从四面八方包围了吞噬者。尽管融合"科俄斯"后,"欧申纳斯"的体积已经膨胀到了原先的数倍,但对惯于独来独往的龙而言,全体出动也是史无前例的事,它们在数量上占据着绝对的优势。无须任何组织,所有龙的意识都天然互通,转瞬便分为了三队。较小规模的两队分别缠住了"瑞亚"和"忒弥斯",将它们彼此阻隔,防止再次发生融合,较大规模的一队则集中力量对付"欧申纳斯"。

事实证明,龙族的策略非常有效。三个吞噬者势如羊群,庞大、迟缓。龙则像牧羊犬一样在吞噬者中疾驰穿梭,看似毫无章法,却驱赶和牵引着羊群行进的路线。

围绕着两者之间渐趋白热化的对抗,不断有星星点点的半透明组织落入海中。实际上它们可不小,长度从几米到十几米不等,都是龙从吞噬者身上撕扯下的碎块。

在龙的攻击下,三个吞噬者无暇变形,舰队压力骤减。江河观察一阵,下令道:"舰载机编队,抵近射击!用航炮,小心别误伤龙。"

看起来,局势似乎再次朝着有利于人类的方向发展。

"报告!"周宁的呼叫让江河暂时放下了望远镜。

"怎么了?慢慢说。"胡炎听出老搭档的语气罕见地带上了一丝慌乱。

"情况有些复杂,下来一趟吧,让郦逍当面和你俩说。"秦晴也说道。

什么事是连周宁和秦晴都拿不准的?当他们下到第二指挥室,郦逍直截了当地给出了答案:"新的吞噬者出现了……不对,准确地说,是复活的吞噬者。"

"什么?复活的吞噬者?"江河和胡炎对视一眼,一时摸不着头脑。

"最开始我也不肯相信。但就在刚刚,在这里,我分明感应到了'许珀里翁'的生物电信号。"郦逍指着自己接满电极的头说。

见江河把询问的目光投向自己，秦晴补充道："已经对'夺舍'和LWAIS进行过停机排查了，系统运行一切正常，没有故障发生。"

"但'许珀里翁'在战役之初就被消灭了啊！一定是哪里搞错了。"那一仗是江河亲自指挥的，这也不是丢了个不起眼的俘虏，他实在无法想象如此庞大的目标是如何在自己眼皮子底下逃走的！

"可我和龙族也反复比对过了，它们和吞噬者斗了上千年，不会连敌人都认错……"正说着，郦逍突然脸色大变，身子跟着一僵，眼看着又是要癫痫发作的样子。

周宁对这种变故早有了万全的准备，二十四小时待命的医疗组立即到场，在郦逍身边围了个水泄不通，其他人都自觉退开。这种超常规的应对并非每次都有必要。自登舰以来，郦逍与龙族间的信息传递几无间隙，谁也不知道波峰会在什么时候到来，再加上郦逍惊人的适应力，很多时候只靠他自己就能缓过来。但在这点上，周宁没有丝毫退让的空间，郦逍的安全对他而言是具有最高优先级的任务。很难说他的态度有没有掺杂个人感情，但正是这份坚持将在不久后拯救郦逍的生命。

这次果然也不例外，还没等医生开始急救，郦逍便支起身子，摆手示意自己没事。他半闭着眼，脸色还是很差，口中却念念有词。

"暂时应该没有大碍……"得到周宁确认后，医生如蒙大赦——病人的种种表现已经超出了现代医学的认知范畴，以致他越治越没底，巴不得赶紧撤走。

"它来了，没错，就是'许珀里翁'。"

"等等……是'泰西斯''摩涅莫绪涅''克洛诺斯''伊阿珀托斯''忒亚'，还有'克利俄斯'……天啊，它们全都回来了。"

郦逍的声音刚开始还有些微弱，但渐渐就洪亮起来。他所说的每一个字，在场的人都清晰无误地听到了。

几人交换了下眼神，意见是统一的，但谁也不愿意挑明。如果郦逍所说为真，那人类这一场声势浩大的奔袭岂不成了笑话？谁能负得起这个责任？

"原来如此，是它！它一直都在。"郦逍已经完全清醒了，他几乎是盖棺论定地说出了这句话。

"它？"几人不知又出现了什么大麻烦。

"是'共工'，那个扛过了多轮导弹攻击的初代吞噬者！我们之前一直认为它已经被'欧申纳斯'取代了。现在看来，我们追击的十二个吞噬者群落，可能无一例外都是它的诱饵。而'共工'则一路尾随我们，借机吞食同类残躯，悄悄发育。所以其他吞噬者的生物电信号才会在它身上出现，它们已经成为'共工'的一部分！"

所有人都震惊得说不出话来。这时，通信频道也突兀地响了："舰长，'麦金莱号'来电，他们舰队中的一艘潜艇失联了。"

"潜艇失联？"江河嗓音一颤，感觉自己的汗毛都立起来了。该不会是……他扫视了一圈，看其他人的神情，显然有着和自己一样的担忧。

似乎还嫌他们的精神过载不够，郦逍紧跟着又喊道："来了！"

一刻也不能等了！江河飞奔进升降梯，胡炎也跟在他身后。

快点，快点！尽管不过十几秒，他还是急得直拍按钮。此时已经没有人可以保持镇定了。至少在感觉上，升降梯舱门的闭合速度快了一两秒。两人冲入指挥室，正好赶上了令天地为之变色的一幕——"共工"出水！

龙群腾飞激起的余波尚未散去，海水激荡，但在"麦金莱号"左舷不远处的偌大洋面诡异地凝固了。恍若一个水晶球从海底升起，它有着近乎平滑的完美曲面。如果说大海是混沌初开的原始宇宙，那它便是其中诞生的第一颗恒星，与它的光芒相比，那些水龙卷不过是宇宙间微不足道的尘埃罢了。

它上升的速度并不快，像陆地板块上缓缓隆起的高原和群山。

海水沿着它的边缘流淌，在大海中央形成了一个前所未见的闭环瀑布。等到磅礴的水雾散去，海水高山终于露出了它的本来面目——"共工"，这个人类观测到的，或许也是有史以来最为庞大的吞噬者之王。

与其他吞噬者群落不同，"共工"似乎将身躯紧紧裹住了，除了最先露出水面的"头部"。那里构成了一个形如伞盖的组织，其间充盈着幽蓝的辉光，似有液体或气体存在。它一收一张，像水母般拉动着躯干浮升。

"快下令开火吧！"胡炎催促道，即便是平生仅见的奇景，他也明白这壮美后隐藏的肃杀。江河为什么还不动手？

"再等一下，你仔细看它里面有什么！"江河不禁恼怒，胡炎这才注意到，在"共工"半透明的躯干内有个雪茄形的黑影。

"是那艘失联的潜艇！"胡炎惊道。

"刚收到美方消息，不是携带核弹头的那艘，算是不幸中的万幸了。"江河干笑一声。

仿佛向人类示威，一阵辉光流动后，"共工"的柱状躯干竟变得透明，像巨蟒一样蠕动起来。与此同时，悬吊于半空，清晰地展现在人类眼前的潜艇却被某种未知的巨力拧转，钛合金铸成的艇身便如酥脆的麻花般扭曲、碎裂。

这一切不过发生在瞬息之间，"共工"的浮升仍未停止，只是从"尾部"窸窸窣窣地吐出些潜艇碎片。碎片亮闪闪的，连绵不绝地溅起白色的浪花，远远望去，宛如一场自空中倾倒的垃圾雨。

不难想象江河和胡炎脸上是怎样的表情。事实上，如果青海舰和"麦金莱号"一样离得更近一些，或是用望远镜，他们还能看到垃圾雨中掺杂的大量人类的残肢断体。

人类作为地球主宰的尊严在这一刻被无情地践踏了。

"打，给我狠狠地打！"江河暴怒着下达了命令，而再度遭受重创的"麦金莱号"编队已经先一步开始了反击。

可这些努力似乎都已经无法阻止"共工"。顶着人类的攻击,它蜷缩的躯干缓缓展开,在漫天炮火映衬下宛如一场盛大的加冕仪式。

终于,云端之上,"共工"完成了变形。该如何描述它呢?胡炎无法组织起合适的语言,却又似曾相识。对了,他想起来了,在第一次捕获吞噬者残骸时,那具主脑如果放大许多倍,应该就是它现在的样子。胡炎不禁怀疑,三星堆古人塑造的通天彻地的神树可能真实存在过……

难得江河在目眩神迷中守住了一丝理性,他猛然意识到这还不是最坏的结果。

"先和龙一起干掉'欧申纳斯''瑞亚'还有'忒弥斯'!"他果断掉转了主攻方向。军方最初的设想本就是集中优势兵力歼灭吞噬者,谁承想吞噬者在战略欺骗上并不逊于人类。事到如今,就看谁能把这条战场上的真理坚持到最后了。

青海舰编队再无保留,无人机携带航弹倾巢而出,连舰载机也一同压上,实施近身格斗。能登上航母成为舰载机飞行员的人都是精英中的精英,对他们而言,以舰载机为中枢来指挥几十架无人机协同作战,就像用餐前摆好碗筷一样简单。可现在,他们必须放下自己于千里之外取敌首级的本领,像古老的填线步兵一样去死守战壕,当然也就不可避免地遭受了巨大的损失。而通过郦道,青海舰编队搏命式的打法也感染了龙族。它们明显更亢奋了,从最初围绕吞噬者边缘游走,逐渐开始转向纵深穿插,甚至让吞噬者内部也不时迸发出汹涌的火焰——那是被困住的龙引爆了体内的氢气。

通信频道一直开着,尽管听得出在竭力忍耐,但郦道的呜咽声还是不时传来,其间夹杂着周宁和秦晴的呼唤,令人无比揪心。

"江河,要不我们……"胡炎犹豫着恳求道,但看江河的脸色,他又把后半句话咽了回去。

"唉!"胡炎颓然坐下,抱头无语。而在通信频道另一头,一贯维护郦道的周宁和秦晴也罕见地未作阻拦。大家都很清楚,人类和龙族与吞噬者的战斗已经进入了白热化的阶段,事关人类和地球的未来,这个时候又怎能让个体的安危影响大局呢?

在付出极为惨重的代价后,人类与龙族成功阻止了"瑞亚"和"忒弥斯"的突围。两只巨兽化为火球,自高空陨落入海。饶是如此,江河仍不放心,又命令潜艇用鱼雷在水下炸了一遍,确保"共工"无法再通过同类的尸体获得补充。

在这场跌宕起伏的战役中,吞噬者本是占得先手的一方。它们利用人类的傲慢,不但顺道完成了几大群落的融合,还巧妙地将底牌藏到了最后。自然,吞噬者不会允许人类翻盘,即使有龙族介入也是如此。甚至可能和人类一样,它们也许下了一战而定的野望。于是,已经隐入云端的"共工"停止了垂直升降,转而水平运动,如山岳般压向"欧申纳斯"。

此前的研究和郦道的说法早已相互印证,吞噬者群落也与龙族一样通过生物电感应实现交流。随着"共工"的移动,"欧申纳斯"显然也收到了指令,开始了最后的绝命冲刺。面对挡住自己的大批人类战机和龙,它居然选择了直接碾过。一连串的爆炸在"欧申纳斯"体内响起,每一声都代表着鲜活生命的逝去。

"不惜一切代价也要阻止它!"江河声嘶力竭地吼道。可此前中计的恶果开始显现——青海舰编队的无人机已经不够用了。

千疮百孔的"欧申纳斯"损失了部分升力,但前冲的势头仍在,以一条斜向下的轨迹奔向"共工"。"欧申纳斯"本就是"共工"的子代,被吞噬不代表着终结,相反,这无异于一场回归与新生。

在另一处战场,囿于长期养成的作战习惯,"麦金莱号"的弹药危机来得比青海舰更早。迫不得已,它只好改用少量的高精度弹药进行重点打击。但残酷的现实是,这种零星的攻击犹如隔靴搔痒,对"共工"基本产生不了什么威胁。

"共工"形如神树，其主干上又分出诸多"枝杈"。紧要关头，这些枝杈陡然暴长，竟化为触手卷入龙族和战机群。一声声震耳欲聋的嘶吼和爆炸声中，这道最后的防线也瓦解了。

"欧申纳斯"与"共工"的融合最终还是无可挽回地发生了。两大巨兽体内裹挟的雷雨云狂暴地交织着，几无间隔地落下无数惊雷。在它们上方，黑云压顶，如天河决堤般倾泻而下。在炫目的闪光和惊天动地的巨响中，江河和胡炎的感官已然麻木，只在脑中不约而同地闪过一个念头——天塌了。是啊，这一撞，就如神话中的共工触不周山，恐怕连天地之间的秩序也要就此改变了。

"共工"在强光照耀中若隐若现，带着不可名状的压迫感，那暗影一点点蜿蜒爬附，竟将一丛丛闪电囫囵吞下。如同被钉住七寸的蛇，闪电骤然僵住，很快便消弭无形，狂暴的能量就这样被吸干了。受此催化，"共工"的扩张似乎突破了瓶颈。目之所及，天空已不留一丝缝隙，到处蠕动着吞噬者黏厚的胶质躯体。

肉眼可见地，"共工"内部发生了某种变化，就像孕育胚胎一样，好几个纺锤状的构造正在成型。

"危险！快撤！"江河和胡炎对视一眼，他俩都听到了。虽然很低微，但毫无疑问是郦逍的提示而非幻觉。没想到，在刚刚亲身经历了数十次龙族成员死亡的打击后，他竟能如此快捷地重回战斗状态。

"是激光！"郦逍的提示再次到来。

"要命了！"江河急得跺脚，原来那些纺锤状构造就是吞噬者的撒手锏——激光发射器。

撤离警告迅速在两大航母战斗群中传递。与青海舰上所有人围绕郦逍拧成一股绳不同，"麦金莱号"内部或许经过了一场争论，因此它的转向加速也明显慢了一拍。就在这时，电光闪现，伴随着一连串似雷非雷的滋滋声,天突然亮了。一道淡紫色的光柱从天而降,落在不远处的海中,海面顷刻间被凿出了一个坑,蒸腾起一片白雾。接着,如探照灯一般,光柱开始移动。

"原来它是这样子的啊。"江河带着些许军人对武器特有的痴迷,并不感到恐惧。

"这都什么时候了?"胡炎苦笑,却也忍不住解释道,"激光的特点是指向性极强。你想我们用的激光笔,光斑处是特别亮的,但除了光斑处,不关灯都不大能看到什么。不过,如果能量够强,激光通过大气时会把空气分子电离,也就是我们现在看到的了。"

命令已经下达,两人的讨论也不会影响青海舰驶离。就在这时,那如天罚般的光柱蓦地消失不见了。

江河突然一阵没由来的心悸,还没来得及仔细感受,淡紫色的光柱毫无预兆地再度出现,笔直地划过舰尾。

滋……滋……刺耳的金属切割声中,舰尾被削去的一块儿没入了海中。

江河看了看身边的胡炎,他的脸色难看至极,想必自己在他眼中也是如此。那刚刚的感觉就好理解了——想必"共工"在短暂调试后就立即发起了攻击,郦道根本来不及提示,只下意识地把对危险的感知共享给了大家。

"损管部,立即核实受损情况,抓紧时间抢修。"江河对通信频道下令。眼下也只好走一步算一步。

"激光来袭的角度稍偏,未对舰体造成结构性破坏。有一处较大的贯穿伤,但很幸运,没有触及核反应堆、弹药库和燃油库等要害区域。"江河话音刚落,身在第二指挥室的周宁就给出了回答。看来郦道又沉浸到紧张的感应中去了。而作为这里他最信任、最有默契的人,周宁时不时便会协助郦道发布信息。在集体意识的海洋中,青海舰上的每一个人都是郦道的耳目,由他综合而来的结论肯定是最准确的。

"但……"周宁惨笑道,"'麦金莱号'……完了。"

"你们自己看吧。"不待江河和胡炎从震惊中回过神来,周宁已经结束了通话。他们这才暂时把注意力从青海舰上移开,看向海面。

两舰分列战场两端,撤离时又相背而行,因此已经拉开了一段距离。肉眼望去,"麦金莱号"像一个小巧的航模,似乎没有什么异常。

胡炎疑惑地看向江河,却见江河双手握拳,指节已捏得发白。

"你视力不如我,用望远镜看。"他冷冷地说道。

再看过去,这次连不通军事的胡炎也发现了问题:"'麦金莱号'失火了?好大的烟……"话未说完,他突然惊恐地甩开望远镜,却正撞上江河森然的目光。不自觉地咽了口唾沫,胡炎叹了口气,又重新拿起望远镜。

烟雾的来源渐渐显露了出来,是一道纵贯甲板的恐怖裂口,并且还在不断扩大中。裂口深不见底,看不真切,但时不时闪现的电光和火舌表明,许多管线和电路遭到了破坏,"麦金莱号"内部的火灾已趋于失控。更具视觉冲击力的是,这道巨大裂口是一条近乎完美的直线,标准得如同球场中线。而裂口边缘除了一层青黑色熔融残留外,竟也是平滑的。

"'加菲尔德号'遇袭时都没有产生这样的效果!"胡炎颤声道。

"这说明'共工'发射的激光能级又提高了不少。之前我们关于航母基本能扛住吞噬者激光切割的测算已经不保险了。"

"立即联系'麦金莱号'!了解受损情况,看是否需要救援支持?"

仿佛为了回应江河,那道深渊中突然爆出一声巨响,火舌宛如活物猛地窜出,又似乎被虹吸着,飞快地缩了回去。

是眼花了吗?胡炎用力揉了揉眼睛。开始还不明显,但随着裂口越来越宽,他发现这不是自己的错觉,被一分为二的"麦金莱号"

甲板正朝裂口处倾斜。不！不仅是甲板，"麦金莱号"整个舰体都在往内凹陷，就像吃早餐时被摁入豆汁儿里拗折的油条。它的首尾两端缓缓翘起，最终在重力作用下到达了临界点。与青海舰受损时相似的摩擦声再次出现，却大了许多倍，持续时间也更长。就在这怪异的挽歌中，前后两段航母舰体以相反的方向侧翻坠海。

时间自此变得无比煎熬，"麦金莱号"仿佛被置于慢镜头下，沉没的每一帧每一秒都被无比清晰而又触目惊心地播放了出来。

一种强烈的不真实感笼罩了胡炎。尽管江河已经做出了预判，但他从未想过代表人类军事力量巅峰的航母居然会在自己眼前被折成两段。"航母是漂浮的铁棺材"，这句狂言竟以如此意想不到的方式变为了现实。

"我们还有反制的手段吗？"抱着最后一丝希望，胡炎问江河。

"无人机和舰载机基本损失殆尽。"军事上到底还是江河更为敏感，他已经在思索对策了。

"至于郦逍和龙族，我们没法再要求更多了。"郦逍已经有一会儿没动静了，不知龙的接连死亡会不会让他经受不住？江河很担忧，却实在无暇分心关照。

"除非……"排除所有可能后，就只有最后那一个办法了。可真的有必要这样做吗？江河不知道自己能否承担这个责任。

"舰长，美方紧急通报！"通信兵的呼叫打断了江河纷乱的思绪。他接过耳机，刚听了几句便脸色大变，但又很快平静了下来，只是神情颇有些复杂。

"怎么了？"胡炎在一旁看着，不解道。

"通知全体战斗编队，对了，还有龙族，立即加速撤离！美国人打算使用核弹了。"江河一面大喊着，一面在心中默念。他知道，龙族未必能理解核爆的威力，但郦逍会把消息传递给它们的。看着一时说不出话来的胡炎，他幽幽叹了口气："不愧是美国人啊，做这事儿还真没一点儿心理负担。"

胡炎不放心,又亲自去了趟第二指挥室。好在郦逍虽然昏沉沉的,但似乎并无大碍,周宁和秦晴则寸步不离地守在他身旁。周宁做了个噤声的手势,凑近告诉胡炎,郦逍刚结束了一场癫痫发作,又安排完残存的龙族撤离,精力几近透支,先让他缓缓。

于是胡炎多待了一会儿,三人各怀心事,一时无话。突然,这座包裹在钢铁丛林深处的堡垒猛地一颤。

"我得回去了!"胡炎腾地站起,他当然明白发生了什么。而就在他抽身离去的同时,郦逍的手指也动了。

等他回到指挥室,核爆已经结束了。蘑菇云随冲击波而消散,但核爆的余晖仍在,照耀着站立如雕塑般的航母舰长,在他身后投下了长长的影子。

"唉……"江河转过身来,长叹一声。胡炎看到,他两眼通红,挂着泪痕,显然他在强光还未完全退去时就急不可待地观察战果了。

"目标还在,美国人的核弹没能消灭它。那么,凭我们这次携带的核弹当量也很难确保摧毁它。"江河平静地说出了最绝望的话。

"这不可能!"胡炎抢过望远镜,"共工"能顶住导弹就已经够颠覆常识了,可现在江河居然说它在核爆中存活了下来?他无论如何也不敢相信。

然而眼见为实,天边那挥之不去的巨物让他不得不信。核爆的余烬给它半透明的躯体染上了一层厚重的血红。胡炎可以清楚地看到,"共工"失去了几乎全部的枝杈、根系和触须,连躯体主干也出现了大面积的残损。可是,那股来自洪荒的生命力仍在,它正以令人恐慌的速度再生,宛如一只涅槃重生的火凤凰。

"再不走怕是来不及了。"胡炎喃喃道。他和江河都明白,图穷匕见后,胜利的天平已经倒向了吞噬者。一旦它完成自我修复,人类舰队的末日就到了。

可现在他们又能逃到哪儿去呢？江河不甘心，暗暗盘算着弹药库存。但他很快悲观地发现，除了压箱底的核弹，自己已经没有了殊死一搏的资本。

"江河！还记得开战前我们做的海情和气象侦查吗？"通信频道里突然响起了秦晴的声音，她是最了解江河的人。

"当然……"这是他作为一名海军指挥官必须做的准备。

"那么我们现在继续北上，很快就可以冲出赤道无风带了。根据LWAIS此前的测算，那里有一场飓风正在生成。"

"好！"江河感到全身的血液都沸腾了起来，现在他要带领整个舰队突入飓风！多亏了秦晴，自己差点忽略这个办法。对于现代化的海军舰队而言，飓风仍会带来危险，但并非不可挑战。它自然也无法威胁到吞噬者，但庞大的吞噬者多数时间在平流层中活动，飓风至少会对它的变形和维持激光发射状态造成干扰。而这，或许能给人类带来一线翻盘的希望。

极速航行间，江河想起了很多，家人、战友、上级，他们和自己相处的点点滴滴不断在脑海中闪过。但同时他也遗忘了很多，就像置身事外地看完一部纪录片，一点点消解了自己的情绪，最后只余下了战斗的本能。

亲爱的人类啊，希望未来你们能理解我此刻的决定。面对前方如深渊般浓黑的海面，骤起的巨浪和暴雨，他和他的舰队决绝地冲了进去。

剧烈的颠簸很快传来，大雨如注，伴着猎猎风声不断叠加，一波波轰击在指挥室的舷窗上。青海舰是一艘满载排水量超过十万吨的钢铁巨舰，这种风雨飘摇的体验是此前从未有过的。江河不由得担心起停放在甲板上的舰载机来，但随即反应过来，它们大多已经在战斗中被毁了。舰外能见度极差，通信频道也断断续续的，满是杂音，似乎只留下了青海舰独自面对这天地之威。

就在这时，不远处出现了一道光束，划破了这窒息的夜空。接着，更多光束陆续升起，它们是来自不同舰艇上的探照灯。但这份战友支持带来的温情只维持了片刻，那种阵阵心悸的感觉再次袭来。

"都给我关上探照灯！"也顾不上清晰与否了，江河猛扑到通信频道上吼道。话音未落，一道紫色的亮光就轰然降下，接着是第二道，第三道……他绝望地看着海面上翻涌起的烈火，明白正是探照灯在扰动的飓风中吸引了"共工"的注意。江河当机立断，命令开启青海舰上的全部探照灯，为其他舰艇争取时间。

"去第二指挥室避一避吧，这里太危险了！"胡炎拽住江河的胳膊就想往升降梯处去，却不料江河轻松挣脱了，连带着他整个人都被晃了个趔趄。

"这可是我的战斗位。"江河露出释然的微笑，"牺牲的兄弟们都看着呢，我不会走的。"说完，一使眼色，两名士兵便一左一右架起胡炎，在他错愕的质问声中将其强行带离。

果然，下一道天雷很快便落在了青海舰首。这是江河第一次如此近距离地面对吞噬者的激光。他能清晰地看到激光切割时飞溅的火花和蒸发金属时产生的白气。激光就像沙漠中狂飙的骏马，以绝尘之势向舰岛扫来。

"来啊！"江河在心中怒吼，仅剩的百余架自杀式无人机倾巢而出，如满天星般散开，从不同角度攻向"共工"。一兽一舰就像两个厮杀到了最后时刻的骑士，他们的箭镞已然用尽，盔甲残缺不全，唯有高举长枪，向对方发起绝命冲刺。

预想中的炙热死亡并没有降临。江河看着那紫色光束渐渐变淡，直至在舷窗前消弭无形，只在甲板上留下了一道焦黑的灼痕。凭借经验，江河一眼看出青海舰的甲板并没有发生与"加菲尔德号"类似的形变。很快，损管部的汇报印证了他的判断，这次激光攻击仅在最初的点位击穿了甲板，青海舰的主体结构并未受损。

看来美国人的核弹还是重创了"共工",飓风也确实起到了一定的遮蔽作用。可青海舰已基本丧失了反击的能力,"共工"的再生却没有停止。难道就只能眼睁睁看着这最后的机会溜走吗?江河感觉自己的脑子都要爆炸了,可思来想去,似乎只剩那唯一的办法了。

就在这千钧一发之际,阵阵龙吟再次响起,恢宏中透着一种奇妙的韵律,不但盖过了狂风巨浪,穿透了厚实的舷窗,更直击人的灵魂深处。江河突然就不再焦躁了,一切还没结束,坚持下去!这是龙和郦逍传递给自己的信心吗?他一时也分辨不清了。

只见一条条巨龙以青海舰为圆心,借着飓风盘旋而上,气势磅礴,神似天幕间挥毫的狂草。它们中有些离得极近,翕张的鳞片、飞舞的龙须,森寒的利爪和巨齿,还有那如电的目光,江河全都看得清清楚楚。此前的战斗已经让龙族付出了惨重的代价,幸存者体内的氢气也被消耗了大半,于是它们纷纷重归大海,那是它们出生、成长和安眠的地方。如果龙族就此离去,江河完全能理解,但没想到它们仍未放弃。能看出来,剩下的这些龙的体型要比之前出现的一般个体更大。显然,这已经是这个种族最后的精英了。

与此同时,身在第二指挥室,看似没有直面危险的人们也并不轻松。随着潜龙入海,通信沉寂,郦逍才刚刚喘了口气。谁知信息的洪流突然爆发,峰值还更胜从前。他的脑细胞就如同堤坝,渐渐被大水漫过,随时有坍塌的可能。相对应的,"夺舍"和LWAIS的使用已经到达了一个临界点,秦晴严阵以待,密切监控着系统,防止它出现纰漏。几名医生则努力维持着郦逍的生命体征,可即便如此,它的波动仍然极大,很多时候完全超出了正常人类的水平,又数度滑落到了致命的边缘。他们不断向周宁投去问询的眼神,但得到的回复只有一个:继续,不惜一切代价帮郦逍撑下去。周宁很清楚自己在做什么,但依然痛苦而坚定地执行了。为了明天,为了全人类,不只是郦逍,在场的所有人都将战斗到最后一刻,无一例外。

然而却无人知晓，郦逍所承受的远不止于肉体上的折磨。与龙族高频次、高强度的交流虽然对脑力消耗巨大，但郦逍已经基本适应了。甚至龙死亡时的巨大痛苦他也能勉强忍受。但此时，一股陌生的力量毫无征兆地侵入了地球集体意识。它强大而原始，透着一股蛮荒的气息，仿佛一个来自远古的诅咒，让郦逍本能地感到厌恶。突然间，他似乎"掉线"了，周遭都是浓得化不开的黑雾，再收不到来自龙的一丁点儿信息。

"呦，这是郦氏的后人吧。可惜啊，当年没能斩草除根。"一道如金属划过玻璃般的尖厉声音出现了。

"谁？"郦逍感到一阵恶寒，在地球集体意识中，普通人类的思绪太过微弱，除了龙和托付传承的水神，这是第一次有如此强大的力量向自己发声。并且，它明显不怀好意。

"姓徐的小子倒是把传承还给了你们，算一算，上一代是你祖父吧？知道他怎么死的吗？哈哈哈……"另一个声音也阴恻恻地笑了。

不容郦逍拒绝，视野猛地一晃，一个背着军绿色挎包的中年人突然滚落在了他面前。也不知之前经历了什么，此刻的中年人遍体鳞伤，双腿绞在一起，折断成了一个诡异的弧度。但不远处波光粼粼，他仿佛受到了鼓舞，靠着唯一没受伤的一只手臂，挣扎着爬向水源。可惜，他的伤势实在太重，中途靠在一面石壁上后，便再没了声息。到了这里，郦逍已经能猜出这个受伤的中年人是谁了，却只能眼睁睁地看着他的尸体腐烂，被一丛丛细丝像血吸虫一样缠住，吃干抹净。郦逍实在不忍看这惨烈的画面，但那个神秘力量竟已通过集体意识侵入了他的大脑，正肆无忌惮地将这些东西强灌进来。

接着，是突发心肌梗死跌倒在地，却因身边没人而连急救电话都拨不出的父亲；是被卡在变形的驾驶室里，吐出血沫和白汽，又很快被冻住的索南……

"这些人可都是因你而死的。"那几个声音交织在一起，如丧钟般在郦逍耳边回荡。顷刻间,胸膛仿佛连挨了几记重拳,每次喘息都带着股咸腥味儿,是心在滴血啊,也许从一开始自己就做错了。

那现在的坚持还有什么意义?郦逍心中蓦然升起一股颓丧的情绪。这几年来,他躲在可可西里悄悄舔舐伤口,直到最近才如天选般获得了呼风唤雨的能力。看似潜龙在渊,但穿透层层心理防线,他依然不过是那个悔恨自责,却再也无法弥补过往的失意青年。

"你怕了吗?"纷乱的意识洪流中,又一个陌生的声音出现了,却是那样的慈祥宽和。

"我该怎么办?"郦逍感到此刻的自己比曾经在暴风雪中迷失方向时更无助。

"哼,从前元悦没能蛊惑我,如今又想用同样的法子来对付你。

"时间过去太久了,可我仍记得刀刃从脖颈间划过时滚烫的触觉。紧接着就是冷,能清晰地感知到血液喷涌而出,带走了生命的全部热力——这便是死亡了。

"要说不怕肯定是谎话。但万物循环,毁灭即新生,这本就是天地间亘古不变的真理。生前我领悟不深,直到魂归神识境方才窥得天道。

"也是在此,我监视着元悦和那班宵小。只是千年如一日,即使栖于神识境,意识也终有彻底消散的一天。不久前元悦等人苏醒,异动连连,我便明白这一刻怕是不远了。作为你的先祖,以历代水神之力,让我们为你做最后一件事吧。"

那个声音自顾自地说完,洒脱中带着无尽的沧桑。

"您是……"自从进入地球集体意识以来,郦逍主要的交流对象就是龙,郦卫国只在最初揭示千年秘辛时稍有提点,此后便再未出现。他记得祖父曾说自己的意识时日无多,想来是经不起损耗了。而那些更强大的水神意识则可以在神识境中延续许久,甚至穿越千年。结合刚刚的话,虽很令人震惊,但这位先祖的身份在郦逍心中已经有了答案。

"孩子,你没猜错。他就是我们家族中的那位传奇人物。"郦卫国的声音也出现了,令郦道顿感心安。

"不光他与我,所有先辈都将助你一臂之力。于我们而言,神识境中的岁月已经长到失去了意义。新秩序即将建立,该是退出的时候了。"

"等等……"郦道听出了祖父话中的诀别之意,心中仍是一片迷茫。

"众生皆因果。如果不是当年我执意找水,你父亲的一生不会那样坎坷,而你也不至于没个去处……可那场暴风雪把你留在了可可西里。绝境之中,转机往往就在眼前。"

"走吧,我们还有正事要办。接下来要靠他自己了。"

在郦道元的催促下,祖父的声音渐渐缥缈,但郦道身边却汇聚起了一圈白光,它有如实质,飞速流转着,不断扩大。

"啊!你们竟坏我好事!"一声凄厉的惨呼后,周遭令人窒息的黑雾被一扫而空。脑海中模糊地浮现了什么,郦道振作起来,拼命想抓住它。

毫无疑问,那股试图在精神上摧毁自己的邪恶力量就是"共工"在集体意识中的投影。如历代水神一般,它也集合了无数分身,只刚刚出现的就有元悦、魏忠贤……在先辈们的干预下,"共工"没能得逞。但它为何会突然撇开龙族和青海舰,转而攻击自己呢?莫非这儿真有什么是让它忌惮的?

谁知,在浩渺的集体意识中,这个小小的念头竟如蝴蝶扇动了一下翅膀,顷刻间便引起了巨大的连锁反应。冥冥之中,群龙好像受到了某种召唤,从原本分散开来、多点攻击的状态,转而开始向一处汇集。它们冲破重重阻挠,不断攀升,直至居高临下地俯瞰"共工"。这一刻,上古时期龙族面对吞噬者的睥睨之气仿佛又回来了。

江河、胡炎、周宁、秦晴各自通过侦察无人机传回的影像目睹了这一切，震惊之余，他们也有了一个共同的疑问：龙为什么要这么做？如今它们和"共工"的体型差距已经太大，只有化整为零的游击战才能发挥自身迅捷的优势，这个时候集中起来，难道不是自寻死路吗？

很快，龙就再次用突破生物学常识的方式给出了答案。

一条青色巨龙当先飞出，加速盘旋。这显然是一场毫无保留的极限冲刺。因为即使在飓风中，巨龙身侧喷薄而出的白气也清晰可见。高速盘旋中，它们化为一道长长的尾迹，最后形成了如异界之门般的巨大环形。这个形状让胡炎感到莫名的熟悉，却一时想不起在哪见过。

"是它！"周宁突然喊道。这就是那条将郦逍带出青海湖的巨龙！周宁是最早赶到现场的调查人员，也第一时间查看了监测影像，尽管有些模糊，但此时他还是一眼认了出来。而从体型上看，这条青龙很可能也是剩余龙族的首领了。

紧接着，一条身形小一圈的龙也飞了出来。它循着尾迹追上青龙，竟张开巨口，猛地衔住了龙尾。第三条，第四条，第五条……按一大一小的顺序，龙族逐一加入，这个庞大的异界之环由虚化实，渐渐成形。

"它们是一雄一雌交替列队的！"秦晴总结出了更趋于实质的规律。

"一阴一阳谓之道……"胡炎不禁念叨道，却被郦逍突然的惨叫打断。

他们回过神来，只见郦逍浑身战栗，眼里已全是眼白。

"融……合！"他紧咬的牙关中挤出令人惊异的两个字，手在脸上、脖子上抓出一道道血痕，仿佛要将自己撕碎。

类似的情况之前也发生过，但从没有哪次来得如此凶猛。几人只好拼命摁住郦逍的手脚,再用约束带将他控制。

"融合!融合!"郦逍的声音越发急促。这不太正常,以往他癫痫发作时,意识是逐渐丧失的,哪会和现在一样,好像在提示什么呢?

又是秦晴最先瞧出了端倪,她将无人机传回的影像倒回,反复拉快再慢放,最后在一个两龙相接的近镜头处定格下来。

"它们可能真的……融合了。"秦晴言辞谨慎。但停顿的视频中,两龙相接处脱落的鳞片,后龙没入前龙肌肉的牙齿和鼻腔已然说明了一切。

"这种雌雄合体的现象在自然界倒不算孤例,鮟鱇鱼就是如此。"胡炎似乎领悟了什么。

最终,青龙也衔住了末位同伴的尾部,巨型"龙环"至此合拢。

在这个过程中,"共工"不断放出大量触手试图将"龙环"绞杀。但龙群体腔连通后,喷气动力也更为强劲了,不但始终保持着"自转"的态势,同时也在高速"公转"。它就像一个巨大的伏魔圈,围绕着吞噬者上下翻飞,不知何时就会给出致命一击。其间,还有数条落单的巨龙将自身引爆,阻止"共工"迫近。

挺过肉体溶解和增生的痛感后,郦逍的大脑为之一清,神识和龙族的通感又上了一级台阶。以往,他对龙族的感应都源自快速接入不同个体后对片段的拼凑和推演,而现在,他第一次真切地从整体上感知了它们。这个种族的悲与喜、落寞与骄傲不受控制地涌上他的心头,和他的成长、他的磨难,以及他所经历的一切合而为一。从此以后,他即是龙,龙即是他。

"龙环"旋转,郦逍感到一股丰沛的海水在体内奔流着。水润万物,它提供了飞天的动力,也孕育了地球的亿万生灵。水博大、包容,无形无争,却又蕴含着无穷无尽的能量,它们在高速的离心旋转中被不断提纯。

该如何用人类的语言来描述它们呢？这是摆在郦逍面前的最后的难题。龙族依靠意识感应交流，在描述现实中的具体事物时效率很高，但向人类传达抽象概念时，就存在着天然的障碍。

"共工"对郦逍的首次进攻虽告失败，但这片刻的迟疑给了它第二次机会。发现一时奈何不了"龙环"，"共工"索性收回了所有触手，蜷成一团。在阵阵强光中，它有节奏地震颤着，像蒲公英一样从本体上抖落下一块块碎片。这些硕大无朋的碎片又在半空中分解成无数形似水母的生物，每一个还不到舰载机大小。这种吞噬者子群似乎有一定的漂浮能力，但明显无法自主飞行。不过依靠着密集的数量堆砌，它们下坠的方向大体是可控的，其目标昭然若揭——青海舰。

当吞噬者子群降到四五千米的高度时，一道连绵成线的火舌出现了。它直冲子群，所到之处尽为齑粉。

是青海舰上的近防炮！原来江河早已识破吞噬者的意图，只是等到子群进入射程后才予以迎头痛击。在此前与吞噬者的战斗中，因为它们始终处于万米高空，近防炮一直没发挥什么作用，结果竟在此时派上了用场。然而，近防炮是作为航母的最后一道防线而存在的，其应用场景决定了它无法持续输出火力。仅仅十余秒后，炮火便沉寂了下来。江河知道，弹鼓重新装填至少要十分钟，一场海上"巷战"已不可避免。

"封闭所有升降梯和舱门，全体人员，准备战斗！"江河拉开枪栓，下达了命令。

随着一阵噼里啪啦像水弹坠地一样的爆响，第一批吞噬者子群成功登舰。它们不少摔得四分五裂，其余则挤在同伴的残骸中蠕动着，似乎不具备智慧，运动能力也相当有限，不多时，便被江河布置在甲板上的交叉火力消灭殆尽了。

会不会太顺利了些？江河忍不住抬头凝望。"共工"仍旧遮天蔽日,但更令人恐惧的是它的智慧,与之相比,涌向甲板的子群就如细菌一般低级。考虑到"共工"也曾产生过"欧申纳斯"这样强大的子代,那么就只有一个解释,登舰的子群还是一批并不成熟的"早产儿"。

可即便准头不佳,损失也极大,它们仍源源不断地降落到青海舰上。甲板宽阔,可供据守的地方不多,在战士们出现伤亡后,江河果断下令收缩防线,所有人都向指挥室集中。联想到吞噬者此前对郦道的忌惮,江河猛然醒悟,这分明是一次图穷匕见的刺杀!郦道身上一定隐藏着打败"共工"的奥秘,自己必须为他争取时间!

想通这层的不止江河一人,胡炎和周宁一直密切关注着外边的情况,留下秦晴监测郦道的状态后,他俩也带着武器上来了。几人聚在一起,面对着被数不尽的吞噬者子群撞击、一点点显出裂纹的舷窗,身后是通向第二指挥室的升降梯,他们退无可退。

就要结束了吗?透过舷窗缝隙,胡炎不甘地瞥了一眼空中的"共工",也看到了绕着它飞速旋转的"龙环"。

是离心机!当不再通过无人机,而是自己亲眼所见时,胡炎终于想起了是在什么机器上见过这样的形状。而这一瞬间的灵感,又被冥思苦想中的郦道准确地捕捉到了。

奔流的海水,旋转的龙环,离心机……郦道脑中一阵电闪雷鸣,龙所提取的,是氘和氚!

浑身仿佛过电一般,郦道感到既振奋又恐惧,打败"共工"的奥秘被置于魔盒之中,现在钥匙就摆在他眼前,可人类有勇气打开它吗?

撤退,全速撤退!或许是郦道的信念太强烈,几乎所有人的脑中都回荡着他的呐喊。众人不解,却又听到了那黄钟大吕般的声音——"发射核弹的权限,把它给我!"

这到底是郦道还是龙族的意思?胡炎、周宁和江河相顾骇然。

"核弹不是摧毁不了'共工'吗?"周宁咋舌。

"'龙环'内现在全是氘和氚,如果用核弹引爆它们会有什么后果?"胡炎大声反问。

"是一场更大规模的核聚变!利用我们的核弹作为'扳机',它释放的能量将引发高浓度氘氚的连锁聚变反应,相当于一枚当量空前的氢弹!"江河不动声色地开枪,将一只从舷窗裂缝挤进来的"水母"打得粉碎。

"请示军委吧。"裂口还不算太大,江河有节奏地点射着,但已坚持不了太久。几分钟后,他们收到了撤离命令,核按钮已被启用。生死存亡之际,程序远比他们想象得走得快。

"快走!快走!不要让龙族白白牺牲!"第二指挥室里,郦逍没命地嘶吼着,口鼻和耳内都流出血来。秦晴忍泪握住他的手,科学第一次如此无力,她只能通过这种方式传递一些力量给郦逍。在郦逍身后,"夺舍"和LWAIS所显示的数据曲线如狂蛇乱舞,已经没有了监测的必要。

"龙环"最后的影像是通过无人机传回的,这时青海舰已经驶出了一段距离。他们看到,当那枚终极导弹靠近时,"龙环"倏然裂开一个巨口。尽管已与其他龙融合得面目全非,但他们还是认出了那抹青色。仅存的眼珠骨碌碌地转动着,仍不失灵动和威严。独立的肉身不存在了,但这始终是青龙首领,乃至"龙环"中每一条龙义无反顾的选择。胡炎忽然感到眼角有些酸胀。巨口内隐有一片如岩浆般的暗红,是了,"龙环"就是一座洪炉,只需要一个引子,它便能降下天火,焚尽世间邪祟。只一刹那,巨口吞下导弹,闭合,溶解。

几秒后,无人机的画面消失了,陡然升起的遮天蔽日的蘑菇云照亮了远去的青海舰。

尾声

　　江河和秦晴再次见到郦逍,已经是一年后了。大战结束后,郦逍的身体几乎垮掉,历经多番抢救才勉强保住性命,之后被异常事件局接走,据说一直在静养。又花了一些时间,人类清剿了全球各地残存的吞噬者。江河和秦晴终于好好地休了个长假,并在这期间办妥了人生大事。不仅是他们,人们开始珍惜以往自己身边习以为常的人和事,整个人类社会对自然和环境的态度也发生了微妙的转变。这场大战的影响,将在未来许多年后才逐渐显现。

　　直到收到胡炎的邀请,江河和秦晴才知道如今郦逍身处何方。

　　探望的地点位于重庆白帝镇瞿塘峡景区北岸中的一段,车辆无法进入。于是两人牵手而行,登高远眺,只见两岸断崖雄伟险峻,江水奔腾呼啸,确是一处绝美仙境。

　　不远处,郦逍坐在轮椅上,由周宁推着,正招呼数名工人将一堆刚刚燃尽的木柴灰烬推下悬崖,胡炎乐呵呵地站在一旁,向两人招手。见故人来访,郦逍喜形于色,不顾脸上黑乎乎的炭灰,大方邀请两人下山喝酒。

下山途中,秦晴忍不住好奇地问道:"郦逍,你刚刚在指挥工人干什么?"

郦逍神秘一笑,饶有兴致地念起了一段古文:"江水又东,迳广溪峡,斯乃三峡之首也。其间三十里,颓岩倚木,厥势殆交。北岸山上有神渊,渊北有白盐崖,高可千余丈,俯临神渊。土人见其高白,故因名之。天旱,燃木岸上,推其灰烬,下秽渊中,寻即降雨……"[1]

郦逍在效仿古人祈雨?这种迷信难道真有什么用吗?江河与秦晴将信将疑。

谁知,刚下到山脚,天空中竟真的淅淅沥沥地下起了小雨。

看着两人惊讶又恍然大悟的样子,郦逍摆摆手,说道:"没你们想得那么玄乎。自从龙族覆灭后,我已经丧失了与地球集体意识直接沟通的能力。今后的路,要靠人类怀着一颗对自然的敬畏心自己走下去了。实际上,这个祈雨的方法不过是制造一个局部的'热山效应',形成一定规模的上升气流,它在瞿塘峡独特的地形影响下不断抬升,将炭粉携带至上空,加强了水汽的凝结,形成降水。古代先民已经有了寻求天人和谐的观念,现在的人们又为何不可呢?"

"接下来你有什么打算?"江河关心道。

"我的身体恢复得差不多了,胡炎和周宁也把我翻来覆去地研究了个遍,也该回可可西里了。"郦逍嘴上打趣,心里却想着,在那里,有一个人,有一份使命一直在等着他。

几人慢慢走着,到了江边,郦逍仿佛感应到了什么,急忙让周宁停下,自己颤颤巍巍地站起,缓缓走了过去,然后弯下腰,虔诚地从江中舀出一捧水来。

"龙族真的完全灭绝了吗?"江河惋惜地问。

---

[1] 出自郦道元《水经注》。

天地循环，毁灭即新生。郦逍没有回答，却爽朗地大笑着，将水洒回江中。秦晴眼睛一花，分明看到一只形似四脚蛇、几近透明的小生物欢快地溅起一朵水花。

后记一

寻龙路上,我们终将相遇

海漄

不记得具体哪一年了,但毫无疑问,那远远早于我成为一个科幻迷的时间。在昏暗的小学图书室里,我偶然翻到一本封面黑漆漆、带着些许灰尘的书。在那段还未完全建立科学理性但好奇心最为旺盛的时间里,我正沉迷于各种"未解之谜"。那本书的标题显然属于最能吸引孩子兴趣的那一类,于是我兴冲冲地办理了借阅。对了,那本"奇书"——请允许我这样评价它,书名是《龙:一种未明的动物》。

巧的是,那天学校的最后一堂课临时改为了自习,我几乎毫不间断地读完了它。当翻过最后一页抬起头时,夕阳正透过窗户斜照进来。风过处树影摇曳,空气中飘浮着微尘,万物都在阳光下秋毫毕现。那一刻,世界在我眼中好像变得不一样了。

多年后回想,我并不认为《龙:一种未明的动物》所提出的观点就是正确的。以现代生物学的眼光看,它有诸多不严谨之处,结论的推导也显得过于跳跃。但正如读者的评价:这是一本献给对世界保持不倦新鲜感之人的书。它所种下的种子,让我直到成年后仍保持着对世界的好奇,以及对龙这种亦真亦幻的生物的迷恋。而当我成为一名作者,尝试讲述一些属于自己的故事时,作者在资料收集、文献考据上的方法与态度又极大地影响了我。

时间来到二〇一九年，得知《龙：一种未明的动物》再版，我立即买了一本。除了对少年时光的追忆外，还带着两重期待。其一，彼时我正在创作关于龙的短篇科幻小说《龙骸》，它翔实的考据无异于提供了一份查找资料的索引。其二，我隐约记得，在初版结尾时，作者曾提到自己的调查仍将继续。如今多年过去，从青年步入中老年的作者近况如何？他的调查有没有新发现？第一重期待很快达成了，我顺利写完了《龙骸》，它也成为我极为满意的作品之一。可第二重期待呢？很难说到底是落空还是实现了。

初版《龙：一种未明的动物》中曾附有一张作者马小星进行田野调查的照片，是一个戴着眼镜、脸上洋溢着笑容的年轻人，是那么朝气蓬勃。我对作者的所有想象都基于这张照片，即使距离《龙：一种未明的动物》初版发行的一九九四年已经过去了二十多年，但这个寻龙少年的形象一直扎根在我脑海中，从未老去。然而，新版图书的作者简介中却赫然写着马小星自幼因病致残，行动不便的残酷事实。在小学阅读时，我对此没有任何印象——或许初版并未提及，更大的可能是我被马小星老师的活力所感染，有意无意地忽略了这一点。之后，经编辑联络，在《龙骸》正式发表后，马小星老师为此文撰写了书评。惊喜之余，我渴望与这位对学术认真执着、对后辈宽厚无私的老先生进行面对面的交流，但因工作繁忙而一直未能前去拜访。二〇二二年三月，我收到消息，马小星老师已于当年二月底去世。通过马小星老师一位生前好友，我了解到，马老师晚年生活艰辛，在为我撰写书评时已是病痛缠身。饶是如此，他仍然婉拒了稿费，他把这种行为视为对后辈寻龙者的支持。在马老师身上，我仿佛窥见了书中描绘的那种文人风骨。

也差不多是同一时期，在一个写作群里，我结识了好友分形橙子。我们都是"幻龄"超过二十年的科幻迷，早年都在某一本故事杂志上发表过小说，此时也都在试着重拾科幻和写作。更重要的是，我们都读过那本《龙：一种未明的动物》。于是，我们约定合写一部关于龙的长篇科幻小说。此后几年，我们各自忙碌，橙子连续获得了冷湖奖、晨星奖、银河奖、华语科幻星云奖等多个奖项，我也开始较为稳定地发表科幻作品。但每年，我们都会抽出时间，将这个约定小小地向前推进一步。有条不紊的节奏在二〇二三年被打断，那段时间我们听到了很多声音，也面临过许多选择。最终，我们决定不去改变什么，因为它本就是两个内心住着寻龙少年的科幻迷之间纯粹友谊的见证。

现在，这个约定终于完成了。谨以此书献给马小星先生，是他教会了我质疑与考据的精神。同时，要感谢三丰、付强、灰狐三位老师。在三丰老师的鼓励下，我才有了写作长篇的信心。而付强、灰狐两位老师则在技术和设定细节上给予我许多帮助。最后，必须感谢每一位对龙、对科幻感兴趣的读者。其中有一位热心读者，阅读了初稿后给了很细致的反馈。必须承认，你的标注大部分都是正确的。而你们的阅读就是对我所做努力的最好回报。

未来的路还很长，但如果是同一类人，我们终将相遇。

后记二

寻找心中之龙

分形橙子

我从小就对未解之谜感兴趣,上小学的时候,没少把零花钱贡献给《神秘百慕大》《世界未解之谜》《人类神秘现象全记录》等地摊读物,脑子里充斥着飞碟、外星人、神农架野人、龙、濒死体验、神秘生物等,也不止一次被吓得半夜睡不着觉。

随着年岁渐长,我也逐渐意识到,那些地摊读物中的大多数内容都是为了吸引眼球而捏造出来的,绝大多数都不可信。说来可笑,这个真相竟让我有些怅然若失,似乎世界变得不再那么有趣了。

当我接触到了科幻之后,世界在我眼里才重新变得有趣起来。原来世界上竟然有科幻这种能让想象力肆意飞扬的文学。

大学毕业后,我去了华为工作,被外派到了非洲,由于工作繁忙,也就慢慢远离了科幻。但实际上科幻从未真正远离我,因为科幻不仅仅是一种类型文学,科幻也是一种思维方式,教会了我看待任何未知事物都应更加谨慎,都应辩证地思考和对待,这种思维方式让我在工作和生活中都获益匪浅。在繁忙的工作间隙,我依然保持着阅读的习惯,也依然保持着对未知的好奇。

有一段时间,我对龙这种生物产生了强烈的兴趣。是啊,十二生肖中，其他十一种动物都是真实存在的，为什么唯独龙是虚构的？如果图腾学说是正确的，那么，如何解释红山文化墓葬中发现的约六千年前的龙形玉器？有没有可能，龙并非什么神物，而是一种非常罕见的生物？

二〇一三年，我在某个论坛上找到了一本已经绝版的书——《龙：一种未明的动物》的扫描版。通过这本书，我了解到了中国古籍中对龙的记载其实很多，各种县志、正史中都有大量相似记载。

而且，这本书的作者马小星先生尝试用科学的方法去论证龙可能是一种真实存在的动物，其严谨认真的考据精神和治学态度让我肃然起敬。

二〇一八年，我从华为离职，从非洲回到国内，准备休息一段时间。这时，一位朋友找到我——他也是我在大学期间认识的西安科幻协会的朋友——并邀请我加入一个民间科幻写作小组。也就是在这个小组里，我开始重拾科幻创作，并与海漄初次相识。这个名为"小科幻"的小组每个月会出一期主题，供大家写作，并且会邀请一些专家进行点评。

就在那时，我意外地发现，海漄和我都阅读过《龙：一种未明的动物》一书，也都创作过关于中国龙的科幻小说，对中国龙这种神秘的生物非常感兴趣，也都对龙有着近似的理解和推断。共同的爱好让我们很快熟识，几乎无所不聊，很快就成了至交好友。

二〇一九年，在一次日常的聊天中，一个念头突然出现，既然我们都对龙这么感兴趣，为什么不尝试合作写一本关于中国龙的长篇科幻小说呢？毕竟，在整个世界范围的文化领域内，不管是在科幻还是奇幻领域，关于西方龙形象的小说比比皆是，而我们中华文化的东方龙却非常少见。

这个念头就像一粒种子，在它出现的那一刻起，就蕴含着蓬勃的生命力，虽然生长缓慢，但坚定执着，终于长成了一棵大树。

在这本书的创作过程中，工作繁忙的海漄付出了极多的精力和心血。在很多时候，他的严谨和认真让我自叹弗如，他今日的成就和对科幻的热爱以及努力勤奋是分不开的。

回想整个旅程，有些感慨。

这粒种子被种下的彼时，我们都只是初出茅庐的科幻新人，因为共同的爱好开启了这段旅程。

这棵大树长成的今日，海漄已经是中国第三位获得世界级科幻大奖雨果奖的作家，我也几乎拿到了中国所有的科幻奖项。作为好友，我为他的成就感到由衷的骄傲和自豪。

今天，我很高兴看到这本书的面世，这本书不仅是一段友谊的象征和成长的见证，也是我们以科幻的目光对中国传统文化的深入思考和解读。我们希望能借这本书让更多的人了解中国龙，爱上中国龙，爱上璀璨的中华文化。

在此要特别感谢八光分的杨枫老师，感谢我的责编罗夏，感谢海漄，也深深感谢在这个旅程中支持和陪伴我们的朋友，更要感谢正在翻阅这本书的读者。

最后，衷心地希望每个人都能寻到自己心中的那条龙。

图书在版编目（CIP）数据

龙之变 / 海漄，分形橙子著. -- 北京：新星出版社，2025.8.
ISBN 978-7-5133-6092-0

Ⅰ. I247.5

中国国家版本馆CIP数据核字第2025AM6224号

龙之变

海漄，分形橙子 著

| 责任编辑 | 施 然 | 监 制 | 黄 艳 |
| 装帧设计 | 冷暖儿 | 责任印制 | 李珊珊 |

出 版 人　马汝军
出版发行　新星出版社
　　　　　（北京市西城区车公庄大街丙3号楼8001　100044）
网　　址　www.newstarpress.com
法律顾问　北京市岳成律师事务所
印　　刷　河北松源印刷有限公司
开　　本　910mm×1230mm　1/32
印　　张　9.625
字　　数　235千字
版　　次　2025年8月第1版　2025年8月第1次印刷
书　　号　ISBN 978-7-5133-6092-0
定　　价　66.00元

版权专有，侵权必究。如有印装错误，请与出版社联系。
总机：010-88310888　传真：010-65270449　销售中心：010-88310811